西藏岁月 系列丛书

源

张方　冰融 著

大连出版社
DALIAN PUBLISHING HOUSE

图书在版编目(CIP)数据

源／张方，冰融著．—大连：大连出版社，2014.4
(西藏岁月系列丛书)
ISBN 978-7-5505-0653-4

Ⅰ．①源… Ⅱ．①张… ②冰… Ⅲ．①报告文学－中国－当代 Ⅳ．①I25

中国版本图书馆CIP数据核字(2014)第057979号

丛书题字：策墨林·单增赤列（藏文）
汪象华（汉文）
总 策 划：德吉措姆 张彦丽
出 版 人：刘明辉
策划编辑：张 波
责任编辑：李 萤
封面设计：樊志国 吴尚夫
版式设计：张 波
责任校对：魁宏达
责任印制：徐丽红

出版发行者：大连出版社
地址：大连市西岗区长白街10号
邮编：116011
电话：(0411)83620442/83621075
传真：(0411)83610391
网址：http://www.dlmpm.com
E-mail：dlszhangbo@163.com
印 刷 者：山东鸿杰印务集团有限公司
经 销 者：各地新华书店

幅面尺寸：170 mm×230 mm
印 张：13.75
字 数：208千字
出版时间：2014年4月第1版
印刷时间：2014年4月第1次印刷
书 号：ISBN 978-7-5505-0653-4
定 价：30.00元

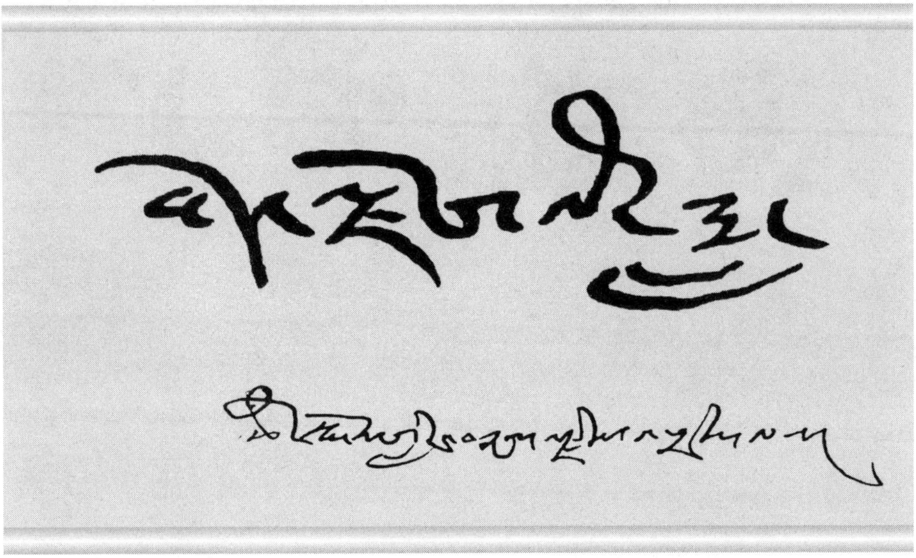

西藏岁月——策墨林 · 单增赤列题字

策墨林 · 单增赤列，男，藏族，1950年9月生，西藏拉萨人，无党派人士，1956年10月参加工作。现任政协第十届西藏自治区委员会副主席，第七届、八届、九届、十届全国政协委员。

汪象华题字

汪象华，少将，博士，1959年5月生于湖北黄冈，中国书法家协会会员，中国书法家协会维权鉴定委员会副主任，武警部队首任书画研究院院长，西藏书法家协会名誉主席。曾任武警广东省总队政治部副主任，武警宁夏总队政治部主任，武装警察部队政治部宣传部部长，现任武警部队西藏自治区总队政委。

《人民日报》、《解放军报》、《光明日报》、《中国文化报》、《中国书画报》、《解放军生活》等数十家报纸杂志曾多次刊登汪象华将军的书法作品。2011年10月，荣宝斋出版社出版发行了《汪象华书法作品集》。汪象华将军的作品曾获全国第十四届群星奖书法金奖，并多次获全国、全军书法作品展大奖，被多家机构和个人收藏，还被作为国礼送往日本、美国等国家和地区。

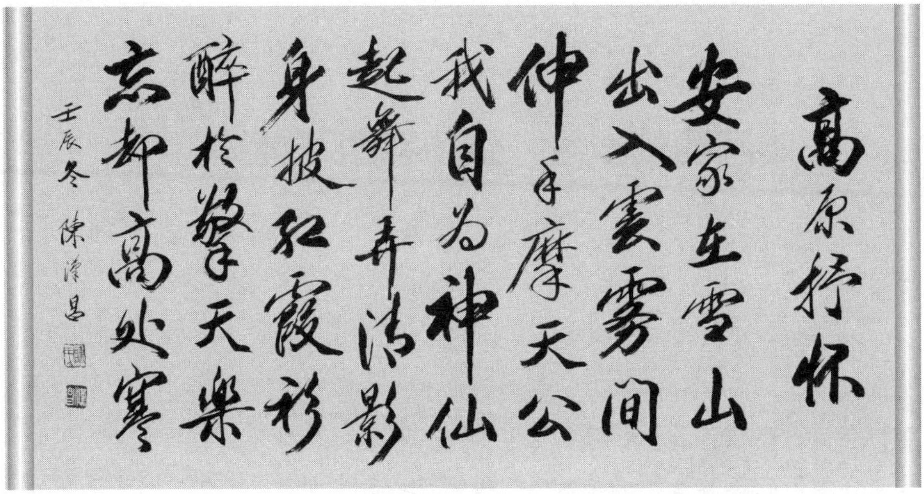

陈汉昌，1939年10月生，重庆市荣昌县人。政协第七届西藏自治区委员会副主席。西藏党校、西藏大学名誉教授。1994年受聘任全国思想政治工作科学专业委员会特邀研究员、常务理事。所写文章先后入编《中国社会科学文库》、《邓小平理论研究文库》等丛书，《谈谈我区精神文明建设的若干问题》获自治区优秀论文奖。主持编辑的《汉藏小伙伴手拉手，相约在二十一世纪》获得全国“五个一工程”奖。现为中国书法家协会理事，西藏书法家协会名誉主席。作品曾入选“中国名家书法作品邀请展”、“第二届国际书画家艺术交流大展”，先后入编《中国书法选集》、《世界书画家名录》，并先后荣获金奖艺术家、世界书画艺术名人、当代百名优秀文艺家等称号。出版有《中国当代著名书画家系列丛书·陈汉昌书法作品集》。

总序

难忘西藏岁月　弘扬老西藏精神（序一）

阴法唐

2010年金秋九月，雪域高原最美的时节，为纪念西藏和平解放60周年、中国共产党成立90周年，张彦丽同志来到我家，将筹备成立西藏岁月文学艺术工作者协会及出版《雪山的眷恋系列丛书》（即《西藏岁月系列丛书》）等事向我作了详细的介绍。张彦丽同志是1976年大学毕业进藏的知青，这个满族的后代和那些热血青年一样，在祖国挑选他们的时候，胸怀壮志，自愿报名去西藏当农民，后来又当教师、当干部，在西藏一干就是37年，是在西藏工作时间比较长的"老西藏"。介绍起他们在拉萨、成都召开《雪山的眷恋系列丛书》座谈会的情形，她特别激动。那些健在的十八军老同志，怀着极大的热情参加了座谈会，甚至有些人带病到会。他们谈到当年进藏时的情景，好多人热泪盈眶，感慨难抑。座谈会上，有的还拿出自己多年积累的文稿，希望通过西藏岁月文学艺术工作者协会这个平台，回忆建设西藏历史，弘扬"老西藏精神"，抒发他们对西藏的眷恋和关怀。

谈起一些老战士、老作家、老记者的现状，听到那些耳熟能详的名字时，我感慨良多。60多年前我们在进军西藏和雪山筑路时，战士们都是20来岁的小伙子，十七八岁的小姑娘。他们不但要完成长途跋涉、开山修路那些超强度劳动，还要承受高山缺氧、交通不畅、供给不足等原因造成的常人无法想象的困难，不少人提前结束了他们宝贵的年轻生命，有幸活下来的人也大多疾病缠身，但他们毫无怨言，青春无悔。作为进军西藏主力部队的一位领导成员，作为上世纪80年代的西藏自治区党委第一书记，我为这些老战士骄傲。他们当年听从党的指挥，进军祖国大陆最后一块未解放、条件艰苦的领土，为把西藏改造为人民民主的西藏，为西藏人民流血流汗，一不怕苦、二不怕死，与西藏人民一起长期建藏，努力奋斗，无私奉献。今天看到这些充满革命激情的战友们还像当年一样，心里始终想着西藏，爱着西藏，并为宣传西藏、为弘扬“老西藏精神”笔耕不辍，仍然在继续努力奋斗，我从心里往外高兴。张彦丽同志向我介绍完情况后，我建议她在协会成立后，要尽量多抽出时间去各地走访一下当年的老十八军战士，尽早地将老同志们的文集与采访记录搜集上来，她答应了。我也表示，为了这些老战士，为了蓬勃发展的西藏事业，我愿意为西藏岁月文学艺术工作者协会做顾问，我老伴、首批进藏女兵李国柱同志也愿意多参与协会的一些工作，共同组织回到内地的“老西藏”们继续为建设西藏、为西藏人民贡献余热。

2010年9月20日，我和夫人李国柱应邀参加了在北京召开的丛书座谈会。会上，在京30位老同志为丛书编撰提出了很好的建议和意见。时隔三年之后的2013年5月，张彦丽同志带着样书设计稿再一次来到我家，兴致勃勃地告诉我，西藏岁月文学艺术工作者协会正式成立了，并特别提到在原自治区党委常委、自治区政协副主席德吉措姆同志大力支持和积极协调下，得到了北京市政府的援助，期待已久的系列丛书可以面世了。虽然我已91岁高龄，但听到这个消息仍精神振奋，心里如同炎热的酷暑，热情洋溢、豪气顿增。协会尽管在经费困难、人手有限的情况下做了大量工作，可还是有许多同志没采访到，他们深表遗憾。但我相信，有这么多热心同志的支持与关注，尤其是藏族同胞的高度重视，西藏岁月文学艺术工作者协会这个平台，一定会为弘扬“老西藏精神”，为热爱西藏、宣传西藏、服务西藏做出更多、更有意义的事情。

一想到西藏的岁月，我的心里热乎乎的，这个序我不能不作，战友们的心愿我应该满足。

回忆起1950年进军西藏时，我是十八军五十二师副政委。在解放西藏昌都的战斗中，我们十八军五十二师分左中右三路进攻、迂回、包围昌都，我和师参谋长带着五十二师一个步兵团（一五四团）、两个直属连及青海一军骑兵支队，横跨四川、青海、西藏三个省区，15天在海拔四五千米的风雪高原上急行军1500华里。那个艰苦想起来就心颤。毛主席说“进军西藏不吃地方”，为此，我们进攻、迂回、包围昌都的各路战士，除了背上武器，还要背上春夏秋冬的衣服、半个月的食品、帐篷及些许烧火的燃料或代用品，每人负重70斤，高原反应，几步一喘。部队断粮后几天吃不上东西，战士们被迫吃累死饿死的牛马，喝牛马血，吃生肉，最后吃兽皮，甚至连骨头和角都烧成灰烬填进肚里。因冻、累、病、饿等多种原因，许多战士痛苦之状难以描述，不少同志遗尸高原，活下来的也是九死一生。差不多有一半战士患上雪盲，短时间失明，无法看路，他们便把绑腿连起来互相牵着走；过河时，冰块在湍急的水流中划破皮肉，血流不断；有的战士腿伤化脓坏死，被迫锯断腿肢。一五四团和青海骑兵支队有不少是非战斗减员，骑兵支队的马死了一半多，骑兵变步兵。那真是冰山雪峰掩忠骨，马革未能裹尸还。但全师将士心里都明白：只要堵住敌军后撤拉萨的路口就是胜利。10月18日，我们100余名骑兵和100余名步兵比敌人早4个多小时抢先到达昌都以西的恩达，切断了敌军的西退之路，奠定了和平解放西藏的基础。我们终于取得了解放祖国大陆最后一片领土的全面胜利。

翻书阅卷，历史风云一幕幕闪过。60年一甲子，岁月洗去了多少人世铅华，但"老西藏"们忠于祖国，热爱共产党，热爱西藏人民，长期建藏、边疆为家，一不怕苦、二不怕死，自觉遵纪守法，自力更生、艰苦创业（简称"长期建藏，两不怕；艰苦创业，守法纪"），加上以后中央提出的"五个特别"的"老西藏精神"，却代代相传，生生不息。先烈回眸应笑慰，擎旗自有后来人。

理念和实践说明，"长期建藏"的"老西藏精神"，不仅适用于外地去西藏的同志，也适用于西藏本地区的同志。去西藏的同志，无论是解放西藏去的，或是调进西藏去的，还是支边去的，援藏去的，都统称是进藏干部吧。"长期建藏"除本地区多数同志外，不是一定要干一辈子，一定要死在西藏，是根据党和人民的需要，由组织决定的，时间有长有短。但无论在藏多久，都不要抱临时观点，应付差事，混日子，当一天和尚撞一天钟；都要从热爱祖国、热爱西藏出发，在思想上长期着眼、长期打算，行动上老老实实、兢兢业业，艰苦奋斗，无私奉献。

我第二次调离西藏后，虽然还在解放军第二炮兵、全国人大常委会工作和执行中央领导机关交办临时任务共一二十年，但仍和那些"老西藏"一样，念念不忘西藏。并想在有生之年，在可能的情况下，继续为西藏做点事，首先对几件遗留问题要设法解决。其中最重要的是要求和呼吁给西藏修一条铁路。这是从在西藏任自治区党委第一书记时起就呼吁的。没有铁路，西藏便没有发展，就"大富"不起来。在党中央的英明决策和筑路大军的努力下，在全国各地特别是西藏人民的支持下，这个愿望实现了，也圆了我几十年来想坐着火车回西藏，看望西藏父老乡亲的梦。二是从自己做起，调动各方力量不断支持西藏教育事业发展，目标是为追赶先进地区的教育事业尽微薄之力。文化教育是民族文明和民族素质的基本要素，西藏发展缺少的是本民族的科学文化人才。为此，我从自己家做起，多方筹措资金成立“阴法唐西藏教育基金会”，我们的家庭也继续在这方面再做贡献。

第三件事，就是我们这些进藏时间早，经历过进军西藏、解放西藏、建设西藏、巩固国防甚至以后阶段的实践者，很想把自身亲历、耳闻目睹及手中掌握的或能查到的资料，筛选、整理成文，作为出版物献给读者，使更多人了解那段真实的历史，并解疑释惑。2008年，在中央党史研究室和西藏自治区党委等领导机关、领导同志支持下，由中共党史出版社出版了《解放西藏史》一书。这部著作已先后三次获得中央和国家机关大奖。现在，我和其他同志，愿意继续为党和西藏人民做贡献，我在这里借用进藏先遣连党代表李狄三的话，以表达我的心声：“我们活下来的人，只有更好地活着，至少是要争取活得更久一些，才能完成他未竟的事业。活着，已不是为了别的，而是为了完成我们共同肩负的使命。”

祝愿《西藏岁月系列丛书》能够鼓舞更多的人，不忘革命前辈，弘扬“老西藏精神”，希望同志们继续组织编写出更多记录那些令人追忆、感人肺腑、具有震撼力的征程的优秀作品来。

2013年8月于北京

阴法唐，1922年7月生于山东省肥城市桃园镇张里庄，中共党员。1955年被授予上校军衔，并荣获二级独立自由勋章、二级解放勋章。1962年晋升大校军衔。1988年被中央军委授予中将军衔，并荣获独立功勋荣誉章。曾任中共西藏自治区党委第一书记，同时被军委任命为成都军区副政委兼西藏军区第一政委。在此期间被选为西藏军区党委第一书记、西藏第三届政协主席。中共第十二、十三届代表大会代表，第十二届中央委员，第五、第六、第七、第八届全国人大代表，第七、八届全国人大常委会委员。原中国人民解放军第二炮兵副政委。

带家人牵头，多方筹措资金成立“阴法唐西藏教育基金会”，为西藏教育事业再做贡献；2008年，在中共党史研究室和西藏自治区党委等领导机关、领导同志支持下，牵头组织编写的由中共党史出版社出版的《解放西藏史》，先后获得中央和国家机关三次大奖。

圆　梦（序二）

张跃平

2010年，阳光明媚的4月，我收到《雪山不会忘记系列丛书》编委会的丛书策划案送审文件。详细看过之后，心情非常激动，当时就签署了支持意见。后来，在书稿的编撰过程中，《雪山不会忘记系列丛书》改名为《西藏岁月系列丛书》更符合选题内容。

一晃就是三年。今年4月，《西藏岁月系列丛书》编辑委员会邀约我为丛书写序。欣喜是自然的，担心亦在情理之中。我深知这绝非一般意义上的工作，因为，不论是作者还是编辑委员会的工作者，大多已退休离开了工作岗位，此次又重新走到一起，在西藏自治区党委、人大、政府、政协领导的高度重视和相关部门的大力支持下，用他们的真诚和热情，用他们的智慧和能力，组建了西藏岁月文学艺术工作者协会，协会组建的同时，丛书编撰工作也正式启动。为倾诉一生都无法割舍的西藏情缘，为报答西藏高天厚土给予的养育之恩，为实现大家共同的夙愿和高原梦，他们依旧那么执着，那么敬业，那么坚定，就像高山上的雪莲花，默默地绽放着永恒的绚丽。

我知道，他们约我写序，并非因为我的职务，而是因为我与丛书作者们有着同样的西藏情结，有着同样的高原梦。这份情谊，这份默契，这份梦缘，没有西藏生活经历的人永远无法想象、无法理解。

但，我懂他们。

丛书中所记录的西藏岁月，是英雄们的战斗史，是前辈们的奋斗史，是西藏文明的发展史。作者们都是“老西藏”和“老西藏”的接班人，每一位我都似曾相识，每一段述说我都非常熟悉。因为，37年前，我和这些热血青年一样，身背行囊，怀揣理想，义无反顾地踏上了这片土地，成为继十八军之后支援西藏社会主义建设大军中的一员。那时，我们很年轻，就像籽粒饱满的青稞，耐受着高寒缺氧的环境，执着地生长；就像苍劲的雄鹰，迎着风霜雨雪，勇敢地飞翔；就像健壮的牦牛，承载着重负与寂寞，倔强地前行。在我三十余载的西藏岁月中，半生青春一生爱，半生血汗一生情，我已无法分清藏族与汉族的界限，无法分清藏地与故乡的区别，如同无法分割的血脉一样。在《西藏岁月系列丛书》中，我看到了自己，又回到了那个年代。

工作之余，我酷爱摄影，特别享受按动快门的瞬间带给精神上那种欣慰的满足，特别渴望所有的经历都能成为永恒。我希望以这样一种方式，纪念我的西藏岁月，纪念我人生旅程中最有意义的时刻，纪念西藏翻天覆地的变化，纪念西藏各族人民团结奋斗、建设美丽家乡的辉煌成就。

心有多大，梦就有多大，照片和文字是一样的，不论是现在还是将来，都在向人们讲述着一个永恒的主题——圆梦。

与“老西藏”们相比，我们是幸运的，因为，我们是沿着他们以“老西藏精神”开创的那条“天路”走进高原的，我们是“特别能吃苦，特别能战斗，特别能忍耐，特别能团结，特别能奉献”的“老西藏精神”的传承者，所以，我们自豪，我们自信，我们自强。

光阴荏苒，一代又一代西藏人，览尽风雨苦亦甜；岁月如梭，一代又一代西藏人，于岁月的车轮里一刻也没有停歇；青稞酒的甘甜，酥油茶的醇香，锅庄舞的厚重，把我们的西藏岁月，永远镌刻在人生的长河里。今天，《西藏岁月系列丛书》为我们再现了这一切。其中记录的，不仅仅是作者自己的生活和经历，更宝贵的是记录了西藏和平解放中勇敢而无畏的人们，西藏建设中坚强而无私的人们，西藏发展中勤劳而智慧的人们。不论是谁读懂了其中的情感，感受了其中的真诚，领略了其中的风采，都会被感染，被触动，被洗礼，被震撼，而后，也会有一种冲动，那种背起行囊上路的冲动。

这就是《西藏岁月系列丛书》给予我们的启迪，这就是“老西藏精神”给予我们的力量。

忍不住，抬头仰望《喜马拉雅丰碑》上镌刻的《高原的记忆》，深切感受着不朽的《高原魂》；以真诚和执着《守望》着《我们的西藏岁月》、《源》，领略《墨竹河》的斑斓与阳光相聚，汇成《彩霞东来》的绮丽风光，用我们的青春，骄傲地展示着《雪域风华》，用我们的双手，创造着高原奇迹，在鲜花、掌声和《金质的哈达》涌向我们的时候，我们没有停下，坚强与自信深深地刻在前行的脚印上。因为，我们是“老西藏”们的接班人！

人生如船，梦想是帆，每个人都有一个只属于自己的梦，因为我们同属一个国家，所以我们的梦与国家民族的兴衰荣辱紧密相连。我们只有继续保持激情、坚持科学发展，中国梦才够美丽；我们只有不断完善和谐稳定、民生改善、民族团结的新局面，中国梦才够坚实。

我们的梦在西藏。

西藏的梦是繁荣昌盛，在西藏的奋斗圆了我们的梦，党的领导和各民族大团结圆了西藏梦。如今，中华民族正在用自己的勤劳与智慧圆一个梦，那就是坚定共产主义远大理想的信仰，忠实于有中国特色的社会主义共同理想的实践，实现国家富强、民族复兴、人民幸福的“中国梦”。

《西藏岁月系列丛书》正是从梦开始的地方讲起，还将继续沿着梦的思绪，在雪域高原，圆一个团结、民主、富裕、文明、和谐的社会主义新西藏梦。

2013年4月30日

张跃平，1950年5月生，辽宁北票人，中共党员。历任西藏军区生产建设师彭波农科所技术员，西藏自治区农垦厅生产技术处副处长，西藏自治区政府办公厅秘书一处处长，西藏自治区“一江两河”开发建委办综合处处长，西藏自治区拉萨市委常委、组织部部长，西藏自治区纪委副书记（正厅级），西藏自治区监察厅厅长，西藏自治区人大常委会党组副书记、常委会副主任。

序　三

德吉措姆

正当全国各族人民托起中国梦，为实现中华民族伟大复兴而奋力拼搏之际，《西藏岁月系列丛书》应运而生了。这不仅是系列丛书的作者们渴望已久的大事喜事，也是为丛书出版工作而奔波不停的工作人员十分高兴的事情，对于广大读者来说，无疑也是一次共享“老西藏精神”的丰硕成果，进一步了解真实西藏的难得机会。

为《西藏岁月系列丛书》写序，我一方面感到很荣幸，另一方面心理压力比较大，担心写不好。因为丛书的作者中有我十分熟悉的、十分敬重的“老西藏”、老领导，加上作者们每个人的作品分量很重，不仅承载着凝重的历史轨迹和社会责任，而且真实反映了那个年代广大指战员保卫祖国边疆、维护祖国统一的坚定信念，真实反映了新西藏的发展变化，处处闪耀着“老西藏精神”的光辉。

我想从以下三个方面，简单谈谈对系列丛书（10本）的初步认识，与读者共勉。一是系列丛书体现的五个基本特点；二是作者当年进军西藏时的历史概述；三是“老西藏精神”是我党我军光荣传统和优良作风的继承与发展。

一、系列丛书体现的五个基本特点

一是作者们晚年笔耕不辍，给后代留下了宝贵的精神财富。整整10本书，洋洋300多万字，字字都是作者们用心血和汗水写成的。其间所遇到的困难和问题，他们从不叫苦，从不给组织和领导找麻烦，处处以“老西藏精神”严格要求自己。他们的作品，无论是报告文学、纪实文学、诗词集或文集，还是长篇小说，都凝聚了对党对祖国的无限热爱，凝聚了对西藏人民的深情厚谊，凝聚了对生活、对西藏这片高天厚土、美丽风光的无限眷恋，骨子里透着浓浓的“西藏情结”。这是“老西藏”晚年献给党、献给西藏人民、献给新一代的又一份厚礼！

二是丛书的作者们，是一生奉献边疆的“老西藏”。

摆在读者面前的10本书的作者，大多数已是年过七旬的老革命、老前辈、老领导、老作家，还有当年参军时年龄不满15岁的女战士。虽然他们现在已退休多年，却坚持做到了老有所乐、老有所养、老有所学、老有所为，退休不褪色。他们不仅把自己一生最美好的青春时光献给了西藏，献给了西藏人民，而且到了晚年仍然在默默无闻地奉献着。西藏人民永远不会忘记“老西藏”为捍卫祖国边疆，为西藏人民的翻身解放和幸福生活而做出的牺牲和奉献。

三是作品内涵深刻，意义深远。

作者们从不同角度，用不同形式，深刻描绘了西藏和平解放、进军西藏、解放西藏、建设西藏的重大历史变革，以及改革开放、现代化建设时期，中央如何继续关心西藏、全国无私支援西藏，使西藏飞速发展变化的可喜局面。其强烈的时代感和社会责任感，必将使广大读者深入了解那个年代的沧桑巨变和那个年代造就的英雄人物，了解今天的幸福生活是无数英雄用生命和鲜血换来的，从而更加激发爱国热情，更加珍惜今天的幸福生活，更加发奋图强，努力建设家乡，自觉维护祖国统一。

四是作者深入调研、充实内容，保证作品质量。

多年来，丛书的作者们有的不顾年老体弱、疾病缠身，有的不顾家庭生活条件不够宽裕，年复一年、日复一日坚持创作，有的不顾路途遥远，交通不便，坚持走出家门访亲问友，有的结伴到离家很远的地方和城市，采访健在的英雄，寻找英雄的足迹，采集英雄的事迹。他们这种对作品负责、精益求精的态度，这种对党负责、对社会负责、对英雄负责，也对读者负责的精神，不仅让我们敬佩，更值得我们学习和发扬。

五是作品客观翔实，文风朴实无华。

丛书的作者们，无论作品反映的是哪个历史阶段，哪个具体事件，都认真坚持文化传承和文化信仰的深刻内涵，每一本书字里行间折射出的崇高境界、理想信念，让正能量传达得更鲜明、更可信、更有效。书中虽然没有更多华丽的辞藻，但娓娓道来的每一个故事、每一个人物、每一个事件，都弘扬了时代主旋律，都是为子孙后代留下的宝贵的精神财富和力量源泉。一本本耐人寻味的厚书，一段段真实可靠的经历陈述，对当代西藏进一步筑牢反对分裂、维护稳定的思想，巩固和发展民族团结，繁荣边疆地区文化建设都将产生积极而深远的影响。

二、作者当年进军西藏时的历史概述

1959年之前，也就是民主改革前的旧西藏，是一个又落后又黑暗的封建农奴制社会。在那时的社会里，广大农奴没有自己的土地和牲畜，没有人身自由，却要遭受残酷的压迫和剥削，终年挣扎在贫困、饥饿的死亡线上。党中央毛主席对西藏情况早已明察秋毫，在1949年10月1日中华人民共和国成立前后，针对国外敌对势力与西藏地方政府中的分裂主义分子加紧勾结从事分裂活动的严峻形势，做出了进军西藏的英明决定。同时，把进军西藏、经营西藏的任务具体落实给了以十八军为主力的进藏部队。另一方面，党中央毛主席从西藏特殊情况出发，制定了争取和平解放西藏的方针，说服西藏地方政府派代表赴京，促使地方政府坐下来谈判。1951年5月23日，中央人民政府和西藏地方政府在北京签订了具有历史意义的《中央人民政府与西藏地方政府关于和平解放西藏办法的协议》，简称“十七条协议”。从此，西藏人民摆脱了帝国主义的侵略和压迫，西藏和平解放，西藏历史翻开了新的篇章。1951年5月25日，毛主席发布了人民解放军进军西藏的命令。十八军等各路进藏部队，分别从西康、云南、新疆、青海向西藏进发，经过一年多的千辛万苦、英勇奋斗，终于完成了党中央毛主席交给的光荣的历史任务。西藏人民也从此开始认识了解放军，认识了共产党。

1959年3月，西藏上层反动集团悍然撕毁“十七条协议”，发动了全面的武装叛乱。人民解放军坚决平息了叛乱，西藏实行了民主改革，彻底废除了封建农奴制度，百万农奴翻身得解放，当家做了主人。1965年9月西藏自治区正式成立，宪法赋予的民族区域自治权利得到了实现，有力推动了西藏的社会进步和经济发展。改革开放和现代化建设时期，党中央又制定了新时期西藏工作的一系列方针政策和发展措施，安排部署了全国支援西藏的重大决策，使西藏很快实现了经济发展、社会稳定、民族团结、边防巩固、向全面建设小康社会目标前进的美好前景。60多年的实践证明：只有在党的领导下，只有在祖国的怀抱中，只有走中国特色西藏特点的社会主义道路，西藏才会有光明的前途和幸福的未来。

三、“老西藏精神”是我党我军光荣传统和优良作风的继承与发展

“老西藏精神”是上世纪50年代进军西藏的广大指战员和领导干部、工作人员及后来的驻藏解放军和地方各族干部在极其艰苦、极其特殊的环境下，以大无畏的英雄气概共同创造的高原之魂。也就是当年江泽民总书记在中央召开

的第四次西藏工作座谈会上提出的“特别能吃苦，特别能战斗，特别能忍耐，特别能团结，特别能奉献”的精神，就是长期建藏、一不怕苦二不怕死、艰苦创业、认真执行政策、守纪律的高尚品格。“老西藏精神”是我党我军光荣革命传统的重要组成部分，有力地继承和丰富了中华民族传统美德和精神财富。

回顾当年进藏部队广大指战员和工作人员所遇到的艰难险阻和特殊复杂的困难局面，想到他们最终如何把五星红旗插上喜马拉雅山时，人们不得不相信“老西藏”们就是一群特殊材料制成的人！“老西藏精神”就是他们用鲜血和生命铸就的不朽丰碑！

他们热爱党，忠于祖国，一切听从党安排。这是战胜一切困难，最终夺取胜利的根本保证。例如，中华人民共和国刚成立不久，十八军在成都的战役也结束了，上级已任命张国华军长、谭冠三政委等领导到地方工作，官兵们好不容易从长期的战争环境中走出来，准备接受相对稳定的地方工作时，突然接到上级命令，进军西藏，并明确以第十八军为进藏主力。当时部队内部的思想波动可想而知，但是，经过战争锻炼的英雄部队经受住了严峻的考验，在张国华军长和谭冠三政委“舍小家顾大家，要把忠骨埋西藏”精神鼓舞下，部队统一思想，提高认识，增强信心，决心坚决完成党中央交给的任务。只要党需要，一声令下，打起背包就出发。“到边疆去！”“到祖国最需要的地方去！”这就是进藏部队勇往直前的英雄本色，充分体现了大局意识、服务意识和高度的政策纪律观念，充分体现了革命军人崇高的理想信念。

他们进军西藏遇到的艰难险阻，是今天的人们无法想象的。无论是十八军各部队，还是新疆骑兵独立师先遣连等进藏部队，都经历了同样的高寒缺氧、风雪交加、忍饥挨饿、缺医少药、物资供应缺乏等困难考验。但他们靠双脚走出了雪山、草地，战胜了自然环境的无情磨难和反动势力的阻挠破坏。如果没有“让高山低头，让河水让路”的英雄气概，没有“以苦为荣，以苦为乐”的艰苦奋斗、无私奉献精神，没有“长期建藏，边疆为家”的长远计划，就不会有“老西藏精神”独特的优良品质和高尚情操。

他们严格执行党的民族政策和宗教政策，赢得了广大僧俗群众的衷心拥护。“十七条协议”签订后，毛主席对张国华军长特别叮嘱：“你们在西藏考虑任何问题，首先要想到民族和宗教这两件大事，一切工作必须慎重稳进。”毛主席一针见血地指出了民族、宗教、统战工作在西藏整个工作中的重要性，给部队各项工作指明了方向。在当时那种条件艰苦、情况十分复杂的形势下，张经武、张国华、谭冠三等领导模范地贯彻执行了毛主席关于民族、宗教等一系列方针政策，并且制定了许多切实可行的具体措施。如把关于尊重宗教信仰、尊重藏族风俗习惯也作为一项重要准则写进了守则等。总之，上世纪五六十年代，西藏民族团结、军民团结、军政团结，出现了前所未有的可喜局面。

经过60多年的沧桑巨变，“老西藏精神”已成为高原各族儿女团结友爱、拼搏进取、全心全意为人民服务、加快西藏发展的力量源泉。新时期新阶段，在“老西藏精神”激励下，一茬茬高原官兵、一茬茬进藏干部和一批批援藏干部中，涌现出了许许多多优秀代表。如张经武、张国华、谭冠三、天宝、慕生忠、李狄三、布德、蒋英、仁增旺杰、孔繁森、陈金水、轮祖、洛松朗加、祁爱群、李素芝等英雄模范人物。继续理解并弘扬“老西藏精神”，对高举中国特色社会主义伟大旗帜，维护祖国统一，维护民族团结，反对分裂，确保西藏经济跨越式发展和社会长治久安，全面建设小康社会，具有重大的现实意义和深远的历史意义。

《西藏岁月系列丛书》经过三年的努力终于和广大读者见面了。借此机会，我以西藏岁月文学艺术工作者协会主席、《西藏岁月系列丛书》编辑委员会主任的身份，首先向北京市政协党组书记、主席，市政法委书记吉林同志表示衷心感谢！向北京市表示衷心感谢！如果没有吉林同志的热情支持，没有北京市的慷慨解囊，没有北京市援藏拉萨指挥中心的具体协助，此次丛书的出版工作不可能顺利完成。同时，也要感谢为丛书出版辛勤工作的封面设计、责任编辑等工作人员！还要感谢大连市委组织部、宣传部及大连市援藏干部的大力支持！

2013年6月1日

德吉措姆，藏族，1947年11月生，西藏拉萨人，中共党员。中央党校研究生学历。历任西藏农牧学院附中副校长、学院教务处副处长，西藏自治区党委宣传部教育处处长，西藏自治区山南地委宣传部部长，西藏自治区党委副秘书长，西藏自治区文化厅党组书记、厅长，西藏自治区党委常委，西藏自治区政协党组副书记、政协副主席。是西藏第一位藏族女作家。1977年发表处女作《骏马飞奔》。1980年发表代表作《漫漫转经路》，获西藏自治区优秀作品创作奖。1986年发表《采蘑菇的少女》等等，是军民鱼水情深之歌，一时传为美谈。

目 录

源

张　方

没有人等在你的家门口，却有人守望你的归期；没有人听到你的脚步，却有人知道你的行程；没有人改变你的容颜，却有人为你打扮梳妆；没有人拥抱你的身躯，却有人感受到你的温暖；没有人能懂你的歌声，却有人和着你的旋律为你歌唱……

啊，黄河，我的母亲，我永恒的爱。

——题记

也许，很少有人知道逍遥寨的地理位置；也许，很少有人记得逍遥寨当年的模样；也许，很少有人考证过逍遥寨村名字的由来；然而，逍遥寨的新生代，在黄河的滋养下，一刻未停地繁衍生息着。她的更替与变迁，在杞县的沧桑岁月里，如同一阵风雨，一场春潮，一片红云，一抹夕阳，装点着中原大地的无限风光。于是，从这里走出去的人，不论离开多久，不论去向哪里，褪不去的乡俗，改不掉的乡音，割不断的乡情，总是伴随他们一路向前，创造着人生的价值，演绎着人生的真谛。

张春荣，一位传奇的老人，青年时从河南杞县逍遥寨走出来，带着中原大地赋予他的那份真诚与执着，随着黄河的脚步，沿着一条革命与建设的路，走过东南西北，凿开山川沟壑，奔着那黄河的源头，无怨无悔地一直踏进青藏高原。他的经历，不仅是杞县变革中浓重的一笔，也是西藏建设史上丰富的一页；他的情感，深似清源，涓涓流淌。

一

1933年农历九月十九日出生的张春荣，和那个年代的劳苦大众所经历的一样，食不饱腹，衣不遮体，背井离乡，颠沛流离。

在他很小的时候，父亲为了能使一家五口人都活下去，被迫离开家，到邻村去给一户地主家扛活，终日在地主家的田地里当牛做马。母亲也不得不丢下正在哺乳期的儿子张春荣，去给地主家当奶妈。就这样，未满周岁的小春荣和幼年的姐姐还有未成年的叔叔，都由年迈的奶奶一人照应。一家人就是为了撑着一口气活着，艰难地熬着日子。每当夜深人静的时候，母亲望着天上的星星，哭泣着叫着儿子的名字，向苍天祈求，保佑家里的老小平安。她扳着指头数着日子，心惊胆战地熬过了一天又一天。

老天爷也是真的可怜这一家子人，不管怎么说，总算熬过了两个春秋。可谁能想到，三岁那年小春荣突然患上了重病，整日里闭着眼睛不声不响地睡着，无奈的奶奶眼睁睁地看着骨瘦如柴的孙子身体一天天衰弱下去，她已经无法判断孙子是睡着还是……

这天，太阳不像前几天那么吝啬，早早地就露出脸来，院子里的草垛被太阳晒得暖暖的。奶奶流着泪，嘴里不停地喃喃，颤巍巍地把孙子放在院子里被太阳晒着的谷草上，她明知道孙子不懂得太阳是什么，但她还是执拗地想让孙子在太阳底下睡过去，她觉得只有这样才能保证孙子走进的那个世界一定会亮堂堂、暖乎乎的。她一边抹着老泪，一边为孙子祈祷，坐在草垛旁陪着孙子，只等他的双亲回来看他一眼。

父母赶回家中，母亲抱起奄奄一息的儿子号啕大哭，不停地喊着他的名字，拼命地往他嘴里挤着那仅有的奶水。她知道，她已经没有多余的奶水来喂养自己的儿子了，她撕心裂肺地哭着、喊着，拼着命地摇晃着怀里的儿子。儿子还是那样睡着，他哪里知道父母此刻的心情。

母亲哭得没了气力，瘫坐在草垛上，把儿子紧紧地裹在怀里，企盼儿子听着她的心跳，慢慢地醒过来。

父亲跪坐在母亲对面，拉开母亲的双臂，从她的怀里把儿子托出来，慢慢地放在准备好的草帘子上，用那双老树皮般的双手，仔仔细细整理着儿子柔软的头发，一点一点清理掉儿子眼角上的眼屎。父亲的喉管里不时地发出呜咽声，他不敢哭出来呀！

奶奶哭着，嘴里不停地说着：

“娃儿，别怪你爹娘，是这世道不留你呀。这下也好，你不用受罪喽……”

奶奶摩挲着孙子，一点一点地把他的身体放好，把干瘪瘪的手脚摆了又摆，一棵一棵地捡去他头上的干草叶，边弄边叨叨着，老泪不停地流着。

母亲已经没有泪水了，坐在儿子的头前，俯身对着他的脸，不停地和他说着话，在母亲心里小春荣他还活着。

父亲开始卷那草帘子了，母亲与父亲撕扯着，夺回草帘子，用尽力气拉到自己怀里，看着儿子叫着，叫着……

不知是天意还是母爱的召唤，小春荣微微地动了动眼皮，母亲看见了，她清清楚楚地看见了，便拼了命地喊着他，喊着他……

奶奶突然跪下，双手合十，闭着双眼仰头哭喊：

“老天爷呀，你可怜可怜我吧，你睁开眼睛看看这一家子。你放了他们，放了我这没用的孙子吧，我的老天爷呀！”

少顷，小春荣真的挑了下眼皮，从细细的眼缝里隐约可以看见他的眼球在动。见此情景，母亲发疯似的撩开自己的衣服，把乳头塞进儿子的嘴里，拼命地挤着乳房，嘴里不停地叨叨：

“我儿回来了……我儿回来了……儿呀，快跟妈回来吧！”

终于，张春荣睁开了眼睛，胸脯微弱地起伏着。他开始艰难地咽着母亲挤在他嘴里的那几滴乳汁，慢慢地开始呼吸了。母亲的泪水滴在他的脸上，滚落在他的唇边，他艰难地蠕动着嘴唇，贪婪地吸吮着母亲的泪水，嗓子里微微地发出声响。

就这样，张春荣奇迹般地活下来了。他长到懂事的时候，奶奶总和他说：

“是老天爷从阎王爷那儿给你取回来的，阎王爷嫌你没用，不要你。”小春荣信以为真。

……

1941年，日本侵略者在中国土地上横行肆虐，老天爷也只能眼睁睁地看着它的土地和众生灵遭受践踏与蹂躏。这无情的灾难让老天爷都欲哭无泪，天大旱，到处都散发着热气，仿佛往高处扔一把干草都能燃烧。天灾人祸让那广袤的土地颗粒无收，加上日本侵略者的烧杀抢掠，人们绝望了。逍遥寨的乡亲们流着悲愤的泪水，告别了满目疮痍的家乡，纷纷踏上了逃亡之路，为的是不死在日本军队的屠刀下，为的是能活着回来讨还这笔血债，为的是让逍遥寨的下一辈从侵略者的手中夺回自己的家园。

张春荣的家也不例外，因为父亲还要给地主种地无法离开，姐姐缠足未愈走路不便，只好由母亲带着他一个人去讨饭，也是为了让他能够活下去。

临走那天，父亲颤抖着双手，把家里仅有的那条千疮百孔的被子叠了又叠，包好了挂在张春荣的肩上。就这样，父亲眼睁睁地看着妻儿离开了家，随着逍遥寨的父老乡亲远走他乡。

父亲流着眼泪把张春荣和妻子送到村口，泪水让亲人的身影越来越模糊，直到母子俩被卷进逃荒的人群中，再也找不到娘俩的身影才转身独自回家了。他无法想象，他的亲人们何年何月才能重归故里，逍遥寨何年何月才能天下太平啊！

记不清走了多久，数不清经过了多少村庄，在漫无目的的逃荒途中，七岁的张春荣忍受着所有的痛苦和艰难，他知道，他要像男人一样，为母亲挡风遮雨，他要和母亲一起活下去，最终一起返回家乡。

终于有一天，他们娘俩跟随着一部分乡亲在宁陵县东边的村子停下了脚步。也许因为是孤儿寡母，他们娘俩在村上遇见了一个好心人，那人把他们领进家中，把他们娘俩安顿在自家的车棚里。看得出，这家人家虽不是地主，但家境不错，大套院里应有尽有，车棚里放着一辆太平车。这辆车白天出去做活，晚上回来进棚。它就成了母子俩睡觉的床。

母亲怎么也没想到，背井离乡居然还能找到栖身之地，母亲感动得哭了，拉着小春荣跪着谢过主人，还一再表示，只要主人不嫌弃，她什么活都会做的。就这样，张春荣平生第一次离开家，离开村子，为了活着而栖身异乡。

张春荣和母亲来到这里后才知道，这个地方并没有比家乡好到哪儿去，只不过是没有遭遇天灾罢了。眼下地里还可以看到一些没有收割的庄稼。农民们都熟悉四季更替给大地带来的变化，那些变化让地里的庄稼也变换着颜色。在农民们的眼里，不论哪种色彩，都寄托着他们生存的希望。尽管小春荣还不能像他的父辈们那样有着看颜色知收成的本领，但是，对四季的依赖却是与生俱来的。不论是在家乡，还是逃荒在外，大地里的色彩总会让他有种回归的感觉，更何况每日还有母亲的陪伴。他乡也有情啊！

毕竟世道混乱又人地两生，来到这里后，母亲每天出去要饭从来不敢带着小春荣，她生怕儿子被狗咬了，被人抢了，生怕被欺侮，被虐待，她真的不忍心让小小年纪的儿子看到她挨门乞讨时，被呵斥、被羞辱、被驱赶、被追打的情形，她也不忍心让儿子经受这些，因为那是她的儿子，是男人，她要让儿子像汉子一样站着，像汉子一样活着。所以，母亲总是在太阳出来之后出去，天黑以前一定回来。每天出去时她把小春荣关在车棚里，总是千叮咛万嘱咐，告诉儿子不要离开车棚，一定要在车棚里等着妈妈。她放心不下儿子啊，她宁可要不到饭也不能丢了儿子。天一擦黑，她就要急匆匆赶回去，只要打开车棚子的门，看到儿子还在，她的心就踏实了。母子俩就这样一天天地熬过去。

夏天到了，地里的很多植物都可以充饥了。母亲每天到地里挖野菜，拾麦穗，回来以后，借房东的大锅熬一碗热汤，端给小春荣，看着儿子喝下去。因为那是她的儿子，那是张家的根，那是逍遥寨的后生，她不能让儿子饿死。

两年后的夏天，母亲又带着张春荣外出逃荒。娘俩在商丘东边的姓郭的人家落脚了，平时住在房东的打谷场上，阴天下雨的时候就躲进看场院的草棚里。村里狗多，母亲带着小春荣来的第一天，进村经过一户地主家门口，这时候几条大狗一起向娘俩扑上来，小春荣吓得大哭着抱着母亲的腿前后躲闪，母亲护着儿子连喊带打逃了出来。从那以后，母亲外出再也不敢带着儿子，小春荣只好跟着大人们到地里去拾麦穗。

有一天，张春荣自己找到一片高粱地，他低着头，仔仔细细地寻找着掉下来的高粱穗，突然，从地里走出来一个中年男人，他对张春荣说：

“小孩过来，我给你馍吃。”

张春荣向四周看看没有一个人，再看看那男人，和村里的人不一样，张春荣吓得撒腿就跑。晚上，他把这件事说给母亲听，房东老两口儿听见了，提醒他娘俩说：

“可别让小孩自个儿出去了，这儿拐卖小孩的可多了，经常看见陌生人在村里转悠。”

那年商丘的收成也不好，讨饭讨不到了，拾麦穗也拾不到了，有时母亲出去一天也要不上一顿饭，娘俩就得饿着。张春荣见母亲越来越瘦，走路都摇晃了，他不忍心让母亲为了他饿成这样。他想尽办法欺骗母亲，强打精神装着不饿的样子。小小年纪的张春荣因为饥饿，开始大把大把地掉头发，但是，他却不想让母亲为他出去讨饭，这样下去他害怕失去母亲，不论怎样他也得让母亲熬到回家的时候。可是，他拗不过母亲，母亲还是那样，每次都把要到的饭先给儿子吃，还谎称自己在路上吃了。后来，张春荣想了个办法，他和母亲商量：

“你把我送人吧，我能干活，我要给你换饭吃。”

听了儿子的话，母亲惊呆了，她把儿子拉进怀里，两眼紧紧盯着儿子：

“你再给娘说一遍。”

张春荣知道他的话伤到了母亲，但他是为了母亲啊，他看着母亲那张布满皱纹看不到血色的脸，听着母亲那勉强的呼吸声，胆怯地又说了一遍。

母亲听完后，双手紧紧地抓着张春荣的臂膀，使劲地晃着：

“把嘴闭上，你听着，我不用你帮我换饭吃！”

张春荣终于忍不住了，他趴在母亲的怀里放声大哭：

“我不想让你饿死，我就要给你换饭吃。我不想让你饿死呀！”

“儿呀，不哭，娘饿不死，饿不死，你也饿不死，都不死。”

母亲把儿子紧紧地抱在怀里，就像当年她从阎王爷那儿把儿子唤回来一样，紧紧地抱着，一遍一遍地说着。

“娘，把我送人吧，我能干活。等他们不注意的时候我再逃出来，我就带你回老家。”

听了儿子的话，娘俩哭作一团。

他把头紧紧地贴在母亲的胸口，听着母亲微弱的心跳声，他告诉自己，一定要让母亲有饭吃，他要让母亲活着，他要带母亲回家，他要让母亲过上有饭吃有衣穿的日子，因为他是儿子。

儿子的话让母亲心痛了，她抱着儿子痛哭："儿啊，娘就是饿死也不能把你送人哪，你小的时候剩一口气那会儿，娘陪着你，招呼着你，你是舍不得娘才又活了过来呀，老天爷留着你就是让你陪着娘的啊！娘怎么能把你送人呢？娘不让你饿死，娘也饿不死，咱还得回家去，你奶奶他们还等着咱们呢，咱们不死，要死也回逍遥寨去死，那是咱的家呀!"

儿子让母亲看到了希望，她知道儿子长大了，懂事了，她相信自己一定能看到儿子长大成人的那一天。

张春荣长这么大从来没见过母亲哭，他平生第一次见到母亲哭，是那么伤心地大哭。

要饭的日子也过不下去了，他们娘俩又返回了逍遥寨。

从商丘回来的那年冬天，全家人勉强熬进腊月。快过年了，家里连一粒米都没有。父母亲看着几个孩子饿得连说话的气力都没有了，他们每天围在一起，默默地坐在炕上，不吭一声。他们都知道，父母已经找不到一粒米给他们吃了。

腊月二十四那天的早上，阴云密布，天冷得伸不出手。父亲推着红车子（四川叫鸡公车），装上家中仅有的衣物、被褥，筐里还装着不到一岁的弟弟，后面跟着母亲、姐姐和张春荣。一家五口早早地离开家，一直向东南走。一家人还是第一次一起逃荒，可是，对于张春荣来说这已经是第三次逃荒了。

临近过年了，这个时候有钱的人家都在准备年货，他们一家人却出去逃荒。张春荣看见父亲和母亲在偷偷地抹眼泪。路上偶尔也能看到逃荒的人们，但不像平常的时候那么多了。

全家人走走停停，已经是第三天了，也没找到合适的地方落脚。

这天，变天了，冻得小弟一直在哭。父亲好不容易找到了一家客栈，父亲央求客栈掌柜的行行好，让几个孩子在客栈的柴棚里过夜，要不孩子们会冻死的。掌柜的答应了，并嘱咐，千万不能有火，如果烧了他的柴棚可就完了。父亲一遍遍地向掌柜的作保证。

柴棚里不算小，几个孩子挤在一起，母亲用几捆柴草把孩子们围起来，她和父亲就紧靠着那"围墙"坐着。张春荣一直睡不着，他惦记着父母。他听见父亲一遍遍地对母亲说：

“睡不得，天太冷，睡了会冻死的。”母亲应着，他们俩不时地钻出柴棚，到外面走走。张春荣好心酸。不知道什么时候他睡着了。

第二天一大早，父亲把孩子们叫醒，从客栈掌柜的那儿要了一碗热水，给孩子们喝，又继续赶路了。

张春荣已经不知道走到了什么地方，他和母亲逃荒没有走过这里。他们走进了一个集市，集市上还算热闹。摆摊的叫卖着，各色的人来来往往。从集市再往前走，就是一大片望不到头的树林，听路人说，穿过树林就是另一个村了。父亲带着他们找了个避风的房檐底下坐了下来，从行李里摸出几块红薯干分给孩子们吃。这时，一个捡粪的老头儿走过来，悄悄地对父亲说：

“你还敢在这儿停啊！没看见那边的日本人便衣队抓人吗？快跑吧！”

父亲顺着老人手指的方向一看，果然有一群便衣队正向这边走来，赶集的人们都快速地向四处散开了。父亲赶快把东西都扔到车上，带着全家朝树林子里猛跑。姐姐的脚还没好，跑起来疼得直哭，又不敢出声。母亲提着装着小弟的筐子疯跑。张春荣眼看着姐姐身后的日本人越追越近，谁也不敢停下来等姐姐。这时，姐姐看见一大垛砍掉的乱树枝，她一头钻进去。万幸的是，日本人没有看到姐姐，树林那一带也没有多少人，他们也就不再继续追了。全家人一口气跑了大约十公里才在树林子外面的村边停下来。父亲又转回身去找姐姐。没走几步，只见姐姐一瘸一拐地赶了上来。

后来，父亲听村里人说，那天日本人在集市上抓了很多青壮年男子，把那些人都拉到日本去做劳工，谁要是反抗不去，当场就杀掉。逍遥寨有个叫张振方的男子，就是在那天被抓走送到日本做劳工的。因为常年在井下挖煤，一次塌方，他的脚和腿被石头砸成重伤，每天只能爬着在井下干活。在那里，张振方亲眼目睹了成千上万的中国劳工，因为挨饿、受冻、工伤而活活地困死在矿井里，尸体就被随便地堆在井下的一个角落里。还有很多人，因为不向日本人屈服，被活活地打死。直到日本投降了，张振方才跑回中国，回到逍遥寨。遗憾的是，张振方回到家乡不到两年，终因重病缠身吐血而死，丢下了等他多年的妻子和女儿。

从腊月二十四离开逍遥寨，张春荣一家人整整走了七天，腊月三十的下午，全家人终于在吴台庙落脚了。

他们刚一进村子就看见了一座破庙，父亲和母亲商量说：

“先别进村子了，就在这破庙里住下吧，孩子们都累了。这大过年的还能上哪儿歇息啊？”

母亲心里想：是啊，大过年的有一个破庙避风就不错了，总不能带着孩子们露宿街头啊。

天渐渐黑了，有钱人家门前挂的红灯笼亮了，黑夜中随风飘动的灯光显得有些诡异。稀稀拉拉的鞭炮声在寂静的村子里作响。

孩子们累得倒头就睡。母亲看着几个可怜的孩子，不时地擦着眼泪。

父亲盘着腿坐在一块石墩子上，一双手托着脸，低声地对母亲说：

“就让他们睡吧，没吃的了，醒了就该饿了。村子里的人都在守岁呢，明天一早再去讨吧。”

除夕夜，父母亲就这样守着三个孩子，眼巴巴地看着星星，等着天亮。

大年初一的早上，母亲带着张春荣去讨饭，父亲因为是成年男人，很多人家不让男人入户，特别是逢年过节的时候。所以，母亲不让父亲出去，让他在破庙里看“家”，照看姐弟俩。

还别说，也许是因为赶上过年，每次出去，娘儿俩都能带点吃的东西回来。

有一天上午，母亲带着张春荣去讨饭，路过一所学堂，张春荣看见里面有十几个和他一样大的孩子在念书，他想跑过去看，却被母亲拉住了。娘俩远远地看着，母亲摸着张春荣的头，看着他面黄肌瘦的样子和破烂不堪的衣服，哭着把他带走了。张春荣想起了在家乡的时候，有个当老师的本家爷爷张振志，他看小小年纪的张春荣聪明好学，就把他叫到家里和其他孩子一起学习。本家爷爷知道张春荣家里穷，没有收他的学费，还告诉小春荣：

“你是读书的料，可得学下去呀。”

可是家里穷啊，一次又一次地逃荒，张春荣也没能跟着爷爷学下去。他想起来就伤心。

那些年到处都是兵荒马乱，天灾人祸，一家五口靠要饭活着真是难哪。全家在吴台庙熬过了两个多月，没满周岁的小弟最终还是没能熬到回老家那一天，饿死在异乡的破庙里。父母觉得在哪儿都是饿死，还不如回家去死。

就这样，在麦子抽穗的季节，父母带着他们又回到了逍遥寨。

童年的张春荣是在乞讨和逃荒中成长的。从七岁到十岁，从河南到安徽，三次逃荒，张春荣经历了太多的苦难。他在逃难的途中慢慢地长大了。

在艰难的逃荒途中，那些场院、草垛、柴棚、破庙、树林、土坳、河道……都曾经是他们的家；在艰难的逃荒途中，他痛哭着送走了年迈的奶奶和可怜的小弟；在艰难的逃荒途中，他亲历了日本兵举着刺刀追赶缠足未愈的姐姐那惊险一幕；在艰难的逃荒途中，他看到了一个未满周岁的孩子趴在已经死去的母亲身上找奶吃；在艰难的逃荒途中，他目睹了日本人用刺刀挑着奄奄一息的人体取乐；在艰难的逃荒途中，他看到太多的无辜百姓被日本人活活砍死；在艰难的逃荒途中，他懂得了只有强大起来才能不被欺侮的道理。

当父母带着他们，随着乡亲们沿着那条为了生存而被迫逃荒的路，重又返回家乡的时候，张春荣感慨万千。尽管家乡还是一片狼藉，尽管已经找不到自家的门槛，尽管有些乡亲在逃荒的路上永远地告别了逍遥寨，但是，逍遥寨还在，那天那地那山那水，还依旧恋着它的主人们，等待着它的主人们，这里是他们自己的家啊！

……

新四军来了！穿着灰军装的新四军终于来了！来到逍遥寨了！

老百姓盼着的新四军真的来了，大家的心都放下了，都听说新四军是解放老百姓的。村子里都在这样传着，可是，还没有人真的看到新四军呢。张春荣每天满村子跑，他就想看看新四军到底是个啥样子。

没几天，老百姓又听说了，这个叫新四军的队伍是来哄老百姓的，听说他们在前线打仗没有武器了，他们是专门到村子里来抢大姑娘的，然后，把人送苏联去换大炮，再用苏联换来的大炮打仗。这个信儿一传出，乡亲们都吓得不敢开门了，尤其是那些有姑娘和小媳妇的人家，白天把门关得紧紧的，没人敢出来。

张春荣不相信这些话，他觉得新四军不像是坑害老百姓的。这个队伍的人都特别亲切，他每天都早早地起来跟在他们后面，看着他们为村子里做事。张春荣常常被他们的行动所感动，他就开始走近他们，和他们一起帮着乡亲们干活。他们磨面，张春荣帮着赶牲口；他们给乡亲们分粮食，张春荣帮着扛袋子；他们组织乡亲们开会，张春荣帮着通知；他们写标语，张春荣帮着端石灰水；他们贴标语，张春荣帮着拿糨糊……张春荣看明白了，新四军是老百姓的队伍，是打鬼子、锄汉奸的队伍。

他把他每天看到的新四军，告诉父亲。父亲提醒他先不要出去乱说，早晚有一天老百姓会明白的。张春荣嘴里答应着父亲，每天出去时，总会叫上一些小伙伴，带着他们一起去看新四军，跟着新四军干活，小伙伴们都非常兴奋。渐渐地，张春荣产生了一个想法，那就是一定要做新四军这样的人。他每天把从标语上学到的字牢牢地记在心里，把贴标语剩下的石灰水带回家里，等家人都睡了，他就在油灯下蘸着石灰水练习写那些字，时间长了，家里的桌上、地上、墙上到处都是标语，他心里乐呀，每天高兴地哼着跟新四军学会的歌：

打倒日本，打倒日本，
锄汉奸，锄汉奸，
大家武装起来，
大家武装起来，
救中国，救中国。

1945年8月20日，久违了的艳阳天让逍遥寨山清水秀。

一大早，张春荣急匆匆拿上一块馍，东奔西走召集了他的伙伴们，几个孩子一口气跑到乡里唯一的小学校，在校门外看着，等着，他们要跟着学生的队伍一起去刘庄。听说新四军在那里召开“庆祝抗日战争胜利大会”，他们要和学校的学生一样去参加大会。

好不容易等到学校集合结束，校长站在台上大声地讲话，张春荣听得好着急，他只想快点去刘庄，他不知道“庆祝大会”是个啥样子，他急着要看的是庆祝大会。学生的队伍终于出发了。张春荣带着他的小队伍，紧紧地跟在学生队伍的后面，一起奔向刘庄。

那天的刘庄人山人海，刚进村口，就清晰地听见歌声和口号声一阵紧接一阵，张春荣听得心直跳。那响声，在天地间回旋，在树林中萦绕，在老百姓的心头震撼。

自从张春荣懂事以后就跟着父母逃荒，他也只是在逃荒的路上见过那些乡里乡亲，他从来都没有想过沙沃乡会有多少人。可是，这一天，当他走进沙沃乡时，他才知道沙沃乡竟然有这么多人！

学生的队伍又集中了，张春荣他们的队伍走散了，孩子们都各自找自己的目标去了。他急切地想看到“大会”，不停地在人群中穿来穿去，当他挤出人群的时候，眼前的场景让他惊呆了！

偌大的广场，上万的新四军战士，扛着枪，齐刷刷地坐在地上，太阳把枪上的刺刀照得耀眼，他们的歌声、口号声震得广场尘土飞扬。沙沃乡的老百姓们就像一堵墙围在四周，激动地看着那些战士们，看着主席台。

张春荣第一次看到这么多的新四军。他在逃荒的日子里曾幻想过，长大后去打日本鬼子，为奶奶和小弟报仇，为死去的乡亲们报仇，为苦难的中华民族报仇。他怎么也没想到，他幻想的长大以后的事情，居然这么快就成为了现实，日本鬼子这么快就被打跑了！眼前的情景让他明白了，原来我们有如此强大的新四军！

太阳把他的脸烤得红红的，被汗水湿透的褂子粘在身上，他喘着粗气，不停地抹着脸上的汗。他顾不得这些，他只想看看那些比他大不了几岁的战士们，他只想摸摸战士们手中能打死鬼子的枪。

他终于挤到了战士的队伍后面，学着战士们的样子，盘腿而坐，挺直了腰板，两只手放在膝盖上。他贪婪地看着他前面那位战士的枪，枪头上亮铮铮的刺刀从战士的肩膀上方伸出来，它随着战士唱歌的节奏，在肩上起伏震动，看得张春荣浑身发痒。他偷偷地凑前一点，伸出一个手指摸了一下那刺刀，就在手指触到那金属的瞬间，他震颤了，一股热血涌上头顶，心脏也随着猛烈地跳着，直跳到嗓子眼儿，他感到有一团热气堵在嗓子眼儿，他想把那口热气吐出来，他想扯开嗓子大喊。

高音喇叭里有人讲话，张春荣根本没有心思去听喇叭里说的是啥，他的注意力被眼前那杆枪紧紧地吸引着。不一会儿，那个讲话的人带头唱歌了，顿时，整个广场成为一片歌声的海洋。张春荣从来没有听到过那样动听的响声，他觉得全身的汗毛都竖起来了，每块肌肉都在颤动。

终于，他喊了出来了，他用尽力气，他攥着拳头，他涨红了脸喊着，汗水和泪水掺杂在一块，在他的脸上肆意流淌。其实，他根本听不到自己的喊声，周围的声浪已把他的喊声淹没了。他不顾这些，他就这样声嘶力竭地喊着，他无法克制，他只想在这一时刻释放压在心底太多太多的痛苦与悲愤。也许，这是一个饱受苦难折磨的十二岁孩子向旧社会发出的呐喊。他就这样随着战士们的歌声一起喊着，喊着……

> 我们军民要合作，
> 嗨嗬嗨呦，嗨嗬嗨呦，
> 同志们拿起手榴弹哪，
> 向着碉堡，
> 向着敌人，
> 勇敢地向前冲啊！
> 冲冲冲啊……

战士们一首接一首地唱着，歌声中的刘庄，如同地动山摇。云在颤动，树叶在颤动，房舍的老墙在颤动，人心在颤动……

轰轰烈烈的一天，就这样在张春荣的心里留下了永远都无法抹去的烙印。

有了这一次震撼心灵的经历，他突然觉得自己长大了，从此，他每天都跑到外面去，他好想和那些战士一样去为老百姓做事。他终于想出了一个办法，他把村里大一点的孩子们召集到一起，组成了一个“儿童团”，每天和那些战士们一样，集合，训练，学习，劳动。他们跟着战士挖战壕，修掩体；跟着战士，为老百姓扫庭院，送柴米；跟着战士，贴标语，学唱歌；跟着战士，做宣传，搞减租……跟着战士，他懂得了闹革命的道理。

解放开封那年，沙沃战役的一个指挥所设立在他的家里，父母激动得不得了，坚持要把仅有的房子腾出来给指挥所，自己带着孩子们到院子里的草棚去住。一位首长模样的人拉着父亲，悄悄地说着什么，父亲激动地点着头，摆着手告诉母亲：“不用搬了，首长说不用搬。”

安置在屋子西北角的那些机器让小春荣兴奋极了，他看着那些捆在一起的电线，足有饭碗那么粗，那么多的插头插在不同的机器上，每个插口都有不同的指示灯，太神奇了！每台机器前都有人，从早到晚，电话铃声不断，他们不停地接电话，从来不离开自己的岗位，也没有时间闲下来，就连吃饭都有专门的人给他们送。

一天早上，送饭的战士挑着饭进来，前面一桶是大米饭，后面一桶是盐水煮黄豆。那战士刚一进门，正好被两岁的弟弟春堂看到了，那米饭和黄豆的香味，让弟弟馋得直流口水，紧跟着那战士追着饭菜的香味。送饭的战士刚把饭担子放下，弟弟伸手就从后面的桶里抓了一把咸黄豆塞到嘴里，母亲看见了，连忙拉走弟弟，弟弟恋恋不舍地看着那一对水桶嚷嚷着。这时，从里屋走出一位首长模样的中年人，对送饭的战士说：

“给那娃儿盛一碗吧。”

“是！”

那战士把饭、菜端到弟弟面前时，母亲被感动得慌了手脚，连声道谢。张春荣站在一旁，看着弟弟狼吞虎咽地嚼着，眼角印着泪水流过的痕迹。每每回想那个情景，张春荣就觉得，那一定是弟弟这一辈子吃到过的最香的一顿饭。

那段日子，对张春荣来说是一生都难以忘却的。也正是在那段日子里，每天看着战士们工作，让他开阔了眼界，学到了知识，懂得了革命。他从好奇，到羡慕，到崇拜，再到敬仰，他总是默默地告诉自己，长大了一定要做这样的人。

一天傍晚，村子里传来了枪炮声，听说是国民党的“新五军”来了，各家各户都关紧了门。天刚刚黑下来，“新五军”从牛角岗向白塔这一带进攻，炮弹像火球一样一串连一串，烧红了半个天。家家户户都大门紧闭，偶尔有人到他家里来探探风声。驻扎在他家的指挥所气氛也开始紧张了。

半夜时，枪声越来越激烈了，像飓风一样呼啸，喊声、跑步声一阵紧似一阵。张春荣躺在炕上睡不着，趴在被窝里，看着战士们穿梭般地忙着，听着外面的枪炮声，他猜不出是谁跟谁在打，但他希望枪声快点停止，他害怕这枪声再给老百姓带来灾难。这样的激战持续了整整一夜。

快天亮时，枪声越来越弱，越来越远了。第二天早上他听说是解放军和国民党的“新五军”打起来了，解放军把“新五军”全部歼灭了！

这一次经历让张春荣明白了打天下的艰辛。

这一年，在他的家乡，他亲耳听到了歼灭国民党的枪炮声，亲眼目睹了人民军队在炮火硝烟中英勇战斗的场面，他亲身经历了家乡解放那欢腾的时刻……

1949年10月1日，杞县又沸腾了。

那一天，太阳刚刚升起，高阳、沙沃一带的工农商学兵聚集在大朱庄。

10月的天晴得透明，太阳也比往日红了许多。张春荣穿上了洗得干干净净的衣服，兴奋地跑出家，召集了几个小伙伴，一路上追着，闹着，唱着，喊着，就连树上的鸟儿也被他们吸引了，在他们的头顶上追逐着。孩子们也好奇，自打没有了枪炮声，鸟儿就飞回来了，清晨可以听到它们的鸣唱，傍晚可以看到它们成群结队归巢，它们也和这里的人们一样，在这块土地上生活，也许，这里才是它们栖息的家园吧。

朱庄，一所学堂的院子，在一堵坍塌的墙基上，借着学堂西厢房的房山，坐北朝南搭起一个大台子。房山上贴着毛主席像，左右分别写着“毛主席万岁”“共产党万岁”的标语，在台子东西两侧的树上，挂着两个大红灯笼，红灯笼下面系着“翻身解放”“当家做主”的条幅，两棵树中间横拉着巨大的横幅“庆祝中华人民共和国成立”。

大会是在一片欢呼声中开始的，会议结束后，人们自发地开始游行，口号声、歌声此起彼伏，震耳欲聋。张春荣还不能完全听懂领导讲话的内容，也记不清讲话领导的模样，他一直被会场的气氛感染着，激动着。他组织和他同龄的孩子们，喊着口号唱着歌，插在游行队伍的中间，随着人流前进。游行队伍的后面，是载歌载舞的人群，锣鼓声，鞭炮声，震耳欲聋，整个朱庄成了欢腾的海洋。

张春荣感受到了翻身做主人的自豪。

从1949年10月1日那天起，逍遥寨再也没有平静过，乡亲们每天喜笑颜开地推开房门，等待着太阳从东方升起，带着喜悦带着满足，在属于自己的天地间劳作着，期许着，憧憬着……

解放了，翻身了，当家做主人了。张春荣家和逍遥寨的所有人家一样，经过土地改革，分得了田地、房屋和其他财产，头一次自己做主过着自家的日子。有地种了，有饭吃了，有衣穿了，整个逍遥寨生产发展了，生活改善了。

1950年，党和政府号召人民学习文化，促进经济发展。村干部和村里有文化的人组成走访小组，到各家各户走访，动员适龄孩子上学。父母觉得张春荣太大了，长得又高，上学不合适，坚持要他在家种地。没地的时候盼着有地，这有地了又该念书了，父母却不同意他去上学。可是，读书是张春荣的愿望，他不甘心就这样在家里种地，他想成为逍遥寨有文化的人，他要像那些战士那样，有文化，能干事，为国家干大事。走访小组没能说服父母，他急了，趁着父母种地的时候，找出来小时候跟新四军学会的那些字，加上在学堂窗外偷着听课记下的图形，悄悄地写了一份“图文并茂”的申请书，准备走访小组再来动员时交给他们。不想，这份申请书还是被父亲发现了，父亲不识字，但父亲明白那一定是儿子有用的东西，在父亲的追问下，他“招”了。父亲听了低头不语，那双长满老茧的手紧紧地攥着那张皱皱的纸，慢慢抬起头看着儿子，静静地说了两个字：“去吧。”

1950年5月4日，学校开学的第一天，17岁的张春荣终于上学了，父母把他送到学校。仅有的一间教室，围满了好奇的人们，有小孩子，有家长，有村里的领导。张春荣第一次走进教室，老师拉着他，把他带到最后一排属于他的位置上。张春荣看着教室正面墙上的毛主席像，看着年轻的老师和不同年龄的同学们，看着黑板上“开学了”三个大字，说不清心里是啥滋味。

是啊，在跟随父母逃荒的日子里，他就对学堂充满了渴望，在要饭的途中，只要经过学堂，他总要驻足眺望，听着那里的读书声，幻想着有一天也能坐在那里，听先生讲课。母亲曾不止一次流着泪把他从学堂门前拉走，她明白儿子的心思呀！也许是为了让儿子也有那一天，母亲支撑着瘦骨嶙峋的身体，每天都要出去为儿子讨饭，哪怕是捡到一点蔫萝卜缨子，她也要烧上一碗热汤给儿子喝，因为母亲不想让他饿死，期待着早晚有一天送他上学堂，让他知书达礼，长大成人！

赶走了日本鬼子以后，张春荣想上学的愿望更强烈了，他每天都悄悄地跑到村子里那个离家不远的学堂，趴在窗外，偶尔用树枝在地上画着只有他自己能看懂的各种图形，记下先生讲课中他能听懂的内容，他多想走进去呀！如今，这一天真的来了！

他趴在桌子上哭了，孩子们都跟着哭了，屋子里的大人们也哭了。老师在“开学了”的下面，又写了四个大字——当家做主。这一天，孩子们学会了“当家做主”！

张春荣跟新四军学到了不少字，上学就直接读三年级了，而且成绩一直都很好。到那年秋季开学，他读四年级。转过年春节过后，他考入高阳完全小学上五年级。暑假期间，他的班主任老师杨竟白调任沙沃区任教育干事。

由于张春荣的学习成绩优秀，他和同班同学刘克礼又一起转到沙沃完全小学读五年级下学期。就这样，从1950年春季到1954年秋季，张春荣相继在逍遥寨小学、高阳完全小学和沙沃完全小学读书，担任沙沃完全小学的学生会主席，多次被评为“全面发展学生模范”，多次获学校嘉奖，光荣地加入了共产主义青年团。

1954年，读初中的张春荣又经历了他生命中的第二次洗礼。那同样是让他一生都不能忘怀的日子。经过杞县中学党支部的考验，经魏润田、张振明两人介绍，他光荣地加入了中国共产党，成为了一名中国共产党党员。面对党旗，在举起右手的瞬间，他的心怦怦直跳。时任沙沃中学、沙沃师范党支部书记的鲁放，握着他的手对他说：

“干革命，搞建设需要你这样有文化、有能力的人才。”

张春荣想说的太多了，可他却什么也说不出来了，只是一个劲地点头，最后，他用袖子抹掉眼泪，说：

“我是党的人了。”

那一夜，他失眠了。

二

1955年暑期，张春荣中学毕业了，并以优异的成绩被南京炮兵学校录取，他兴奋不已，眼看着就要实现梦寐以求的当兵理想了。

然而，他怎么也没有想到，在最后一次体检复查时，他竟然被查出嗅觉有问题，这一项未达标，令他与炮兵学校擦肩而过。沉重的打击让他陷入了失落的痛苦中，他不愿意相信这个结果是真的。他在家里背着父母哭了多少次，仿佛掉进了万丈深渊。

他在家里待了一段时间，每天看着父亲默不作声地早出晚归，他才真正地明白父亲为了家里的生活，为了全家那几亩地，一年四季就这样劳作着。张春荣待不住了。平静了几天后，他开始跟着父亲下田劳动。他想看父亲侍弄的地，他想看庄稼成长的过程，他突然意识到，自己长大了，他有能力自食其力。他希望当他走在无垠的天地间时，能寻找到心灵的慰藉，因为他是那块土地的后生，他的梦、他的理想、他的希望就是在这块土地上孕育生长的。

一天下午，父亲没有让张春荣跟着下地，让他把自家院落的柴垛整理好，腾出地方准备放新柴。张春荣做完这一切后坐在家门前的柳树下，仰头看天，大片大片的云，随风移动着，缓缓地变幻着各种形状，太阳也随着云的变幻时隐时现。他看着云问自己：最终云会飘向哪里呢?

几声蛙鸣，扰乱了张春荣的思绪，他把目光收回到眼前。小河流淌着，偶尔在转弯处发出的哗哗声响，传到了岸边的柳树之间。几只鸭子悠闲地趴在河岸，它们把长长的脖子插进翅膀里，安详地睡着。

张春荣不忍打扰它们，转过头向远处望去。大地里的绿色让人着迷，清风吹过，翻腾着绿色的浪，浅绿深绿墨绿……隐约能听到沙沙的响动。远处的山上，偶尔传来歌声笑声吆喝声，听着让人畅快。张春荣想象着那山背后的另一番景象，想起小时候从山那边走过来的大部队。

记得当年驻扎在他家的指挥所里有个跑腿的小战士，闲下来时小战士常和小春荣聊天，教小春荣看书、写字、打背包、打绑腿，还教他立正稍息齐步走。小战士没空时，他就自己练，就像每天的功课。他曾问过小战士：

“你是从哪儿来的？”

小战士神秘地指着南边告诉他：

“山那边。”

小战士还说：

“只要翻过那座山，就不是逍遥寨了，山那边可大了！”

从此，小小的张春荣就盼着长大，长大后一定要翻过那座山，到山那边去，看看山那边到底是个什么样子，等他到了山那边，他就要像那个小战士一样，穿上军装，做他那样的事情。他相信自己一定能行。他就这样期待着，期待着。此刻，他又想起了山那边……

时隔数日，张春荣终于接到了河南黄河水利学校的录取通知，他喜出望外，一路狂奔，直冲到山脚下，顺势躺在一个废旧的蓄水沟的埂上。他仰面看着淡蓝色的天，没有风也没有云。张春荣流泪了。是激动还是不舍，他搞不清。总之，他知道他又可以上学读书了！

黄河水利学校始建于1929年，随着时代的变迁，“黄校”也在发展变化，不断地丰富与提高。张春荣入学的那年，学校改由水利部直接领导，更名为“水利部开封黄河水利学校”。

黄河水利学校寄托着张春荣无限的期望和遥远的理想，他相信，当他从这里走出去之后，一定会成为中国水利事业发展建设队伍中光荣的一员。

走进“黄校”的那一天，校园的一切都是那么新鲜，那么宝贵，他第一次领略了想象中那个“校园”的风貌。他站在校园里，觉得自己太渺小了，就连校园里的一棵树都要仰头去看。他沿着校园里的一条小径独自徘徊，环顾四周，哪怕是一个角落他都感觉散发着文化气息。张春荣在他以后的岁月里，每每回想起入学时他的心情，总是不无感慨。他曾这样描述过：

"尽管那时候的校园是那么陈旧，教室和教学设备是那么简陋，然而，它在我的眼里就是最神圣的殿堂，那里是我人生里程最重要的起点。因为，那里有取之不尽用之不竭的知识力量。"

也许，正是源于在开封黄河水利学校期间丰富的知识储备，张春荣在走过的路程中信心满满，如鱼得水，跬步之间心田都溢满了清泉。

隆重的开学典礼举行之后，新生们就被分到各专业班去了。张春荣分在测量专业，班里的同学来自各地，年轻人聚在一起，很快就打成了一片，张春荣也很快成为了这个班里最有组织力和号召力的一个。正是因为这样，他时时刻刻告诫自己，一定要珍惜时间，刻苦钻研，学到更多的知识，掌握更多的本领，成为大家信得过的人，成为老师的助手，将来回到家乡去，用自己的能力和智慧改变家乡，建设家乡。他在日记中这样写道：

"革命前辈为解放家乡、为解放全中国献出了生命，我要为改变家乡、建设新中国做出贡献，哪怕是献出生命。这是一个共产党员的任务和使命。"

每天紧张的学习之后，张春荣总要沿着校园的小路一直向前走，走到远离校园的一条小河边，那条小河流淌的也是黄河的水。他习惯沿着小河向上走，听着她的流动声，看着她有些浑黄的波浪，想象着那奇丽的"水底生烟"的壶口瀑布，仿佛内心被那从天而降的万丈狂澜震撼着。

那时，他把全部精力和时间都用在学习和社会实践上，他觉得自己从未这般振奋、这般充实。特别是每一次的实习过程，他都深刻地感受到，农村的水利建设与发展，太需要他们这样的有知识、有技术的人才，等他们这一代人走出校门后，凭着自己的学识与热情，一定能够改变祖国贫穷落后的面貌，一定能让中国的水利事业发展壮大，让祖国山清水秀。他有这样的信心和决心。

在"黄校"学习期间，学校经常根据周边地区的需求，组织学生到农村实习、援助，上山下乡，深入村寨，实地测量，实地学习，参与农村水利建设的实践。张春荣格外珍惜每一次的实习机会，不论条件多么艰苦，他和同学们都能克服一切困难，完成实习任务。也正是通过每次实习的机会，在与乡亲们合作的过程中，同学们和当地乡亲们结下了深厚的情感。张春荣深深体会到，大自然给予求知者无穷的知识，生活给予劳动者无限的智慧。于是，人们才有自信，才有能力，才有勇气去改造大自然，开创新天地。

张春荣正是凭着他优异的学习成绩、突出的表现和师生们对他的信任，很快成为了学校最优秀的学生。他从班长的职务做起，不断进步，不断提升，后来分别担任党支部委员和党支部书记的职务。就这样，他用实际行动一点一点地实现着自己的理想，一步一个脚印地成长着，每一个脚印都是那样的清晰，那样的坚实有力。

……

1957年2月，毛泽东同志在《关于正确处理人民内部矛盾的问题》的讲话中指出："我们的教育方针，应该使受教育者在德育、智育、体育几方面都得到全面发展，成为有社会主义觉悟的、有文化的劳动者。"1958年，毛泽东同志又进一步提出："教育为无产阶级政治服务，必须同生产劳动相结合"的方针，阐明了我国教育发展的方向。从1957年到1958年3月，黄河水利学校遵循毛泽东提出的教育方针，受邀到各省市去支援地方的水利工程的开发与建设，这对学校的教育教学工作而言，无疑起到了一个最有利的促进作用，也为学生们提供了社会实践的机会。"黄校"师生都为此而感到幸运。

1957年暑期，测量专业的部分师生到甘肃省去支援当地建设，他们被分配到庆阳县协助工作。

庆阳，地处甘肃省东部，位于黄河中游内陆地区，习称陇东。古人所说的"周道之兴自此始"，向后人证明着庆阳是农耕文化和民俗文化的发源地。"好稼穑，务本业，有先王遗风"则是庆阳人自古以来脚踏实地、自强不息的品德。庆阳人的"陶复陶穴以为居"，向世人展示了农耕文化的悠久历史，被后人称作"绿色建筑"的窑洞，就是农耕文化最直接最真实的写照。在庆阳，窑洞像一位母亲，亲历着历史的变迁，看着她的土地上的民众繁衍成长，看着农耕文化和民俗文化随着历史的改变而繁荣昌盛。

庆阳境内数十条河溪缠沟绕壑，纵横贯穿，注入泾河、洛河，汇于黄河。经过地质运动，使高原的黄土地貌千姿百态，风格独特。

面对这河水环绕、沟壑纵横的黄土高原，尽管这里水力资源丰富，但对于观测丈量工程来说，却有一定的困难。张春荣他们的小组就是在这样的环境中一丝不苟地工作着。每天上山，直到工作结束后才下山。回到驻地，他们又将一天收集的数据进行整理分析，一干就是大半夜，他们从未感到疲倦。因为他们都怀着一个梦想，那就是用自己的双手建设山清水秀的美丽家园。于是，艰苦的生活条件和工作环境让这些朝气蓬勃的青年人感到其乐无穷，同时，在工作的过程中，他们所亲身经历的一切也让他们懂得了责任，懂得了担当与奉献。这一时期的经历，有太多的无奈与辛酸，也有太多的感动与收获，更有一些刻骨铭心的永远都无法弥补的遗憾。

测量专业的师生们住在东沟，白天师生们在当地相关部门负责人的带领下上山工作，一干就是一天。每天由负责后勤的何秀英同学挑担送饭上山。别看是女同学，挑起担子来不逊于男子。

师生们每天都早早地上山 ，中午时分，何秀英准时将饭挑到山上。午饭过后，大家就地而息，然后再接着继续工作。

一天下午，何秀英精心地为山上的人做了一顿丰盛的晚饭，并从太阳偏西时开始出发，挑着沉重的两只饭桶，沿着陡峭的山路一步一步地向山上走，她知道，山上的人们很辛苦，特意将晚饭多做了一些，她怕山上的人们吃不饱。她对自己说，一定要在太阳落山前把饭送到山上。

其实，做饭也是很辛苦的，更何况在那个“巧妇难为无米之炊”的年月呢，即便是这样，何秀英还是每天都绞尽脑汁地让伙食尽可能吃得可口些，丰富些。她知道，她的工作虽然涉及不到科学数据和标准尺度，但是，它也和上山勘测是一样的重要，因为，吃饭是人生存最基本的保证，而她要保证的是在最艰苦条件下工作的勘测队员们的基本需求，她必须做好。

何秀英整整忙乎了大半天，她觉得有些累了，做好了饭稍事休息后，她简单地吃了一点东西，保证身体的能量足够坚持到山上。都置办齐了之后，她精神抖擞地挑着担子上山了。

这天风好大。上午送饭时风似乎没那么大劲头，下午就不好了，越向山上走风力就越大了，比上午吃力很多。她觉得肩上的担子也重了很多，两条腿也不如上午轻快了。可是她必须得坚持着，一定走上去。

她沿着陡峭的山路吃力地向上走，偶尔停下来喘口气。眼看太阳一点一点地向山背后滑去，她有些担心也有些着急了，可是想快也快不起来。她记得他们刚刚来到这里时，乡亲们就告诉过他们，上山干活，不论有多少活必须在太阳落山之前下山，因为山上狼多，很危险。想到这些，何秀英心跳加快了，脚步也紧了，不时地摔倒，她觉得两条腿那么沉。最后，她索性丢下扁担，提着两只水桶，拼了命地向山上跑。尽管她竭尽全力，气喘吁吁，可是她的脚步实在是赶不上太阳下落的快啊。

天，慢慢黑下来了。很远很远的天边，还留着一抹暗暗的微红，那是太阳留下的最后一点颜色，她停在半山腰，看着那抹暗红渐渐隐去，环顾笼罩在青灰色天幕下的群山，听着山风在林间飘过时那瘆人的声音，她无助地期望能在这阴森中找到一点光亮。

山腰间的风好像故意恐吓她一样，不停地叫着，叫着，隐隐还能传过来各种声响，是飞禽的鸣叫，或是野兽的嘶吼。尽管她知道那些声响离她很远很远，可是，在这样寂静昏暗的山峦中，她害怕极了，早没了向山上走的勇气。她哭着拎起两只饭桶，向山下跑去。她已经找不到来时的路了，只知道顺着山坡一直向下跑，向下跑。

终于，她在山脚下看到了微微的光亮，她朝着那光亮拼命地跑着喊着："有人吗？有人吗？"

就这样，那"微微光亮"的主人——一位老大娘，把何秀英留下了。山里的人都知道这些能修水渠的人们，也都敬佩这些在他们眼里还是孩子的学生们。老大娘问明了何秀英的情况，心疼地把她拉到热炕头上，拿出一个蒸菜团团让她吃："吃吧，吃饱了就有劲了，就不害怕了。"

何秀英接过那个用野菜做的蒸菜团子，哇的一声哭了，老大娘也抹着眼泪。哭了一阵儿，何秀英平静了，她下地在老大娘的屋里找到一个瓦盆，把两桶饭菜全都倒进瓦盆里，又把那个菜团子放在桌子上，对大娘说：

"这挑子饭菜给你老留着吧。"

"不行的，挑回去吃，挑回去吃。"

老大娘争不过何秀英，留下了那一挑子饭菜。何秀英连累带怕，很快在老大娘的热炕上睡着了。

山上的各组成员直到晚上八点多才纷纷回到指挥部驻地。他们谁都没有追究何秀英没有给山上送饭的事，谁也没有想过找何秀英弄清不送饭的缘由，到驻地后大家都正常洗漱准备吃饭。这时，他们才发现何秀英不见了，互相询问，都说没见到她。带队领导和老师们着急了，大家来不及休息吃饭，立即分组上山寻找。

山里黑得伸手不见五指，大家打着手灯、火把，漫山遍野地喊着何秀英的名字。张春荣和三个同学顺着山路找到山顶上的金村寺，寺里有个小学，住着一对夫妻，他们都是这个小学的老师。夫妻俩已经睡熟，找人的队伍心急，不由分说直冲进屋子，夫妻俩看到拿着棍子、提着手灯的四个年轻力壮的男人不知是从何而来，为何而来，吓得浑身直发抖。丈夫慌慌张张地穿上衣服下了炕，女的蒙着头躲进被窝里不敢吭声。突然，一个同学发现从被窝里露出来两条长辫子，他猛地冲到炕前，拽着那辫子大声喊："何秀英！何秀英在这儿呢！"

那女的哆嗦着把头从被窝里探出来说："不……不是，我不是何秀英，我们是一家的。"

大家一看，真的不是何秀英，也顾不上道歉，急着转身离开了。那位丈夫担心他们走错路，真的遇到狼，带上自家的手灯追上他们，给他们带路。

同学们又在树上、沟底、灌木丛、破窑洞里仔仔细细地照着，找着。他们越找越紧张，真的有些绝望了。谁也不敢猜想何秀英的下落了，谁都害怕在某一处突然发现何秀英的一双鞋子、两条辫子，或者是一件褂子。尽管找了很长时间，可是谁都不肯放弃，继续漫无目标地寻找。

直到十二点以后，有一个小组爬上了半山腰，看见山腰上窑洞里有灯光，大家把希望寄托在那个窑洞里，急匆匆地敲开了窑洞的门。老大娘知道一定是来找人的，她边开门边说着："来了，来了，人在这儿呢。"

听了老大娘的话，大家终于长长地舒了一口气。几个同学赶紧举着手灯，向其他小组发出信号，高声地喊着："找到啦——找到啦！"

老大娘一遍又一遍地感谢那些孩子们，因为她收下了何秀英留给她的饭菜。两个男同学拎起何秀英送饭的桶，大家谢过老大娘，走出窑洞，一起下山了。

他们打着手灯，举着火把，默默地走在漆黑的山路上……

几十年过去了，他们这些人都已鬓发斑白，然而，这件事却成了他们永久的话题。每当他们再次相聚时，这一段经历总是能够让他们热泪盈眶。

1958年元月，黄河水利学校师生应邀到陕西支援国家建设。张春荣他们测量专业和水工专业的一部分师生被分到陕北。

冬季的陕北并不像东北人想象的那么暖和，干燥气候条件下的那股寒风还是让人觉得冰冷刺骨。有时赶上寒潮，始料不及的降温会让出行的人们感到畏惧。但也有不少人喜欢这样的冬季，尤其是雪后，迎着西北风顶着飘落的雪片，那也是一种意境。在由雪营造的情境下，顺山而建的一孔孔窑洞，任雪花随意装点，有的挂在门楣上，有的积在窗台上，有的铺在门前，有的洒在柴垛上，山坳、岭头都有雪的点缀。在这里，也能领略到毛泽东诗词中“山舞银蛇，原驰蜡象”那冬天的魅力，感受到祖国山河的辽阔壮丽。

既然雪随意，窑洞的主人们也随意。大雪过后，人们推开窑洞门，把门前扫出一条路，方便出行即可，至于山路上的雪，那便由它们与太阳之间相抗衡，有谁能去干预呢?

在张春荣的记忆中，童年时的冬季是最难熬的，特别是下过雪后，身上没有遮风保暖的棉衣，肚子里没有垫底的东西，谁都不敢出门，唯恐踏雪出去后再也回不来了。长大后，特别是到“黄校”上学以后，在大自然的变化中他学到了很多知识。张春荣懂得了大自然便是一本书，一本读不完的书。在享受春种秋收时节带给他学习上收获的同时，他也感受了冬季沉静之后的成熟与稳重，于是，他不再惧怕严冬。

师生们大约在农历腊月十五到达西安。在西安住下那天，当时的陕西省人民政府接待了他们。地方的领导把他们视为专家，也把当地建设开发水利工程的希望寄托在他们身上。到达西安的当晚，省政府特意为这些知识分子们安排了一场戏——秦剧《窦娥冤》。别看这些学生们是学水利的，他们同样有着深厚的中国民族文化的底蕴，对中国的民间文学艺术有着强烈的求知欲与良好的欣赏能力。在“秦国”的疆土上，聆听本土的戏种，此情此景让每个学生深刻认识到：国土辽阔，民族兴盛。

简单休息两天之后，在省政府有关部门的组织安排下，全体师生便乘汽车奔赴陕北延安。

到达延安已经是腊月二十四，虽然离春节还有一段日子，但是延安到处都充满了节日的气氛，每天都有三三两两的老百姓翻山越岭去城里赶集，置办年货。说句心里话，远离家乡的同学们见了这情景，不免也有些想家，可是没有一个人说出来，他们懂得他们此行的意义，所以，他们无怨无悔。

到延安后，他们被安排在刚竣工的一所中学住宿。腊月二十五和二十六两天，延安的有关部门组织他们参观了战争年代红军在延安时修建的枣园引水工程和燕儿沟水库。出乎同学们的意料，在那样的战争年代，没有设备，没有技术，没有资金，可是，红军战士们凭着他们自己的智慧和能力，合理地解决了陕北地区的水利资源问题，为民造福。看到这些，学生们在敬佩老一辈革命家大无畏精神的同时，也增强了完成此次任务的信念。从工地出来，他们又参观了当年党中央所在地枣园和毛主席住过的五个窑洞，参观了杨家岭党的“七大”会址——中央大礼堂，还有边区礼堂和宝塔山。在革命先烈们的精神感召下，师生们激动不已，大家提议一起登上宝塔，设身处地地感受红军的革命英雄主义气概与精神。

张春荣平生第一次站在革命圣地延安这块红色的土地上，他周身热血奔涌。虽说一直遗憾自己没能参军扛枪，保卫祖国。可是今天，当他面朝宝塔山，领略枣园的风光，思绪就像滚滚的延河水，他不再有遗憾。他懂得了，不论你站在哪里，只要你心中装着老百姓，只要你立志一生都在为人民服务，那么，你就能赢得人民的敬重和爱戴。张春荣写下了那两天的心得：

“当我踏上延安的土地，站在宝塔山下，当我走进枣园，看到毛主席住过的窑洞，当我漫步在杨家岭，目睹中国革命的领导者们办公的地方，当我置身于党的“七大”会址、聆听中国共产党领导人民打江山的辉煌历史。这一切，深深地震撼着我的心灵。

想当年，在民族危亡的关键时刻，新中国的缔造者们就是在这里，在极其艰苦的条件下，指挥并带领着全中国人民艰苦奋斗，英勇顽强，取得了中国革命史上一个又一个胜利，直至新中国诞生。

在这里，我仿佛看到了那弥漫的硝烟、闪光的战刀，听到了隆隆的炮声和嘹亮的军号。革命先烈用鲜血和生命换来了我们今天的幸福生活，我们今天就应该传承延安精神，忠诚党的事业，全心全意为人民服务。

今天，能来到这里，为革命老区的人民贡献我们的智慧和力量，我非常兴奋，也十分的自豪。我是一名共产党员，我要不辜负党的希望，不辜负革命老区人民的希望，为‘黄校’争光。”

从腊月二十七那天起，勘测工程开工了。张春荣他们测量队的师生利用两天的时间，测量了杨家岭一带引延河灌溉的水渠。相比之下，张春荣明显地感觉到这里要比他到过的其他地区艰苦，测量的地理环境也更复杂。在测量的过程中，他时不时地就会联想到当年的红军，想象着当年的南泥湾，想象着当年窑洞里的纺车，想象着小米加步枪的战士们。在张春荣看来，眼下的环境都已经相当艰苦，何况当年呢。就是这些感动，给了张春荣工作上的信心和动力。他们按照计划，圆满地完成了测量任务。

和张春荣分在一起的两名其他专业的同学是水工303班的苏金贵和水机101班的孟辉，他俩是到陕北林业局协助测水渠的。

腊月二十七晚，他们从工地上下来之后，林业局的领导觉得苏金贵和孟辉两名同学忍冻受累地工作了一整天，不忍心让他们回到驻地去休息。那个季节延安很冷，林业局的领导觉得他们辛苦了一天，明天还有更重的任务，给他们减轻点负担吧。于是，就把这两名同学安排在林业局的招待所里住下了。

那年月，老百姓们取暖多用火盆。火盆的材料有铁的、铜的、瓦的，也有泥的。用时把木炭放到火盆里点燃，红红的炭火慢慢地燃着，烤得屋里暖暖的。有时，还可以在火盆里烤红薯、土豆和玉米。因为，延安那一带森林很多，为了让树木成材，需要经常剪枝，修剪下来的树枝为人们的取暖及生活提供了方便。所以，火盆便成了农户以及单位的简易取暖设备。

林业局的领导留下了苏金贵和孟辉之后，特意嘱咐公务员给两名同学生上个火盆。公务员把一个烧得旺旺的大火盆送到了两名同学的房间，这让苏金贵和孟辉两个人非常感动。一切都安排好之后，他俩开始整理白天测量的数据，又一次次地核对，然后，制表、填数，整理完后，他们俩也觉得很疲倦，关好门窗、暖暖地睡了。

第二天早上，苏金贵和孟辉没有在上班的时间里出现。当时林业局有上早操的规定，管理早操的负责人向局领导汇报说，两名同学还没起床，是否派人去叫他们起来一起做操。局领导对负责人说：“不必了，他们昨天太累了，让他们多睡会儿，今天还有任务呢。”

早操结束后，大家都到食堂吃早饭，直到早餐的时间结束了，也没见到他们两个人过来。人们互相询问着，谁都没看见。这时，局领导才意识到有问题了，大家急忙向他们的房间跑去。当人们把门撞开的时候，大家惊呆了。屋里充满浓浓的木炭味，火盆里还有残余的炭火，他们两个已经昏迷过去了。局领导立刻叫来车，将他们两个送进医院抢救。

局领导和其他一些人都焦急地等在抢救室外面，他们怎么也没想到会是这样一个结果。那位公务员蹲在远离抢救室的一个角落里哭着，他责备自己没有告诉他俩不要关紧门窗。他后悔极了，他数落着自己：

“都是我，都是我，我忘了告诉他们……”

几个同志来安慰他，他想去抢救室看看，可是，他不敢，他怕听到他不想听到的消息。

经过抢救，孟辉终于有了呼吸，苏金贵同学最终也没有醒来，他就这样悄悄地走了。一起赶到医院的全体师生都痛哭不止。经林业局的领导们和医院领导沟通后，那天上午，就在医院为苏金贵举行了追悼会。参加追悼会的有支援陕北的“黄校”全体师生、林业局的全体职工，还有一些自发赶来的群众。大家流着眼泪送别了这位年仅二十三岁的同学。

下葬的时候，很多人都放声痛哭。用老百姓的话说，他是个活蹦乱跳的小伙子，咋说走就走了呢。

他还没来得及告诉父母他在延安，没来得及让父母看他最后一眼，没来得及叫一声爸妈，没来得及和他的亲人们说一声再见，就这样急匆匆地走了。

一个年轻的生命就这样结束了，谁也不知道他在弥留之际想的是什么。但是，谁都能想到，他一定有很多希望，很多期许，很多牵挂，可能还有很多遗憾。当他为生命而挣扎的那一刻，一定还有很多很多的不舍，他毕竟只有二十三岁啊！

张春荣回到驻地后，心情久久不能平静。他一直不相信这是真的，他还幻想着有一天在测量工地上会看见苏金贵的身影，他们太熟悉了。

晚上，张春荣躺在床上回想着他们在一起时的情景，每一个情景都是那么清晰。他控制不住自己的感情，一直在流泪。一个生龙活虎的年轻人就这么走了。

那晚，他休息好了么？那晚，他想父母了么？那晚，他梦见天堂了么？

这样的思绪一直萦绕在张春荣的脑海里，挥之不去。他又想起小时候听老人们说，想念过世的人时就给他们烧些纸钱，过世的人就知道了。张春荣起身拿出日记本，给苏金贵写了一封信，他要把这封信送给苏金贵。

张春荣走到一个山脚下，选择一处开阔的地方，把那封信烧了，边烧边说：“金贵，这是我给你的信，你一定要收到。你什么都不要想了，我们都会记住你。延安这儿的人们也会记住你。这里有很多革命先烈，你就在这里安息吧。”

这段心酸的往事，一直藏在张春荣的心底，很少触碰。

是啊，有些往事，不仅仅是一个年代的记忆，更是那段历史的情感与精神。它留给后人的是情感的净化和灵魂的呼唤。

三

过年了，延安家家户户张灯结彩，村村寨寨锣鼓喧天，山山岭岭花红柳绿，老老少少喜笑颜开。不论是静的还是动的，都看得你眼花缭乱，流连忘返。

你看，门上的对联，窗上五颜六色的窗花，墙上出神入化的剪纸，屋里千姿百态的年画，灶上造型各异的面食。你会被那凝固的艺术所打动，觉得“此处无声胜有声”。

你再看，婀娜多姿的秧歌，激情四溢的腰鼓，群而不乱的社火。你会被那美妙的场面所感染，真是“万紫千红满园春”。

还有那些小顽童，在父母的引领下，提着自制的灯笼，东跑西奔，一团一团红红的灯笼在沸腾的人海中穿梭，牵着你的心跟着一起跳跃。这一切，都会让你感受到丰富的民间文化艺术和传统文化的底蕴。

这里的人们有着悠久的楹联文化传统，每逢年节或红白喜事，都要贴对联。大多数人家的对联都是自己写，内容丰富，构思新颖。特别是过年，你在村子里走上一圈，很难找到内容相同的对联。家家户户都有一种想法，那就是要让自家的对联最有文采，最有创意。于是，在陕北人民看来，写对联不仅是喜好，是乐趣，是风情，更是他们生活中不可缺少的内容。它生生不息，被一代代人传承，深深地融入浓浓的民情之中。

吃过了年饭之后，人们都走出家门去互相拜年，互道新年快乐。整个村子其乐融融，让人感动。

丁酉年的那个春节，让张春荣怀念了一辈子。

由于水利建设的急需，测量和水工两个专业的同学特别忙。春节刚过，这两个专业的部分师生，在延安专区水利局张工程师的带领下，从延安出发，经安塞、志丹、到达吴起县，也就是当年红军二万五千里长征的终点。到达吴起县后，又会同县水利局王局长、技术员范开侠组成宁塞水利工程指挥部。引宁塞川的水灌溉吴起县南部宁塞川和洛河川的大片土地，解决农民用水之需。

在吴起县的那段时间，他们根据指挥部统一安排，除了完成宁塞引水工程的测量任务以外，还应指挥部之邀，到各处去测设小型水利工程，而且不论去哪里，都是他们自己扛着仪器，跋山涉水，徒步前行。有时，县委王书记带着张春荣亲自选线定点，让张春荣感到动力十足。

由于需要测设的地点很多，师生们经常一个人单独到某地作业。有一次，张春荣一个人被分到楼房坪乡脚踏川，他的任务是测量渠道。也就是说在这期间，他要在当地有关部门的配合下，独自完成测量专业的勘测与数据整理的任务。

脚踏川这个地名让张春荣想到了家乡逍遥寨和实习到过的其他地方的地名，他感叹古人创造的地名文化，让每个人的家乡都有着一个谜一般的充满爱恋和幻想的名字，让本土的人们与之难舍难分。

一个人担任踏勘任务，让张春荣学会了太多在共同合作时所学不到或体验不到的东西。在实际工作中，他更加理解了责任与担当的意义。

一天，他和往常一样，完成实习任务后，带着所有的设备独自一人从工地返回驻地。路上他要经过漯河，在这里，冬季的河并非冰冻三尺，湍急的河流表面漂浮着大块大块的冰排。村民们都习惯了走冰排，走水路要比山路近了许多。

张春荣清早往回走，没走水路，他从山路绕道而行。山路的特点是看着近，走着远，因为要沿着山路绕行，真有“咋走都不到头”的感觉。张春荣决定走冰排过河，这要比山路节省好长时间。另外，他也想尝试走冰排。

他扛着测量仪器，随身的挎包里装着小工具和测量记录。他站在河边，看着那一排一排的冰随着河水的滚动，相互碰撞着、拥挤着、追打着、交错着向一个方向涌去。在没有水流的推动作用时，它们聚在一起便发出咔嚓咔嚓的撞击声。有的在那撞击的瞬间破碎，有的依旧坚实地等待下一次的撞击，那阵势甚至比浪涛拍岸更壮观、更刺激、更富挑战。

他看着河面上漂浮的冰排，回想着前几天老乡教他的踩冰排过河的方法，准备过河。他整理好随身的设备和资料，试探地迈出了第一步，他学着当地老乡走冰排的样子，从这块冰跳到下一块冰，走得也算轻松。走着走着，他有些站不稳了。此时，宽阔的河面上只有他一个人，不免有些紧张。他强迫自己定下神来，走走跳跳，一块接一块向岸边挪动。就这样走着，他想起了“脚踏川”这个名词，他在心里给自己解释着这个名词，那就是：用勤劳的双脚踏出锦绣山川，他笑了。

毕竟是第一次这样过河，更何况他还身负重物，他开始喘息了。走到河中心时，他觉得体力消耗很大，想稍稍休息一下，便选择了一块较大的浮冰跳上去，让那块冰载着他向前流去。片刻，他又开始跳了，他给自己鼓劲——坚持，一定坚持到底！

然而，他真的力气不足了，这一步他没有跨上那块冰的中间，脚尖刚刚擦到冰的一角，那块浮冰被他的脚给踩了一下划走了，他掉到河里。他迅速地从水里抓起仪器箱子，就在他要起身的瞬间，呛了一口水。随后一溜冰从身后漂来，抵住了他的脖子。他猛地吸了口气，把头钻进水里，等他再抬起头的时候，两溜冰排交错过去。还好，河水不算深，刚好齐胸。他吃力地吸足一口气，把仪器箱子高高地举过头顶，把背包放到仪器上，竭尽全力地在水里踮起脚尖向岸边走去。露在水面上的部分已经结冻了，他觉得整个身子在往水里沉。幸好已近岸边。他从没有想过冬天的河水是这样的刺骨。在水里的下肢很快失去了知觉，高举起的双臂已被结冻的衣袖紧紧地包裹着，十个手指头痛得钻心，但他依旧坚持托举着那仪器，因为他知道那仪器的分量。他就以那样的姿势在河里躲着一大排一大排的溜冰，沿着冰缝往对岸蹚着走。

岸边有几个老乡发现了他，惊呼着跑过来，告诉他躲着交错的溜冰走，有几个老乡索性跳下水，朝他走去，他看到希望了。此时此刻，张春荣突然意识到自己在发抖，从心里抖到喉咙，难以克制。他哭了，他已经感觉不到冰河带给他的所有痛苦，机械地挪动着双腿，一步一步接近来援救他的老乡们。日后他回忆说：“那心情啊，就像一个孩子，孤零零地在大海上挣扎着漂啊，漂啊，眼看要沉到海底了，突然看到了一艘小船……”

上岸后，他一句话也说不出来了，浑身都在抖。老乡们连扶带架把他带到附近的一个窑洞里。

窑洞中只有父子俩在家，爷俩并没有因这突如其来事情而惊讶，就像乡里乡亲来串门一样自然、亲切。爷俩把张春荣放在热炕头上，儿子去灶上添柴，老父亲吩咐他熬一碗姜汤。

大家七手八脚地脱掉张春荣那身冻着冰碴的衣裤，几个人围着火炉烤棉衣。老父亲给他盖上了棉被，回头对那几个人说："冻透了，就这么捂着吧。"

张春荣躺进被里好久才不再打战，慢慢恢复了正常，浑身一下子轻松了很多，每个关节都可以展开了，他放心了。

老乡们告诉他说，在溜冰缝里走，必须得躲着两块交错的溜冰。要是发生两大块冰溜错缝，那冰块就像剪刀一样，能把人剪成两半。他们形容着刚才看到张春荣掉在冰河里的情景，他们都害怕了，好险哪！

坐在老乡的热炕头上，听着那些陕北话和普通话夹杂的口音，描述刚才他经历的危险，张春荣鼻子一阵阵发酸，他连声道谢。

太阳落山了，黄土窑洞被夕阳装点成橘红色，远山传来一阵阵暮归的羊鸣和古老的收工号子。暖暖的屋子，暖暖的亲情，这一切，都让人不忍离去。

张春荣重新穿上烤干了的衣裤，在老父亲执拗的挽留下吃了晚饭。饭后，他和那老父亲坐在火炉旁唠了会儿家常。在他准备返回驻地时，从兜里掏出钱，要给主人留下饭费，老父亲见状急了，说着张春荣听不懂的陕北话，拒绝收钱。那儿子替他的父亲向张春荣解释，父亲的意思是，张春荣是来村上修水利的，他是公家的人，是做公家事的，在老乡家吃一顿饭是应该的。别说是来修水利了，就是走迷路的人也都是能给饭吃的。能有公家的人到家里来吃饭，这是他们全家求之不得的，也是他们家的造化。张春荣也反复地向主人解释，给他们讲解组织纪律是每个人都必须要遵守和执行的。最后，费了好大劲儿才算说服了主人，把那顿饭钱留下了。

张春荣离开老乡家，走在返回驻地的路上，想起这一天的经历他既兴奋又感动。兴奋的是在与大自然的抗衡中他没有输，他克服了困难，战胜了自己；感动的是异乡的百姓给予了他亲人般的牵挂与关爱。他懂得了情有缘，爱无界。

一路上，他感到少有的轻松和畅快，他笑自己又从死神那里跑回来了。他望着天上慢慢现出的星星，想象着属于自己的那一颗。他发誓，要做一颗星星，哪怕它在人们的眼里是那么的微小。但不论多么遥远，人们都能看到它在那里熠熠生辉，都能因为它的存在找到自己的位置，找到回家的路。

他决定，把今天所有的工作在今晚全部做完，哪怕通宵达旦。他认为，只有这样才能对得起乡亲们对他的厚爱，对得起老百姓寄予他的期望。

第二天上午，一名姓仝的村干部来找张春荣。他认识这位村干部，他来到脚踏川的那天，就是这位老仝去楼房坪乡接他的。按照他们的工作计划，今天是去脚踏川计划引水口施测。

他们从张春荣的驻地出来，一路上聊得很开心，老仝欣喜地称赞张春荣有文化，有智慧，有能力，有责任心。张春荣听了，心里真的很高兴。他很想得到乡亲们的认可，更想得到领导们的认可，他想通过更多人对自己的认识来检验自己。当然，他也希望能听听这些前辈们对他的要求和希望。他非常敬重这位老大哥，张春荣在他身上读懂了很多东西。他的质朴、纯真，他的自信、执着，还有他一丝不苟的工作态度，都给了张春荣很深的影响。他明白，一个人只有具备了这些品质，才能够一步一步实现远大的理想。因为，理想不只是想，而是做的，做的前提是源于个人的思想品质与素养。他觉得眼前的这位大哥就是这样的人。

村子里很少有外来人，村民们看到外来人也显得格外地稀奇、高兴。自从张春荣到村里后，每次外出测量，身后总有很多人跟着看热闹，就是爬山跨沟也有人跟着。有的年轻人和半大的孩子们一天一天地跟着看热闹，偶尔还伸伸手帮忙。一开始，张春荣觉得不习惯，因为他们有时影响工作，可又不好说他们。特别是有些年轻人还向张春荣请教，了解各种仪器的零部件。慢慢地，张春荣习惯了他们的好奇，也经常利用休息时间给他们讲解他们想知道的。时间长了，张春荣总结出来一个规律，在看热闹的队伍里男人多，那这一天的工作就顺利。如果赶上女人多，那就难说了。因为张春荣对那些姑娘们束手无策。

有一天，老仝带着张春荣上工地。那天的活很多，而且分别到不同的几个点去测量。从东到西，从山上到山脚，整整一天都在奔波。村里的很多老百姓都跟着他们，围着看热闹。其实，有些女人就是想看张春荣，在她们眼里，这小伙子太有本事，能摆弄那么复杂的东西，年纪轻轻的能干这么大的事。用那些“家什”看来看去，他就能建出水渠来，可真神！她们看张春荣做什么都觉得那么好奇，那么新鲜，都非常羡慕。

这天天气不错，所以跟着看热闹的人里姑娘们多了。张春荣心里很无奈。姑娘们唧唧喳喳围着张春荣的仪器，看着张春荣工作的样子，说着，笑着，逗着，议论着，一直不肯离开张春荣的测量仪器，都想看看那个玩意儿照的是什么。不论张春荣怎么解释，怎么劝说，她们就是不离开，搞得张春荣无可奈何。他心里想，照这样下去，这一天的任务恐怕是完不成了。他悄悄地请老仝给出个注意，老仝想了想说："一会儿你就说这镜头照出来的人都没穿衣服。"

听了老仝的话，张春荣觉得可行，但他不好意思说出口：

"哎呀，办法倒挺好，可是，我说不出口啊，还是您说吧。"

老仝笑了：

"呵，还挺封建呢，行，我说。"

他俩商量好之后，老仝让张春荣把镜头转向人群，假装工作。姑娘们忽地一下围拢过来，连说带笑的，弄得张春荣脸都红了。老仝扯开嗓子喊："哎，都离远点，离远点啊，这镜头可奇怪着呢，它照不到衣服，要不你们谁看看，镜头里的人都没穿衣服。"

老仝自己也忍不住笑了。他的话还是起作用了，姑娘们又呼啦下跑远了。可是，仍有几个姑娘不相信，她们想看个究竟，反倒围得更近了。

"哎，小张，你把镜头对准她们，她们不信让她们自己看，可不许跑啊！"

那几个表示怀疑的姑娘见张春荣把镜头转了过来，又听老仝这么一说，信以为真了，撒开腿跑远了。

尽管这办法在张春荣看来是撒谎，但是真的起作用了。保证了工作的正常进行，他们顺利地完成了那一天的测量任务。

傍晚时分，他们收工了，老仝把张春荣带到他的老岳父家里。慈祥的老人为他们做了晚饭，安排好了他们的住处。掌灯时，老人、老仝和张春荣坐在一起唠起了家常。这一唠，张春荣才知道，老仝竟然是革命将领刘志丹的内弟，这着实让张春荣激动。他没有想到，他能在这里认识这些革命的先辈们。他也没有想到，这些与中国革命事业有着密切联系的人们，竟然也是这么普通的老百姓。

那一夜，他辗转反侧。他再一次地告诫自己，自己也是一个普通人，是党给了他读书和学习的机会。他认为，面对那些革命者，面对红色根据地的这些老百姓们，他永远都是一个小学生。

他无法入睡了，从被窝里爬起来，点上煤油灯，把当天测量的数据认认真真地逐项进行核对：计算闭合差，经水力计算得出渠道纵横断面，每个桩号的填挖高度和土石方工程量，以及引水、试水和交叉建筑物等的数量。把这些数据都核算完后，又做出了渠道施工表。一切都完成后，已是次日凌晨两点多钟。

那天这个地区有寒潮，晚上屋子里越来越冷，明显地感到四面透风。张春荣整理完了那些数据后，两只手冻得像猫抓的一样痛，指头也不灵活了。那晚，老仝怕张春荣冻着，他把炕烧得很热很热，张春荣看看天快要亮了，本想躺下睡一会儿。可是，热炕烙得他实在受不了，只好用被子围着蹲在炕角里。他看着这间简陋的屋子，回想着昨天晚上老人家讲给他的关于刘志丹的故事，还有关于老人的故事，老仝的故事。

当第一遍鸡叫时，张春荣才有了一丝睡意，他紧挨着炕墙边躺下，倒头便睡着了，直到老仝叫他吃早饭时才醒来。

早饭后，老仝带上他们的村干部和张春荣直奔到工地勘测。老仝请张春荣分工，然后要求村干部们各就各位。张春荣亲自交代一个个桩号的挖填高度和渠道的横断面，每一道工序他都亲自过目。张春荣还在施工现场结合工程的实际情况，对那些不懂技术的村干部们强调，不同的地质条件断面形状和尺寸是不一样的，目的是让每一个工程细节都保证万无一失。一旦失误就会带来经济上的巨大损失，不论什么样的工程都是如此。所以，细节是质量的保证。村干部们也都非常认真，一丝不苟地按照张春荣的要求去做。他们知道，这可是长久的工程，是要留给几代人的，马虎不得。

中午休息时，大家坐在一起，喝水聊天。张春荣很想听村干部讲那些革命年代的事情，他知道这些村干部们有很多都是当年参加革命的老干部，他很想在这听这些老革命们讲述他们自己的故事。他和老仝表达了他的想法，于是，老仝就和村干部们给张春荣讲了很多他从未了解过的关于延安的故事。陕北根据地的故事，红军的故事，刘志丹的故事。老仝还特别自豪地告诉张春荣，他有一次去北京看他的姐姐，也就是刘志丹的夫人，他还有幸见到了毛主席。

老革命们讲述的那些故事，让张春荣听得如痴如醉。他想起了小时候听过大人们常唱的一首民歌：

> 骑白马，跨洋枪，
> 三哥哥吃上了八路军的粮……

听大人们说过，据说这首民歌的诞生，和刘志丹领导当地农民革命有紧密联系。歌里的“三哥哥”指的就是刘志丹。

张春荣曾经形容那次去延安做测量工作，意外地得到了一次革命传统教育和一次灵魂深处的洗礼。正是那一次走进延安，让他坚定了要做一个真正的共产党员，真正地去为人民服务的信念。

几日后，张春荣从脚踏川回到吴起县宁塞渠修建指挥部。当时，工地上正在进行架线复测和跨越洛河的倒虹吸的施工测量。回到指挥部后，张春荣立即投入了紧张的工作。他负责技术监督和检验，每天都在工地上，而且每一个环节都要过目。工地上，成千上万的民工，热火朝天的干劲，让整个工地沸腾了。在填方工段上，老远就听见那浑厚响亮的劳动号子：

> 嗷一，嗷二，嗷三呀么跳来站，
> 轻轻地起，快快地落，
> 各人小心各人脚……

那号子可真是振奋人心呐，也真的能让人鼓起劲头来。

工地上不光是民工，还有很多领导干部亲临现场，和大家一样劳动。延安专区水利局的张工程师、吴起县水利局王局长和技术负责人范开侠、黄河水力学校的王应鼎老师，他们白天跑到工地上指挥施工，晚上回到驻地搞设计，每天都要工作到深夜。这一切都让张春荣热血沸腾，他仿佛又经历了一次革命，那就是建设新中国的大农业的革命。

宁塞渠的修建指挥部设在当年红军长征到达吴起镇时所居住的住所里。当年朱老总和几位中央首长就住在这家，房东还是那时的人家，普普通通的老百姓。当张春荣知道他们睡的那铺炕就是当年朱老总和中央首长们睡过的之后，他激动得想哭。他想起了他小时候解放开封时住在他家的指挥部那些新四军官兵们。他断定，他这一生与这些干革命的人们有着不能割舍的因缘。难道不是吗？自从他走进脚踏川，不论走到哪里，都能听到与中国革命有关的故事，都能感受到革命根据地老百姓那种忘我的精神、心甘情愿的品格和炽热的阶级情感。他已经被这种精神深深地影响了。这种精神，是他成为一名中国共产党员以来一直在寻找的目标。如果说，延安是张春荣人生旅途的起点，那么，延安精神就是他一生不变的信念。

不知不觉，冬天过去了，施工的困难期结束了。大西北的春天仿佛来得早，走出户外，就能感受到暖暖的太阳。有的山上开始慢慢地浮现绿色，乡亲们的院子里也渐渐地热闹起来了。

三月，是采油勺菜的季节。每天都有各家的婆姨们相约上山采野菜，回到家把这些野菜洗净、晾干，用它来做馍馍，做蒸菜。从入春开始到入夏，各种野菜按着它们不同的生长期，不断地满足勤劳的人们的温饱之需。现在想来，那是多么难得的“绿色食品”呀。

三月，春天开始了。天地有了生机，生活有了新气象。建房筑窑，相亲聘女，大都在这个开得了窑门伸得出手的季节里。张春荣在那里欣赏了一次陕北地区好看的民俗婚礼。

三月下旬的一天，指挥部旁边一户人家娶媳妇，村里的老老少少都赶来看热闹。添人进口是家族的大事，老百姓的喜事是村里的大事。那天天气晴好，太阳把整个村子都照亮了。全村的男女老少都来了，从办喜事的那户人家门前，拥拥挤挤地排在娶亲必经的路上，一直延伸到村口。大家都欣喜若狂地等待着娶亲的花轿到来。

大约上午十一点左右，远远地就听见了热闹的唢呐声。清新优美的陕北民歌《兰花花》，让远山都充满了柔情蜜意。送亲的人群和村路上接亲的人群都随着唢呐声哼唱那首家喻户晓的《兰花花》。

青线线那个蓝线线，
蓝格英英的彩，
生下一个兰花花，

实实的爱死个人。
五谷里那个田苗子，
数上高粱高，
一十三省的女儿呦，
就数那个兰花花好。
……

张春荣到延安后就常常听人们哼唱《兰花花》，当时，他只是觉着那旋律好听，他开始上山测量时，总有姑娘小媳妇们跟着看热闹，她们经常一开口就是兰花花。后来，他从乡亲们那听到关于兰花花的故事，他才知道，那首《兰花花》歌曲描写的是发生在陕北的一段真实的爱情故事。这首歌就是故事里的男主人公把他和心爱的兰花花那段凄美的爱情写成歌曲，留给了后人。难怪这里的女人们都那么喜爱这首歌。

送亲的队伍簇拥着两头毛驴，毛驴的胸前戴着鲜红的大绸子花，两头毛驴驮着娘家带来的嫁妆，大包小裹地在驴背上垛成了小“山”。抬轿的四个人随着《兰花花》的节拍，踩着秧歌步，那轿随着他们的脚步上下颤动着。按照这里的习俗，新娘子从娘家门出来脚就不能落地了，到婆家门口后，由新郎把新娘背进屋里，放在炕上。人们愿意看的就是到婆家门口新郎背新娘的情节，孩子们也是在这个情节里想尽一切办法折腾两个新人，那个时刻，整个村子都在笑。

宁塞渠指挥部的全部人马带着贺礼向这家人道喜。主人高兴得不得了。千恩万谢地行礼作揖，给指挥部的人发喜糖。这家的人们也在人群中传着，有公家的人来向他们道喜啦！给他家的喜事增光啦！这是村里人觉得最有面子，最光彩的事了。

中午的喜宴，不管你随没随份子钱，不管男女老少、大人孩子，全村的人都来吃饭，没有人介意，非常随便也非常自然。餐桌只有四五张，来的人坐满了就可以吃，吃完道过谢就走。指挥部的人们应邀在第一拨用餐，乡亲们都知道，指挥部的人还有公事，让他们先吃，公事误不得。就这样，一拨接一拨，一桌接一桌，从正午十二点开始，一直吃到下午四五点钟才结束。吃的也很简单，荞麦面饸饹，现吃现下，来多少人下多少面。掌勺的心里有数手上有准，保证不多不少，显的就是这功夫。饸饹除了面，汤里也有星点儿菜叶的点缀，有的还可以依照个人口味另加些小料，当然，那就得自己动手了。别看这么简单的“宴席”，后厨的人也得手脚不停地忙乎一天，他们是没有时间吃饭的，直到道喜的人们都散了，后厨的活都拾掇停当了，主人便在饭馆子里叫几个菜，斟上几杯“老烧”，给后厨的和“知客的”人们开个小灶。因为，这一天的大喜事全靠着他们帮忙操办呢。村子里的人们，也正是因为各家各户大事小情的往来，把人心都牵到一起了，感情也融在一起了。所以，邻里间都那么真诚，淳朴。这是张春荣来到这里后最明显的感觉，也是让他感触最深的。

第三天，娘家来人接新娘子“回门”，那个仪式也不亚于娶亲，也是热热闹闹的。回门没有轿子，新娘子骑着驴，娘家人拉着驴尾巴，一直走出村子。张春荣对此感到很有趣，他很想知道这个风俗的来源和缘由，为什么要拉着驴尾巴而不是赶着驴？张春荣一直没好意思开口问，直到离开那里，他也没求到这个解。

四月份是个好季节，给修建水渠的工程提供了良好的气候条件，一切都顺利地进行着。指挥部派张春荣带领一个组去黄陵县踏勘，根据黄陵县和延安水利局的要求，对清河进行勘测。他们的驻地被安排在位于桥山脚下的黄陵县政府。

黄陵县属中温带大陆性气候，地表地下水资源丰富，如果充分利用清河的水力资源，就可以在很大程度上缓解这个地区的干旱状态。

去清河的这组有七个人，其中的白济民同学，现在任黄河水利学院党委书记。七个人中只有张春荣是测量专业三年级的学生，其他都是一、二年级的学生，他们是水工和水机专业的，这次勘测工作由张春荣负责。

第一天的工作，老天爷就给他们出了个难题，天一亮就开始下雨，淅淅沥沥整整下了一天。可是，这些血气方刚的年轻人，无数的艰难困苦都没压倒他们，这点小雨就更不可能影响他们的正常工作了。

年轻人顶着小雨出发，翻山越岭到达目的地。他们冒雨作业，一共测量了十八公里，原本计划五天的测量任务，他们仅用了三天，提前两天完成了任务，这让他们欣喜若狂，也让他们更加自信，对未来充满了信心。

勘测任务结束了，他们在黄陵瞻仰了志丹陵，游览了黄陵，参观了黄帝庙，还有桥山上的参天古柏和黄帝墓，尤其是庙中的碑林。看着那琳琅满目以真、草、隶、篆、行等各种字体雕刻的石碑，真的让人肃然起敬，谁能不为此动情呢？谁能不为中华民族那博大精深的历史文化而感到自豪呢？

支援陕北水利化的任务历时五个月，在当地政府和有关部门的全力配合下，顺利圆满地结束了，他们怀着胜利的喜悦准备返回学校。当他们背起行囊，告别乡亲的那一刻，张春荣抑制不住内心的激动。他在之前的实习过程中到过了很多地方，然而，唯有这里给了他太多的感受。老区的历史，老区的精神，老区的人民，这一切都让他深深地受到了一次心灵上的触动和灵魂的洗礼，也许，正是在这里目睹和亲历的一切给予他的人生观和世界观的启迪与教育，成为了他一生的精神财富。

在黄河水利学校学习、实践以及下农村支援的几年里，张春荣所经历的不仅仅是学习与劳动的辛苦，同时还有更多生活的艰辛与磨难。也许，这些经历就像时间的浪花，汇聚成了奔腾不息的岁月长河。这位传奇老人的岁月长河，就像黄河一样，让人崇敬，令人赞叹，引人深思。

四

1958年8月，结束了三年愉快紧张的学习生活，张春荣从河南黄河水利学校毕业了。他们这一批学生毕业分配是纳入全国统一分配计划的，分配方向是水利部、“黄委会”以及全国六大电力设计院和各省水利厅。

在决定毕业去向的那段日子里，张春荣的心里一直很矛盾，回想当年接到黄河水利学校录取通知的那一刻，他就发誓，毕业后一定要回到家乡，用自己的双手改变逍遥寨的面貌，回报父母，回报父老乡亲。

父母含辛茹苦送他上学，作为儿子，毕业后，他真的应该回到家乡，回到父母身边，至少要弥补这些年没有陪伴在父母身边尽孝的那份歉疚。其实，这件事一直在他心里装着，每每想起，他都隐隐心痛。然而，当他走出校门实习的时候，他又发现各地农村的现状和他的家乡一样，都需要有人去改造，去建设。

经过无数次实习的历练，经过无数先进榜样的影响，他的思想不断成熟，他读懂了“国家兴亡，匹夫有责”的深刻含义，也越来越深刻地认识到：回报，是担当而不是回馈，是为了所追求的事业的全力奉献，而不是奉献后所得到的名与利。他一直在心里铭记着在党旗下宣誓的那一刻，他这一生就要为党的需要而献身。

经过深思熟虑，他最后选择了到最艰苦的地方去。成长的经历让他深刻地懂得，雪中送炭比锦上添花更有价值。于是，他主动申请到甘肃去。

就这样，张春荣怀揣理想，充满自信地上路了。

张春荣被分配到甘肃省水利厅工作，和他一起分到水利厅的一共有五名同学，由他带队。五个人当中，张春荣和同专业的王有道被分配到水利厅勘察设计院第四测量队。他们集体到水利厅报到之后，厅里很快就把他们分配到各室,他们也立刻投入到了工作中。

工作伊始，张春荣干劲十足。他一直所向往的就是可以用自己在学校所学到的理论知识与专业技术，去为祖国急需发展的水利事业做出贡献。这个愿望，从张春荣被“黄校”录取的那一天开始，就深深刻在了他的心上，从未泯灭。所以，在学校刻苦钻研的三年中，他通过多次的实习，记录并统计了大量的勘探数据，而且他在下乡支援的实地测绘中，检验了他所统计的数据，一次又一次的实践证明，他的统计是准确的。到水利厅工作后，他又进一步整理了这些从实践中获取的宝贵资料，想把它上交，希望自己的努力能够为水利建设中的测量工作提供方便，他也特别期待能得到专家们的指教。他犹豫了一段时间后，终于鼓起勇气与勘察设计院的领导谈了此事，得到了院领导的肯定，院领导也对他充满了期待，觉得他是个可培养的人才。工作不长时间后，张春荣很快就担任了测量队党支部委员和团支部书记。

1958年，那是一个冲动的年代，工农商学兵齐上阵，为实现那些不切实际的“大跃进”目标而奋斗着。无疑，刚刚走出校门的张春荣，和成千上万的劳动者一样，在这场运动中，尽管他们有过疑虑，有过担忧，也有过彷徨，但是，朴素的阶级感情让他们坚信并期待“一天等于二十年，共产主义在眼前”那个美好前景的早日实现。刚刚走上工作岗位的张春荣，不讲任何条件，没有任何要求，想的只是好好工作，恨不能一下子把自己学到的东西全部用上，为人民服务。

1958年11月，那个显得过于寒冷的冬季，终于因为在“大跃进”运动过后的冷静，国家决定着手解决在那场运动中出现的经济工作中的问题。

就是在这样的时期，张春荣刚刚熟悉了设计院的工作，被抽调到甘肃省委工作团，到甘肃省泾川县城关公社蒋家大队新沟生产队开展工作，和他一起去的还有后来担任设计院院长的牛伟同志。

泾川县位于黄土高原中部，东西长57公里，南北宽36公里，总面积1409.3平方公里。地貌地形属典型的黄土丘陵沟壑区，地势自西北向东南倾斜。境内占总面积63.4%的丘陵沟壑区梁峁起伏，沟壑纵横。这里的大陆性气候显著，四季分明，冷暖起伏不大，降雨多集中于夏季。

泾川县境内有泾河及其支流汭河等五条河流，正是因为泾河在此，故得名泾川。

泾川的魅力不仅仅在于它独特的风光，更主要的是它地处古丝绸之路要冲，历史悠久，文物古迹多， 著名的南石窟寺成为了当今泾川旅游业的主要景点之一。

然而，当年的泾川并不是那么的多姿多彩，很多地区还很落后、贫穷，老百姓的日子过得很苦。工作组到达泾川后，直接住进了城关公社蒋家大队新沟生产队。

深入农村做工作，对张春荣来说还是第一次。他认为，要想做好工作，首先要了解情况，掌握第一手材料，才会有发言权，才能具体解决问题，才能赢得村民的信任。于是，进村以后，张春荣立即召开了村干部会议，听取村干部关于“大跃进”时期出现的问题的汇报，以及目前存在的问题。村干部的会议让他有了第一手材料。接着，他带领村干部挨家挨户走访村民，广泛听取群众意见，扎扎实实地做各项调查，并对村里的生产和农民的生活实际现状，做实地调研，找出问题，明确重点，以便更准确更有效地解决“大跃进”遗留的问题。

当时正值秋收、秋种的时节，安排群众生活，搞好秋季生产，是当时的重要工作，工作组一方面抓好秋季生产，另一方面做好群众思想工作，收集群众提出的有关“大跃进”时期的意见。经过一段时间的工作，工作组收集了很多群众的意见及提案。他们逐项研究群众的提案，根据村里的实际情况，尽可能地合理解决群众提案中的问题，处理那些涉及群众利益的事件。他们主要做了以下三件大事。

一、搞好秋收

1958年，全国都在高喊农业大丰收，但事实上，农村的很多地方并没有丰收，有些地区丰产不丰收。由于“大跃进”时期掀起了“全民大炼钢铁运动”，造成大量劳动力外出大炼钢铁，农村缺少劳力，无法满足农耕农收的需求，造成粮食减产。听村里群众反映，很多家由于庄稼没人收割，都散在地里，烂在土里。张春荣了解这一情况后，立刻组织当地干部群众及时抢收，并精收细打，最大限度地做到颗粒归仓。这一行动，让村民们似乎看到了希望。

二、搞好秋种

秋种工作以促进冬小麦恢复性生产为重点，是保证来年粮食收成的最重要工作之一。张春荣带领工作团到各生产队检查秋季种子情况，并派生产队队长对各家各户进行走访，对家庭劳力情况、种子情况及播种设备进行调查了解，做到心中有数，并且根据各户实际情况进行调配，确保各家各户及时播种。在工作组的指导下，村民们首先把种子准备足，接着，在播种期做到精耕细作，不放荒一寸土地。

三、纠正浮夸风

工作团向生产队提出，今后，不论是春种还是秋收，不论做任何事情，都要实事求是，不可虚报浮夸，坚决杜绝唱高调、冒进的工作作风，要脚踏实地，切实做好村里的每一项工作。张春荣亲自到各队调查核实秋季产量，要求各队报实报足产量，不得有半点虚假，这是关系到农民生活的大事。

事实上，农民们已经吃够了假冒浮夸的苦头，他们不愿意饿着肚子去高喊"粮食大丰收"，他们只求吃饱穿暖，他们习惯了"面朝黄土背朝天"换来的仓满囤盈的生活，他们习惯了实话实说。张春荣抓住了农民的心理，及时地引导他们要把一切工作做到实处，还要有全局观念，为国家着想。他指导队干部，在安排好群众生活的基础上，按要求把余粮卖给国家。

那个时期，人民群众的思想还没有跟上社会发展的步伐，有很多根深蒂固的东西还没有彻底摒弃，特别是又经历了一次盲目的"大跃进"，农村的问题就更加难以解决。尽管一段时间的工作让张春荣看到了新沟的变化、也看到了希望，但仍有很多问题由于政策的原因陷入困境，他强迫自己坚持下去，只要是符合农民的利益，就一定做到底。

一天早上，张春荣正在队部里和生产队干部们研究余粮分配问题，忽见一大群人冲到队部院子里。原来是本村的村民听说公社来人收粮食了，他们联合起来到村部找村干部解决问题。张春荣看着蜂拥而来的村民，还没弄明白是怎么回事呢，就见城关公社的干部们赶着毛驴，一个个神情严肃地走进村部的院子。村里的乡亲们看见公社的人来了，便七嘴八舌地开始和他们理论，双方各不相让，现场一片混乱。张春荣向公社来人了解事情经过，他看着公社开出的新沟生产队公粮收购数量，根据近来他调查掌握的相关数据，和村干部们估算了一下，结果发现，如果按照这个数缴公粮的话，就是把全村的口粮和种子全加在一起也达不到那个标准。张春荣用合理的数据向公社收粮队说出了自己的意见，他提出，要根据村里公粮的实收量，在保证村民的口粮前提下上缴公粮，否则，是违背上级有关政策的。听了张春荣的意见，公社的人们还是坚持着自己的意见，并一再表明他们是在执行上级的指示，谁都没有权利随便变更。张春荣把新沟生产队研究制定的公粮收购方案详细地向公社的人们作了说明：首先，按全村人口每人每天一斤粮的标准留足口粮，而且要到麦收结束，新粮食收完；其次，按照全村土地密植耕种的标准留足种子，还要有一部分机动种子，以补充天灾造成的出苗率低的问题；再次，要根据村里牲畜的数量，留足牲畜的食料，村里的春耕秋种、运输出行全靠牲畜，它们也不能饿着肚子劳动，它们是村里无法替代的劳动力。

张春荣说明了新沟村的公粮收购方案后，公社的干部们表示反对，并且认为，村里必须要接受公社的意见，没有理由反对。张春荣的态度是，不论收粮的标准是哪儿定的，最重要的是要保证老百姓能吃上饭，必须要满足这个条件，这是老百姓的最起码的生存条件，这也是共产党为人民服务的根本。张春荣很耐心地做他们的思想工作，耐心地讲明要从实际出发，实事求是，切实解决农民生活，不能只为了达到虚报的产量指标而不考虑老百姓的实际生活需求。

听了张春荣的话，新沟的村民们都非常高兴，情不自禁地鼓起掌来，并且坚持要按照生产队的方案上缴公粮。但是，公社来人也表示了他们的难处，因为，他们也有指标要求，不能按指标完成公粮收购任务，他们谁都不敢承担这个责任。见此情景，村干部们慌了，不知如何是好，村民们也都企盼着张春荣给他们拿主意，为他们撑腰做主。张春荣将此事汇报给省工作团和泾川县委，上级的答复是：按照新沟生产队的方案执行。于是，公社的干部们没有理由再争执了，无奈地赶着毛驴走了。新沟的乡亲们一下乐开了花，张春荣也松了口气。村民们说："不是小张和工作组为我们顶着，我们可就没办法了。家里没粮食，地里又没人劳动，以后可怎么活呀！"

乡亲们给张春荣讲了其他村因为收粮食的问题造成饥荒的事，几个村民还带张春荣去了榆都原上村。

距离新沟不远的榆都原上村，由于实际粮食产量与上报粮食产量指标不符，造成严重缺粮，村里很多劳动力外出"大炼钢铁"，致使地里的夏收作物没人管，再加上村干部没能切实安排好村民生活，大多数村民家里没粮吃，村里甚至出现饿死人的情况。村子里有很多老人和孩子，因为饥饿而骨瘦如柴。

张春荣回到新沟村，看着新沟与原上村截然不同的景象，他的心里得到了一丝安慰。的确，榆都和新沟同在一个乡里，同在一片土地，却有着如此不同的结果。不单是新沟，就是邻近的凤凰、蒋家等村也都在热热闹闹地闹春耕，村民们都开始以自己的方式，从“天灾人祸”中挣脱出来，用自己的双手改变着家乡的面貌，创造着丰衣足食的生活，可原上村那里，还没有走出“大跃进”的阴影，他们还需要政策的支持。张春荣真的很希望能在这里为乡亲们多做一些工作，解决一些实际问题，和乡亲们一起去改变目前落后的面貌。

那年的麦收时节，张春荣正带领村民收麦子，丰产的麦子刚刚运上场，他接到了上级的通知，派他到砖窑湾村去工作，而且要马上行动，去解决砖窑湾的粮食问题，安排村民生活。

接到通知后，张春荣意识到了砖窑湾那里形势的严峻性。尽管他心里没有太大的把握能够改变那里的形势，但是他坚信一点，只要坚持原则，保证农民利益不受损害，就一定能完成任务，一定能赢得民心。

他把上面的决定向村干部们汇报了，交代了村里下一步的工作安排，然后向大家告别，准备回自己的宿舍收拾行李。这时，老乡长蒋续合、队长景登成及麦场上的社员们都围拢过来，老乡长含着眼泪拉着他的手恳求他不要走。

景队长说：“自打你来了之后，还没吃上一顿好饭呢，跟上边说一下，眼看麦子要收下了，收完麦子吃顿好馍再走。”

村民们也都流着泪挽留他，都说等着新粮食到家了，吃顿饱饭、吃顿好馍再走。乡亲们知道，要不是他给乡亲们撑腰做主，要不是他领着播种收割，要不是他指导村干部搞好管理，村里的活计哪能这么顺呢！

张春荣被感动了，他深刻地体会到，农民的情感是那么单纯，他们最大的愿望就是有地种、有饭吃，有时他们的确表现得有些狭隘，但是他们真实。

他告别了新沟的村民，在老乡长和队长的陪伴下，边走边聊，并一再嘱咐他们，有什么困难告诉他，他会尽全力的。老乡长也提醒张春荣，砖窑湾村的人和新沟村人不一样，一定要格外小心。

砖窑湾村海拔高，受气候影响，夏粮还没有成熟，而且整个村子的夏季田间管理和村民的生活状态，远不如新沟。当张春荣刚刚走近砖窑湾村时，他明显感觉到了村民们对他的排斥和不信任。他还听说这里有几个人传出话来，准备以他们的方式“会会”张春荣,如果不给他们解决粮食问题，不按照他们的意愿行事，就让他站着进来躺着出去。

张春荣刚走进村子，只见一伙四十岁左右的男人，每个人手里都拿着家伙，他们的脸上是敌视的表情，一个稍显壮点儿的人像是他们的头头，见到张春荣走过来时，有几个人犹豫着要退，被那个人阻止了。在他们的身后，是老老少少的村民。见到这样的场景，张春荣怔住了，他没想到要“会会”他的人真的在等他。但是，张春荣没有退缩，一步一步走近那伙人。陪在张春荣身旁的两个村干部见此情形慌了，过去要抢那伙人手里的家伙，那伙人强硬地没放手。双方就这样面对面地站着。

砖窑湾的人们祖祖辈辈生活在这里，因为无法摆脱恶劣的生存环境，无法改变贫穷落后的面貌，而形成了自卑的心理，更何况一些错误的运动让他们手足无措。但是这些都不是他们的错，所以他们有不满，有埋怨，他们认为这一切都不该让他们自己解决。

当他们与等待多时的工作组见面之后，出乎他们意料的是上面派来的人竟然这么年轻！他们原以为工作组的人应该是穿制服，穿皮鞋，满面红光，一看就知道是公家的人，怎么也没想到会是这样一个和村里的年轻人差不了多少的小伙子。他们的心里不由得软下来了。不过，在没有达到他们的要求之前，他们还必须要保持着这样的态度。

张春荣看着那伙人和他们身后的乡亲们，心里颤动了一下，能说什么呢？就这样僵持了好一会儿，张春荣平静了一下情绪说：“我叫张春荣，是上级派来帮助村民解决问题的，从现在开始，大家有什么困难就和我说吧，我解决不了的，还有公社，有县里……”

张春荣的话没说完，那个“头头”用力地将手里的两米长的木棒在地上狠狠地撴着说：“要我们的口粮，老的少的都饿着呢。”

他的声音很高，情绪也很激动，说话的时候，眼圈红红的。

“请乡亲们放心，上面就是派我来解决这个问题的，我保证大家有饭吃。”

听了张春荣的话，村干部们的心里一块石头落了地。他们请张春荣到生产队，向张春荣汇报了村里的生产情况、劳力情况、粮食情况，还有村民们担心的缴公粮的情况。总结村干部汇报的情况，张春荣认为目前亟待解决的是口粮不足的问题，按全村人口核算，每人每日的口粮数只能按“两”计算。按照这个标准，老人孩子还可勉强度日，青壮年就根本无法填饱肚子。即便如此，还是不能完成上面所给的缴公粮数。

张春荣听完汇报后，和大家商量了一下，便带领村干部挨家逐户核实缺粮数量，并准确地做了一份“砖窑湾村村民口粮明细表”，他心里有数了。

两天以后，他组织了一次村民大会。会上，张春荣首先讲了他调查了解的经过，其次，对掌握的情况做了全面的分析，提出了问题的原因，最后，公布了明细表上的各项数据，得到了村民的认同。他又趁此机会宣传党的关于农村的一些政策，让村民们认清目前的困难是暂时的，是落实政策过程中所产生的矛盾，只要有党的政策，这一切都是完全可以解决的。

村民们从来没有听过公家的人给他们讲这些事，他们也不懂什么叫政策，他们关心的只是自己种地就要有饭吃，自己够吃了才可以缴公粮。那个“头头”直截了当地问张春荣：“你就告诉我们，能不能让我们吃上饭？”张春荣做过保证之后村民们放心了，都回去等着分粮食。

张春荣和村干部们又作了一个详细的补充粮食的计划，按照每人每天半斤的数量，直到麦子成熟入仓，一次性发够。就这样，他们带着统计表和计划，到公社办理了相关手续，然后，直接到原上国家粮库将粮食运回砖窑湾村。

粮食运回村里后，立刻组织社员领粮食。谁也没想到这么大的事就这样快地定下来了，这些粮食被一份一份地分给村民。当每家每户分得了新粮之后，老老少少围着粮囤看呀，摸呀，笑呀。有饭吃了，能吃饱了，村民们都很高兴，劳动也有干劲了。

张春荣带着完成任务的疲惫，回到自己的房子里。收到粮食后的农民那种满足和喜悦，让他感到欣慰。他有信心了，这第一步迈开了，接下来就好走了。

不料，没过几天，新的问题又出现了。原本这些粮食是要计划着吃，至少要吃到新麦子下来。可是，有的人家拿到粮食之后，一天就把三天的口粮给吃了，张春荣知道后很着急，如果这样下去，还会有一些人家等不到新粮下来就断顿了。他立刻组织村干部们下去走访，做村民的思想工作，一定要保证分到手的粮食与新粮接上，他再也不想看到饥饿的眼神。

他们走进各户，先看粮食用量，再做思想工作，大部分村民接受了他们的建议，只有一户让张春荣费尽了口舌。

这一户只有一个男人，四十刚出头，他那体格靠劳动吃饭肯定是没有问题的，可是他并没有那样。也许是因为孤独一人，所以，家里搞得很不像样子。院子里的柴草堆得很乱，屋子里没有任何家具，几件破褂子在炕上堆着，地上胡乱地摆放着几个搪瓷盆，分不出来是做什么的。炕上没有炕席，光秃秃的。张春荣迈进他家门槛，男人先是一怔，看清了是张春荣之后，高兴地将他引进屋子坐下。张春荣这才看清地上的箩筐里有十几块烙好的饼，还冒着热气。张春荣刚想问个究竟，男人说话了："张干部啊，你来得正好，我正要去请你……"

张春荣打断了他的话，看着地上那些烙饼很气愤，他端起那个装饼的箩筐，站在男子面前，就那么看着男子。可能是他因为生气眼神有些可怕，吓到了那个男人，只见他慢慢地向后退着步，眼睛一直没敢离开张春荣的视线。

"烙这么多的饼子干吗？"张春荣把那装饼的箩筐举到男人的眼前问。

"我……哎……我，我是给你烙的。"男人还是退缩着回张春荣的话。

"有粮食了，我高兴，我就烙饼请你吃，这是你给的粮食，要不我就饿死了，我想谢谢你。"

张春荣听了男人的话，心里很不是滋味，喉头微痛，两眼发酸。

"为什么要谢？那是我的工作。"

男人从张春荣手里接过箩筐，重新又放在地上。张春荣蹲下对他说："这可是你的口粮啊，要吃到新粮食下来呢，这一顿就用了这么多，以后不该挨饿了吗?咱可不能这样啊！"

"我真的是要谢你的，要不是你给我们找粮食吃，我就饿死了，你救我一条命啊！"

男人说着说着就哭了。

张春荣早就知道这男人，他是村里最穷的一户，四十好几了还没成个家，就是因为穷，他自己也很消极，不好好干活，不好好生活，就这样邋遢过着。分粮食后，他就高兴得不得了，自己烙了一锅饼，想去请张春荣吃饭，不想，张春荣自己上门来了。

张春荣看着那一锅饼，心里真的很不是滋味。他刚进来时真的想狠狠地批评他一通，可是看着他那真诚、无助、委屈的眼神，张春荣又说不出口了，他这是饿的呀！张春荣拉着男子的手，又重坐在炕上，告诉他："粮食到手了一定要按计划吃，像这样的吃法，恐怕坚持不到收麦子，一定要精打细算，保证每顿都有饭吃，别吃多也别饿着。这样，才能慢慢渡过难关。"那人听了，感激不尽，连连作揖。

从男子的家走出来，张春荣马上和村干部们商量，召开全村大会，讲清计划用粮的重要性，确保麦收之前家家户户不缺粮。

张春荣走在田埂上，心情很沉重，他从来没想过，在中国的农村，在这广袤的大地上，这些勤劳朴实的农民，终日面朝黄土背朝天地劳作，到头来却吃不上一顿饱饭，甚至被饿死。那一年真的是风调雨顺，然而，仓里却颗粒无收，老百姓的汗水换来的是贫穷与饥饿，难道这不是人类自己制造的悲剧吗？事实证明，社会要发展要进步，就要遵循自然法则和客观规律，一切有悖于自然与科学的行为，都将以失败告终。

他看着那广阔的田野，默默地祈祷着：国家太平，民众安生。

时隔数月，工作团工作结束了，张春荣带着太多的收获与感慨返回设计院。他回顾这一段时间的工作，似乎对自己更有信心了，经过几天的整理，完成了《泾川的启示》一书的初稿，他希望将以此作为他未来事业的动力。

几天后，院里召开总结大会，曾是工作团领导成员之一的设计院领导任钰主任，在大会上首先肯定了工作团成员们的工作成绩和取得的良好成果，然后，重点对张春荣的工作做了高度的评价，特别对于他听从指挥，服从分配，不论多大困难，不讲条件，从无怨言的精神提出表扬。最可贵的是，他有着深厚的阶级感情，所到之处，都能与那里的老百姓打成一片，脚踏实地为群众办事，赢得了民众的拥护和爱戴。最后，任钰主任号召全院同志向张春荣同志学习，学习他艰苦朴素的生活作风、一丝不苟的工作态度、细致入微的工作方法和积极主动的工作热情，不折不扣地按照党的要求，做好农村工作。

听了领导的讲话，张春荣十分激动，他真诚地向大家表示："我是一名共产党员，我同样是农民的儿子，我是从旧社会长大的，新中国给了我上学的机会，党给了我工作的机会，我享受到了这一切。现在，社会主义建设需要我，我就应该尽我的全力为党、为祖国、为人民服务，这是我一生都不能放下的责任。我所做的一切，都是按照党的要求做的，都是一名共产党员必须做到的，如果离开党的教导和群众的支持，我将一事无成。”

农村工作就这样结束了，张春荣已经不再去想那些村民对他的怀疑、猜忌、威胁以及不信任给他带来的恐惧和压力，更多的时候他都是在回顾，在反思，在总结。他知道，自己的收获并不都是成绩与荣耀，还有逆境中的坚持、失败后的反思，这些收获，才是他成长和进步的动力。

泾川的生活让张春荣更成熟了，他为泾川所做的一切都证明了他不愧是农民的儿子，不愧是共产党人。

五

人生总会有几次转折，它总是在你还没有做好心理准备去选择并为自己的选择奋斗的时候就不约而至。但是，如果把每一次转折都作为一个新的起点，那么，总会有一个起点通向最终的目的地。

也许，张春荣从来没有想过他最后的那个落点，他只知道要用毕生精力去寻找那个落点，那一定是他真正的归宿。然而，命运中与黄河不可分割的缘分，时时刻刻牵动着张春荣的那颗心。正是这份从未沉寂过的挂念，把张春荣带到了黄河的源头。

1959年，张春荣在勘察设计院的工作已有了一定的成绩，院领导十分看好他的能力，从这年的7月份起，他受命到设计院人事科协助整理人事档案。这项工作对他来说很陌生，但他并没有因为陌生、因为是协助工作而怠慢，只要是不懂的他就认真请教，正是这种精神让他比别人多学到了很多东西，同时，也得到了领导的认可、同事们的称赞。

自从到档案室协助工作之后，他每天都把自己看作是档案室的人，他认为，只要是工作的需要，不论在什么位置都应该脚踏实地。

张春荣虽然在档案室工作的时间不长，但在人事科陈科长眼里，张春荣就像一滴水，总会毫不犹豫地去满足人们的渴求。正是因为这个原因，陈科长每天都要到档案室走一走看一看，这位女科长很想通过实际观察来验证自己的判断。可谁能想到呢，一个偶然的机会，陈科长偶然说出的一句话，竟然再一次改变了张春荣的命运，正是这次偶然，为张春荣打开了另一扇大门。也正是这扇门，给了张春荣勇气和力量，使他走得那么从容，那么坚定。

那是一个很平常的上午，陈科长例行公事到档案室来，她一改往日那神清气爽的状态，只见她进来之后，先四周看了一圈，然后坐下，顺手抄起一份报纸，漫无目的地浏览着，她的神情让人看出来她有心事。张春荣礼貌地向陈科长问好后自顾自忙着。陈科长放下报纸，慢慢地直起身靠在椅背上，轻轻地舒了口气，隔着窗玻璃久久地向外凝视着。屋里很静，负责人事工作的小李疑惑地看着陈科长，小声地问了一句：

“有啥事吗，科长？”

陈科长叹了口气，看着小李说：

“去西藏的人员到现在还是定不下来，怎么办好呢？”

“还没定呢？”小李应和着。

“是啊，好像都有点惧怕那儿的环境。”

“也是的，的确是个实际问题呀！”

说者无心听者有意，张春荣听了他们的对话，心里莫名一动，只是不好立刻询问缘由，他很希望他们俩的对话能继续下去。

陈科长停了片刻，又拿起刚才那张报纸翻看着。

“什么时间上报？”

“快了。你说这够条件的人选都不太愿意去，都说那儿苦，其实谁也不知道到底苦到啥程度，就是没人敢报名。”

张春荣终于按捺不住了，轻声问科长：

“什么条件可以报名？”

“要有相应的技术级别。”

“具体是啥标准呢？”

陈科长若有所思地看着张春荣说：

“按省里的通知，从我院抽调一名技术级别在十三级以上的水利技术员。院里目前有够条件的，但有的的确有困难，有的呢，是没考虑好，主要是担心西藏的条件和目前那里的局势。所以，还没定下来呢。再等等看吧。”

听了陈科长的话，张春荣微微感到一点遗憾，因为他目前的技术级别是十六级，与要求有差距。不过，他似乎觉得还有希望，那就是目前还没有人报名，就说明他可能还有机会。眼下他还不好意思向陈科长申请。但他不想放弃，很想争取一下。

他又试探着问陈科长：“怎么就从我们院里抽调呢？”

陈科长告诉他：

“从各省抽调，因为西藏平叛和民主改革需要一些人，特别是技术人才。所以，咱们省给咱们院一个水利技术人员的名额……”

没等陈科长说完，张春荣就迫不及待地说：“科长，我可以报名吗？我知道我的技术级别不够，但是，我很想去，我真的很想去。”

陈科长认真地看着张春荣，思忖片刻说：“你去？怕不行。”

张春荣等了一会儿，见科长没下文，他又接着说：

“如果没人报名的话，请科长考虑我，我申请进藏。”

陈科长站起身，慢慢地在屋里踱着。

张春荣也站起来，看着科长。

“不是你的技术级别问题，领导们都知道，你的能力肯定比你的技术级别要高很多，关键不是这个。”

“陈科长，我是认真的，如果没人报名的话，请组织上考虑我。”

陈科长心里明白，如果不考虑技术级别这个条件的话，张春荣真的是第一人选，因为在深入基层工作期间他的表现至今让全院的人视为楷模。但是，陈科长她一个人做不了这个主，更何况目前不能确定还会不会有人报名。

陈科长此时真的很矛盾，说心里话，她很看好张春荣，这样的人不论在哪里都会不负众望，都能够做出成绩，但院里也需要这样的人才。

“陈科长，是因为我条件不够，还是另有原因？”

“条件嘛，是可以灵活掌握的。主要原因是，第四测量队就你和冯显德两名正式党员，另外，还想把你留在人事科呢，你的能力和品质很适合在人事科工作。所以，领导不能放你走的。”

张春荣终于明白了。这样一来，他又充满了信心，如果不受技术级别这一条件约束的话，他坚信，一定有希望。

晚上，张春荣很晚还没有睡，他反复想着白天的事情，设想了很多结果。他告诉自己：一定要坚持到底，争取成功！

张春荣记不清他是从哪里看到过这样的一段关于拉萨的故事：

传说在很久很久以前，神灵指派一只神羊去寻找圣地，这只神羊从遥远的地方出发，历经艰辛，走了很久很久，最终在一个叫卧马塘的地方卧下不走了。从此，人们就纷纷来到这里筑屋建巢，繁衍后代。这个地方就是今天的拉萨。

这的确是一个神奇的故事，也许拉萨正是因为她的神奇，才会吸引更多的人想走近她，不论是自然的原因还是其他原因。总之，张春荣此刻真有一种冲动，那就是用自己的青春和智慧，延续关于拉萨的神奇故事，而他就在那个故事中……

他躺在床上，思绪从那个故事中转到现实中。他设想着到西藏后可能会遇到的诸多困难，比如饮食不习惯、水土不服、缺氧的不适、气候的不适，还有语言的差异等等，不论哪一点，在他看来都是可以克服的。他觉得即便很艰苦，怎么也不会艰苦到没人敢去的程度吧？想想当年解放军战士靠双手双脚把公路修到西藏，所以今天我们才能通过那条公路进藏，相比之下，还有什么困难不能克服呢？更何况已经有那么多的内地人在那里生活，在那里工作，他们为了西藏的发展建设走在了我们前面，他们能行我就能行。

张春荣越想越兴奋，他觉得有一种力量在支持着他，尽管他说不清这种力量来自哪里，但他知道他能坚持到底，一定要走进西藏。

张春荣早就没了困意，他翻身起床，走到窗前。他没有开灯，隔着窗玻璃看着深夜的天空，星星很密，很亮，远处的山遮挡着视线中天的尽头，看不清那些山的形状却能看清山头点点的星光。他想起小时候奶奶给他讲过，天上的星星就是地上的人，天上有多少星星地上就有多少人。要是看见有流星划过，地上就有人走了。奶奶还说：为什么有人会大难不死？有人会死而复生？这些人都是善人，阎王爷不收这些人，阎王爷看着这样的人在世上有用，就让这些人在世上做事，替老百姓做事，替那些没有能力的老百姓还债。

奶奶的话曾经让幼小的张春荣感动也有些伤感，他每天都看星星，可是他不想看到流星，他怕听到有人过世的消息，他也很想知道都有谁大难不死了，又有谁过世了又复活了呢。

从他出生起到现在，已经在人世间走过了二十六个年头。在这二十六个春秋的风风雨雨里，他曾经三次与死神擦肩而过。奶奶说小时候他没死是阎王爷留着他还债的。他也曾笑称自己在人世间这辈子就是还债来了，还不清这笔债，阎王爷不让他走。此时，他对着满天的星星笑了，他自言自语：“死都经历过了，还能怕苦吗？”

他忽然觉得，莫非是老天给他一次机会，让他到西藏去，去做很多人只敢想却不敢做的事？对！一定是！那么，一定要去！说不定那里就是他这一辈子的落脚点。

张春荣想好了，他打开灯，拿出纸笔，决定郑重地写一份去西藏的申请报告，他不再犹豫。

报告上交之后一直没有音信，张春荣急了，不知道是什么缘故，他生怕失去这次机会，于是，他又写了第二份申请报告。在报告中，他这样写道：

“在我毕业的时候，我放弃了所有曾经向往并努力要去的地方，立志要到祖国最艰苦的地方去工作，所以，我报名来到了甘肃。我原以为甘肃是最艰苦的地方，是磨炼人的意志、锻炼人的能力的地方，年轻人只有在这样的地方接受锻炼，才能成为党教干啥就干啥、就能干好啥的有用人才，这一直是我的理想。我现在才知道，还有比甘肃更艰苦的地方，那就是西藏。在学校的课堂上，老师给我们讲过书本上的西藏，在中国的地图上，老师给我们标记过西藏，这些书本上的知识让我对西藏有了初步的了解。西藏刚刚和平解放，既然现在西藏需要建设、发展，我们就有责任为她的发展建设献力量。所以，现在我迫切地想走进西藏，成为建设西藏队伍中的一员。这是我发自内心的愿望。

我是一名中国共产党党员，我懂得我的责任与义务，我明确我的使命与追求，党培养了我，现在，祖国的建设需要我，我当义不容辞，承担起这份责任。

我再次请求领导批准我到西藏去工作。我愿意为西藏的建设发挥我的才干与能力，我愿意为藏族人民服务，为边疆建设献身。”

第二次交上申请报告后，张春荣好久不能平静，他反复地问自己：如果困难比想象的更可怕，自己能坚持吗？他强大的内心给他最终的答案只有两个字：无畏。

张春荣相信自己，他开始着手整理去西藏的必需品，只等领导批准。他想，如果领导还是不批准他的申请，他就与领导面谈，总之，他已下定决心到西藏去。

甘肃省的甘南地区是藏族自治州，设计院里的有些同志对那里比较了解，特别是对藏区目前的平叛和民主改革的情况都表示了不同程度的担心，有的同志提醒他，要有思想准备，那里不仅条件艰苦，民族工作也是很难做的，总要涉及到民族团结问题。张春荣听了，也记在了心里，他已经做好了各方面的准备，他不会放弃。

张春荣开始了苦苦的等待。他每天依旧踏踏实实地工作，同时，他查找了关于西藏的气候情况、民俗文化、目前的局势等一些资料，他想尽可能地做好、做足各方面准备，以便尽快适应那里的生活。

足足等了一个月，直到八月初，院领导终于同意了张春荣去西藏的申请，并批准他十天假，让他回老家看看，毕竟要走得很远，怎么说也要征求一下老人的意见。张春荣的心落地了。

这个决定对于家里人来说真的是无法接受，但父母太了解儿子了，他认准的道儿是一定要走到底的。父母知道，不论儿子去哪儿，都是去干大事的，儿子一定会长脸的。

淳朴的父母没有一句多余的话，他们把担心和牵挂藏在心底，默默地为儿子准备行囊。尽管他们不知道那个叫西藏的地方是冷还是热，但他们还是执意给他装上家里唯一的皮褥子，仿佛有了这东西儿子就不能受冻了。

直到张春荣强行把背包藏起，父母才算罢手了。要不然他们总是觉得给儿子装的东西不够，总担心儿子在异乡会想家。张春荣不敢和父母说一句道别的话，也不敢正视父母的眼神，生怕那眼神会让自己改变主意——他是家里的长子啊。

终于到离别的那一刻了，父亲什么都没说，母亲只是默默地擦眼泪，张春荣背上沉甸甸的行李，挎着沉甸甸的包，坐着老父亲赶的马车离开了家。母亲还是那样默默地送上一程又一程，直到不能再送了。

张春荣十分感谢他的父母，他们不让他有任何牵挂地按照自己的目标迈出了比任何一次都坚实的那一步，那一幕一直深深地印在张春荣的脑海里，在后来的岁月中，他很少去回忆，而每每回忆起来他都会热泪盈眶。张春荣总是这样说："其实那就是爱的力量。"

都说人的勇气来源于自信，而自信的基础是自强。张春荣的成长经历证明了这一点。就像黄河，没有任何力量可以阻止它汹涌向前的脚步，让人们领略它独特的魅力的同时，也向人们展示着它不屈的精神。

张春荣一直企盼的那一天终于到了。甘肃省进藏的三十二人和其他省、市、地区的进藏人员在省里会集，经过了短期的相关培训之后，于1959年9月初，从兰州出发，浩浩荡荡踏上了西行之路，向着那个梦幻中的圣地——西藏，进军！

车队从兰州出发后，一切顺利，到达陕东稍做休整。从这一天开始，张春荣决定把他一生中这次特殊的行程记录下来。

1959年9月8日

我苦苦等待的时刻终于到来了，今天终于出发了，那一刻很庄严，很神圣。领导的每一句话都让我激动，我们肩负着祖国的希望、人民的重托，我们很光荣！

看得出大家都和我一样地兴奋。虽然我们没有当年十八军战士们英勇、伟大，但是，我们也一定会成为西藏建设史上最可敬的人。

傍晚时分，我们的车队到达陕东。其实，在上学实习的时候，曾经路过这里，但却没有留意。今天，我重新走的它，却感到途中所到之处都是那么熟悉，那么亲切，好像回家。

队伍在陕东稍做休息和调整，住下后，大家的兴奋劲还没有退去，互相打招呼，互相认识。因为我们都知道，从今天开始我们就是同路人，为的是一个共同的目标。

第二天，西藏带队的一位董处长，利用一天的时间很详细地给大家讲了进藏路上的注意事项，包括高山反应会引发的身体状况、行进途中可能发生的天气状况，最主要的是提醒大家，如何解决由于西藏目前局势所造成的社会秩序与治安问题。听了董处长的讲话，大家都明确了前面等待我们的是什么，但是，我们这些人没有一个因此而胆怯，大家都乐观地表示，不会辜负党和人民寄予的期望，一定能战胜所有困难，走进西藏！

1959年9月9日

早上起来又组织大家开会，还是由董处长讲话。

由于西藏局势紧张，矛盾尖锐、复杂，西藏周边地区还有不同程度的骚动，叛匪经常出来活动，企图干扰平叛工作。根据上级指示，为了确保进藏队伍的安全，由某部队出动了五十部车子，并由部队护送我们这支进藏队伍。听到这个消息大家都非常高兴，之前心底里还是多少有些担心，因为谁都不知道会发生什么。这下听说有部队护送我们进藏，心里都踏实了。

早饭后，队伍重新整编，甘肃和河南两省的进藏人员，分在十三辆卡车上，由一位姓朴的同志带队。

出发的时候太阳已经升起来了，真是秋高气爽啊。五十多辆大卡车排成长队，在太阳的照耀下出发了。

太激动了！

晚上，车队在敦煌停下来，带队领导通知：晚上在敦煌住宿。

1959年9月10日

敦煌，是从课本上开始认识的，印象最深的就是"敦煌壁画"，通过文字还有图片介绍，敦煌很早就成为了我的憧憬。那时觉得这辈子可能都到不了这个地方。在刚到甘肃的时候，我就想过游览敦煌，亲眼目睹那些让人充满遐想的石窟、壁画。可是，到这儿一年多了，好像还没有时间，还没有来得及实现这个愿望。谁知道去西藏这个意外的决定，却让我重新走近了敦煌，这次可真是就在眼前了。

遗憾的是，由于时间很紧，再加上我们这支队伍的特殊性，不能安排游玩的时间。没关系，也算实现了这个愿望吧，因为，我来过了。

天亮了，还是想去看看莫高窟。

起床后，我走出宿舍，远远地朝着莫高窟的方向，用心与敦煌告别：敦煌，后会有期！

也许是刚刚踏上征程，也许是我们每个人都对前方的目标充满期待，眼下还没有长途跋涉的疲倦，也没有人因为离开了家感到失落和伤心。大家都精神抖擞，信心十足。

今天我们住在大柴旦。这里的地名越来越接近西藏的特点了。好像开始有高山反应了，这是肯定要面对的，但还好，能坚持。

1959年9月11日

又到达一个新的宿营地了——格尔木。

听带队的领导和一些同志介绍，格尔木位于青海省，西接新疆维吾尔自治区，南与西藏自治区毗邻。格尔木的平均海拔为2800米。看来就是因为海拔高了，今天很难受，头疼，头晕，胸疼，胸闷，恶心，心跳也加快了，好像堵到嗓子眼了，不知道是感冒还是高山反应。

这条路沿途人烟稀少，有些荒凉。白天还好，路边的树很繁茂，能看到一些鸟在飞，山下有牦牛。但山上植被不多，是不是高寒缺氧的缘故呢？太阳落山以后，心也就跟着下沉了。看不见白云，听不见鸟叫，萦绕在山峦叠嶂中的那种空灵，让人突生惧怕。

这一带的山路崎岖，车队几乎是呈S形绕行，隆隆的声响在山间回旋，也显得那么孤独。

今天可能大家都有反应了，不像前两天那么兴奋了。带队领导告诉我们要适当保存体力，免得反应加重时挺不住，看来真是这样的。可是，我不知道大家的沉默是因为高山反应，还是因为这满目荒凉呢？

幸好带了点药，不知能否解决问题。咳，怎么就没注意到呢？董处长一再强调要注意防止感冒，可别因为我一个人影响大家的情绪，更不能影响集体行程。

1959年9月12日

昨天晚上没有睡好，躺下来后还感觉像在车上，仿佛整个身体在晃动，闭一下眼睛就觉得周围都在翻转。头疼得挺不住了，吃药也没有缓解。我没敢声张，怕给领导和同志们添乱，悄悄地到随队管医疗卫生的同志那儿测了下体温，39度，有点害怕了，卫生员也告诉我一定要好好休息，要不就会越走越难受了。好在今天在格尔木休息一天，希望能缓解一下吧。

今天没有什么活动，领队嘱咐大家好好休息，听说再往前走还有更艰难的地方呢。大家好像都不在乎了，只要上路了，就一定能顶住。其实，浑身痛得睡不着，但还是躺着休息，很担心支撑不下去。

1959年9月13日

今天的目的地是纳赤台。这一路上很艰难地挺下来了。到纳赤台后，我几乎是被人从车上架下来的，呼吸困难了，两条腿也不属于我了，这是我活到今天从来没有体会过的痛苦。

几个人帮助我安顿好行李后，我就躺下了。带队领导知道了我的情况，从健康和安全考虑，他们决定把我送回格尔木去治疗，等病好了以后再进藏，我没同意，我说能坚持。朴队长说，身体这种状况再往前走就更受不了了，搞不好会出大危险的。他让我必须走，不能拖延了。我也有些担心了，但是，我真的不想离开这个队伍，就怕离开队伍后没机会再跟上去了。我拒绝了领导的好意，表示肯定能坚持下来的，他们最后只好依着我了。

是的，这也许是我人生旅途中一次非凡的旅行，我不能断定未来还能否有这样的机会，但我要珍惜这一次，无论如何要和大家一起走完这条路，哪怕真的发生意外，也不会后悔，因为，我为此努力了。我要用我的实际行动证明：张春荣是无畏的！

哈哈，阎王爷已经放过我三次了，这一次也不会例外的。好好睡一觉。

外面好像下雨了，明天气温要低哟。

1959年9月14日

早上起来试着活动，还是不行，在外面看着太阳，看着蓝天，看着飘浮不定的云，这一切都比甘肃、比家乡美。这里的空气太清新了。昨晚的雨更让眼前的风景清晰、明朗了。

早饭过后，朴队长来询问我的情况，我硬撑着表现出没大事的样子，真担心他们把我留下。

又出发了。可能这两天休息得不错，症状没有加重，只是偶尔闻到汽车尾气的味道要吐，但我顶住了。大家也都照顾我，尽量让我保存体力。

车行驶到五道梁和温泉那一段时，我坚持不住了，浑身难受，呼吸也困难了，其他人的高山反应也都明显地加重了，却没有一个人提出休息，大卡车依旧呼啸着前进。

难熬的路程啊！

想家了。

1959年9月17日

昨天昏昏沉沉地熬过了一天，在大家的帮助下下车、睡觉、起床、吃饭、再上车……

这一路的折腾让我少看了很多想看的风景和想知道的地方。虽然如此，让我放下了心的是和大家一起熬过来了。其实今天大家都不同程度地有高山反应了，都是在昏沉沉中走上唐古拉山的。

没想到我终于站在了唐古拉山。

这一路好难啊，大家都挺过来了。我们都有个共同的感受那就是仿佛死过一次。当唐古拉山由远而近出现在我们面前的时候，我们的心跳更加快了。

车队暂时停留，让大家看唐古拉山。

怎么用语言和文字形容呢？你从书本中、画报上、电影里了解和看到的唐古拉山，怎么也不能引起你内心的共鸣。当你站在她身旁，置身于她的怀抱，你会被震撼的。说不清那种震撼源于什么，我只是想哭。

下车稍停片刻，带队的领导们就让我们上车了，说是不能久留。大家都恋恋不舍地和唐古拉山告别了。

沿着唐古拉山的山路南下，越走感觉越好了，不那么难受了。每个人的症状都在慢慢地减轻，大家在车里开玩笑说："好日子在后头呢！"

1959年9月20日

今天从安多出发。可能是高山反应终于熬过去了，我们都觉得轻松了很多，尽管还有些头疼、胸闷，但比起前一段来，那可真是舒服多啦！都不担心了。

这边的气候和景致也很好，山上的牦牛多了，路上还偶尔能见到去朝拜的藏族同胞，他们虔诚地一步一磕头，那种情景真的让人感动。听说他们都是从很远很远的牧区来的，就这样磕着长头到拉萨，到布达拉宫，到大昭寺。他们简单的动作、清纯的眼神、专注的表情就让人看得出他们把信仰视为他们的生命！因此，他们才那么虔诚，那么真诚，那么不惜一切。一路上，他们在藏袍里装上糌粑，就这么不声不响，不急不躁，重复着同样的动作，许着同样的心愿，向着他们心中最神圣的殿堂——布达拉宫前进。我被他们打动了。

我一路看着，想着，感动着……

不料，刚从安多走了半个小时左右的时间，前面护送车队的军车忽然通知车队停下，车上的人不要动，等待通知。当时我们都不知道发生了什么，也想象不出来会发生什么，然而，这个消息还是让大家都紧张了，瞬间，每个人都把最坏的可能想到了。

过了一会，传来通知，前面遇到了叛匪，让大家做好准备。这下，我们都振作起来了，准备一战。看得出，我们这些人都是好样的。虽然说我们大多数是来自机关，大多数是干部或者是各类技术人员、工程师，但是，我们没有一个人是胆小鬼，每个人都做好了准备，不论什么突发事件，我们都要勇敢地面对。

这时，我们这辆车上的人开始互相交流，互相熟悉，互相介绍各自的情况。从出发到现在，由于一路颠簸加上不断的高山反应，有很多人还都互不认识，只是都在一辆车上，互相打招呼，有事时能够互相帮助，但还没有互相了解。可能大家此时都想到一块去了，万一真的发生了什么，车上的每个人都是见证人，大家都能互相记住，那时候，我们都觉得我们好伟大啊！

十几分钟过去了，没有任何动静。又过了一会儿，只见几十个穿藏族服装的人，骑着马快速奔向车队，他们通知带队领导可以通行了。就这样，车又启动了。

没有人知道那伙叛匪是为了劫持车队，还是与我们狭路相逢，总之，他们跑了，什么也没有发生。那几十个穿藏装骑马的人是中国人民解放军。我突然又特别佩服他们，那些勇敢的解放军战士。

这之前大家都在为没有突发事件而庆幸，没想到说来就来。可想而知，西藏的局势有多么严峻。大家不禁意识到自己肩上担子的沉重，那些惧怕进藏的人们是可以理解的。

1959年9月21日

昨天的一场虚惊就是一次考验，这样的考验比高山反应更能考验人的意志，实践证明我们都没有输。

经历了这一次考验后，我相信自己一定能够在这块土地上和这里的人们生活工作在一起，和他们的感情融合在一起，和他们的心连在一起。

想起这里的人们就会联想到家里，不知道父母他们怎么样了。

虽说一直在外面学习工作，离开家的时间很长，却从来没想过远远地离开，久久地不回去。原以为那一定是一种难耐的失落，其实，并不是这样，至少现在还不是，想归想，但心里还是在坚持着一定到西藏去，去实现一个梦想。

高原的夜真不一样，夜空并不黑暗，只不过比白天天空的蓝色更深、更浓……

带着我的梦想做一个好梦吧。愿剩下的几个小时平安。

1959年9月22日

越走越近了。这一路上看到的越来越多了，不光是沿途的山、水、村，还有藏族同胞，似曾相见，渐渐地熟悉了。

说来也怪，本来离家越来越远了，但是，心里却愈加踏实。刚出发时，还时常想起家乡、想起亲人，心里总是有那么多的牵挂，可是真的离开了，向着西藏的方向一步步走近的时候，心里的那份牵挂反倒淡了。

这里是当雄，没几天就要到达目的地了。我还是很激动，就像长跑的运动员即将艰难地完成全部赛程看到终点线一样，不论最终是什么结果，都会很兴奋、很自豪、很骄傲。

身体状况逐渐恢复，不过还有高山反应，听大家说，过了当雄就会越来越好了。

……

1959年9月23日

不知道还能在路上睡上几次，大家都很留恋这一路走来经历的一切，我相信，当我们再过几年，几十年，回想这一段经历，我们一定都会为自己骄傲。

还是因为激动睡不着了，很快就要到达目的地了。给家里写封信吧，到了拉萨之后再邮出去，这就是离开家的第一封信，让他们放心吧。

亲爱的父母亲大人：

你们好！

这是我写给家里的第一封信，我不知道这封信要走多久，因为我们还在路上，不过，很快就要到拉萨了。

家里的人都好吧？你们的身体也都好吧？一定要注意身体，地里的活很重要，但身体更重要，走这一路我就有这样的体会，只要身体好一切都可以实现。这是真的。

你们的年纪越来越大了，有些活是吃不消的。地里的活干不动了可以找些人帮忙，不要硬撑着，这一点父亲要注意的。

我一切都好，走这一路有太多的感受，学到了很多，懂得了很多，收获很大。虽然我们都感到很辛苦，但是，辛苦的过程就是锻炼的过程，我们都非常珍惜，这是最难得的。我们一起来的都已经熟悉了，大家有事都能互相帮助，大家在一起像一家人一样。不要惦记我，等到了拉萨我再给你们写信。

听别人说一封信要走好久才能到的，所以，以后等我的信不要急。

最后，祝父母亲健康长寿！此致

敬礼

儿　敬上

1959年9月23日

1959年9月25日

下午，在夕阳的照耀下，车队的五十几辆大卡车终于开进了拉萨。夹道欢迎的人们唱着歌，跳着舞，我们感到非常兴奋。

我们被安排在第一招待所住宿。

大家洗漱过后，带队领导通知开会，就在招待所里举行了简短的欢迎仪式。几位首长分别讲话，最重要的内容是告诉我们开始高原生活的最初阶段的注意事项：不要吃得过饱，不要做剧烈活动，晚上休息时枕头要高一些等等。其实，我们都经历了这一路上最难熬的高山反应阶段，我想，以后的生活不管有什么困难我们都能克服的。

在招待所里，我们接触到的藏族服务员都很亲切。他们非常热情，总是面带微笑地为我们服务，用很流利的汉语与我们对话，这是我没有想到的。我一直担心在这里语言会成为沟通的障碍，看来这种担心是多余的。能和他们用同一种语言沟通，一下子拉近了我们之间的距离。

我情不自禁地这样想：噢，到家了。

我迫不及待地想瞻仰布达拉宫。

从古至今，充满神奇与魅力的西藏，吸引着太多的人们，带着各自的梦想和愿望，不顾艰难险阻，纷纷到那里去寻找无数具有强大诱惑力的谜底。他们不论是否有收获，只要有勇气、有胆量、有魄力走过一次，他们似乎就觉得有了与大多数人不同的经历，有了平凡人所没有的故事。他们的经历会让越来越多的后辈们效仿和传承。当然，他们更多的是为了实现情感上的一种寄托和夙愿。而与这些人不同的是，张春荣他们是肩负着历史的使命，承载着人民的重托踏上这条路的。他们从这个目标的起点开始，就没有给自己留下回来的路，立志一直走下去。在他们的灵魂深处已经留下了一个永不磨灭的烙印，那就是：扎根西藏，献身边疆！他们崇高的精神和无私无畏的壮举，为后人树立了一座丰碑。

然而，在过去的岁月中，这一代人并未以此作为享受回报的资本，而是将那页辉煌静静地掩在人生履历的最深层，而后，依旧执着地向上攀登，始终不渝。他们的思想、他们的精神，就如同那块神圣的高地，让人感动，让人崇拜，让人向往，让人敬仰。

不能说张春荣记录的那些文字一定是留给后人的历史，但在中国建设与发展的历史中，一定有这样一代人，他们为祖国和人民默默地奉献着自己的青春或生命。他们是时代的骄傲，是时代的勇士！

随着年龄的增长，阅历的丰富，张春荣不再像当年那样格外地看重记录进藏过程的这些文字，他把那些东西完好地放在一个不常触碰的地方，也让自己的心沉静下来。他只把它们看作是成长的见证而已。

“路，刚刚开始。”张春荣如是说。

六

西藏，位于我国的西南边陲，青藏高原的西南部，她地域辽阔，地貌壮观，资源丰富，自古以来，这片土地上的人们创造了丰富灿烂的民族文化。流传了一千多年的“汉藏联姻”的故事，不仅让这块土地充满了神奇的魅力，也为西藏的发展起到了积极的作用。当然，也使更多的贪婪者为之垂涎。

自西藏和平解放以来，在党中央和毛泽东主席的号召下，全国各行各业的干部、群众、技术人员及工程师，组成了一批又一批的援藏队伍，奔赴到这里，承担起改造西藏、建设西藏的艰巨任务。西藏的各族同胞也以主人翁的精神面貌，团结一心，建设家乡。

让人向往的布达拉宫屹立在拉萨市中心，她依山而筑，宫宇叠砌，巍峨耸峙，气势磅礴。站在她的脚下，世间所有的欲望与杂念即刻化成轻柔的浮云，随风而去，那种超脱与沉静使人变得纯粹而又真实。

对于张春荣来说，这一年是他生命中重要的转折之年。刚刚过完26岁生日的他，毅然决然地踏上了支边进藏的旅程。从黄河的身边出发，经过河西走廊，穿越柴达木盆地，涉过藏北羌塘草原，来到西藏，为的是履行不曾改变的诺言。

不知为什么，当他的双脚踏上拉萨的土地时，竟被一种莫名其妙的感情紧紧地牵动，心，不再慌了，仿佛远征的孩子回到了家。他如梦初醒：原来，我寻找的那个落点就在这里。

张春荣从西藏地图中观察到，拉萨是一个大山坳，这个大山坳大得如同一个小平原，它的南面是拉萨河，四周是田畦，还有那么多的山、林、泉，这是个资源丰富的地方，只是由于自然原因和历史原因，还未得到开发利用。只要有共产党的正确领导，有更多的有知识、有才干的人能到这里来建设，用不了多久，这里将成为举世闻名的宝地，成为真正的圣地。

1959年的10月1日，是西藏平叛胜利后的第一个国庆节，这是在中国历史以及西藏历史上有着非常意义的国庆节。张春荣感到无比的自豪，他觉得他是幸运的。可不是吗，他幸运地成为了这一批进藏的技术人员中的一个，幸运地赶上了西藏平叛胜利后的第一个国庆日，他真想对着布达拉宫大喊一声：

“拉萨，我来了！”

国庆节那天的一大早，人们穿上节日的盛装，捧着洁白的哈达，挥动着五星红旗，高高举起象征着丰收的“切玛”，还有颗粒饱满的麦穗，兴高采烈地从四面八方涌向会场。半年前他们还是奴隶，今天，他们已经成为了这块土地上的主人，他们扬眉吐气！

布达拉宫前面的观礼台上，正中悬挂着毛泽东主席的巨幅照片，两侧是鲜红耀眼的大标语，整个布达拉宫广场人山人海，湛蓝的天空、洁白的云朵、五色的经幡、七彩的气球、鲜红的旗帜、灿烂的礼花，在阳光的照耀下，光彩夺目，缤纷烂漫。

你看，藏族同胞色彩斑斓的服装，仿佛春天般绚丽，天空中飞翔的白鸽，如同和平使者；欢乐的锅庄，热烈的踢踏，优雅的堆谐，表达了藏族同胞庆祝解放的欢乐，倾诉着藏族同胞当家做主的喜悦。

那些来自远方的牧民，虔诚地朝布达拉宫匍匐叩首，尽管他们没有鲜艳的服装，没有精美的头饰，但是，他们真诚、激动的眼神和晶莹的泪水，证明了他们被感动了，因为他们已经是这块土地上的主人了！

会后，举行了盛大的游行，浩浩荡荡的游行队伍里，有西藏各族各界的同胞，有平叛胜利后第一批入学的中小学生，有支援西藏的全国各省市干部群众、技术人员，还有为西藏和平解放做出巨大贡献的中国人民解放军官兵。

那一天，整个西藏成为了歌舞的海洋，各种语言共同高唱着一首歌曲：《歌唱祖国》；各种语言共同高喊着一样的口号：“毛主席万岁！”“中国共产党万岁！”“中华人民共和国万岁！”那热烈的场面，充分展现了广大藏族同胞翻身解放、当家做主的精神面貌，表达了藏族同胞反对封建农奴制度，渴望祖国统一的共同心愿。

张春荣刚刚踏上这块神奇的土地，就经历了这样盛大的集会，置身于这欢乐的海洋中，他更加坚信，在中国共产党的领导下，在全国各族人民的努力奋斗下，西藏的明天一定会更美丽！

晚上回到住地，他给父母亲写了一封信，把今天的庆祝活动告诉了父母，他要让父母分享他的激动和喜悦，他要让父母知道西藏是一个美丽的地方，西藏的人民淳朴善良，西藏正在向和平、安宁、幸福的目标迈进。

写完了给父母的信，张春荣的心里没有平静下来，脑海里一直回放着布达拉宫广场那沸腾的场面。他更认定自己的选择是正确的，这条路他要走到底。

国庆节过后，人们带着喜悦的心情，以主人翁的姿态走上各自的工作岗位。

张春荣他们这一批进藏的技术人员也陆续分配了。对于正处在民主改革和建设初期的西藏来说，这一批技术干部，无疑是一支生力军，对推动西藏的工业、农业、畜牧业及文化事业逐步走向正轨并大步地向前发展起到了骨干作用。

在张春荣他们的队伍里，从甘肃来的三十二人中只有张春荣自己是搞水利工程技术的，其他人都是搞商业和畜牧业的。显然，张春荣这样的技术人员对于刚刚起步的西藏水利事业来说，是个不可多得的人才。

10月2日，张春荣接到报到通知，他被分到了拉萨市军管会财经处交通建设科（1960年年底，改为交通建设处，自治区成立后改名交通建设局）。他简单地整理好自己的行装，激动地等着明天的到来。

10月3日下午，交通建设科派从福建来的李增祥（1981年内调到上海浦东规划局）和另一位藏族同志去招待所接张春荣。三人互相认识之后，稍坐片刻便上车了。

久违了的马车拨动了张春荣的思乡之情。他坐在马车上想起了那个远去的年代。

家乡解放时，张春荣家里分到了一辆马车和一匹马，父亲每天都把那马收拾得干干净净，从来少不得它的草料，用父亲的话说：

“它是给家里拉套的，不能亏着它，别看它是哑巴畜生，它也和人一样心里有数呢。”

每次下地干活回来，父亲都会随车给它带回点儿饲料，那马被父亲养得膘肥体壮。张春荣在家的时候，有空闲就和父亲一起下地干活，收工回来时他坐在父亲赶的马车上，看着夕阳一点一点落下去，听着马蹄嗒嗒的声响、父亲甩鞭啪啪的声响、远远近近家禽鸣叫的声响、小河流水的声响、树上蝉儿的声响……张春荣离开家去黄河水利学校上学的那天，父亲就是用那辆马车送他到县上的，这次来西藏也是父亲赶着马车送他到县上的。哦，现在的家乡可还有那些声响？

那位赶车的藏族同事和张春荣说话，他都没有听见。坐在旁边的李增祥碰了碰他，他这才反应过来，不好意思地解释说：

“只顾看马了，这马长得挺壮。”

藏族同事一路上用不很流畅的汉语，热情地和张春荣交流，李增祥也不停地向张春荣介绍一些西藏的情况。就这么边走边聊，越聊越熟悉，越聊越亲近。

有句老话这样说：有伴路显短。还别说，这一路上三个人东南西北地扯着，加上一路新奇的风光，张春荣真的没在意这段路程究竟有多远，聊着聊着就到建设科了。

军管会财经处交通建设科设在一个参叛贵族宇妥沙巴家的新宅。时任建设科科长和副科长的分别是马克增和刘仕元。全科共有各族干部二十余人，有二百多工人。这些工人，平叛以前绝大多数是奴隶、还俗的喇嘛，还有平叛时期参叛贵族的佣人。交通建设科的组织机构有建设组、后勤组、城市规划组和房建队。

由于当时西藏的交通很不方便，机动车很少，所以，各单位的交通工具也就比较复杂。整个财经处设有汽车队、马车队，共有二十多匹马和六七部汽轮马车，可以根据不同的需求使用不同的交通工具。

当时，尽管平叛已经胜利结束，但是，在其他边远地区，仍有一些顽固的叛乱分子还在伺机行动。为了保卫平叛所取得的胜利成果，保证西藏的和平过渡，同时，也为了保证藏、汉干部群众的人身安全，各单位的负责人都是现役军人，而且单位里的每个人都配发武器，有的省级干部进藏时，上级就要求他们自带一支短枪，但要求不能随便开枪。

财经处除了建设组和城市规划组以外，其他人一律穿蓝色衣服，不论干部职工统一佩戴“军爱会”的胸章。

报到后，张春荣被分到城市规划组。组长朱迪科，组员有四人：张春荣、李增祥、吴秀森、谭国建。

随着平叛斗争的不断胜利和民主改革运动的全面开展，加快西藏各项事业的建设和发展成为了当时的主要任务。

1959年11月初，建设科接到了自治区“军爱会”首长的指示：为确保拉萨城市完整，保证市区人民的生命财产安全，落实自治区关于加速治理流沙河的决定，从现在起，开始实施流沙河的治理工程。第一期工程是对色拉寺东山嘴以下河段进行改道。这项工程由交通建设科负责具体实施。

流沙河是一条含沙量巨大的河流，位于拉萨北郊，是由夺底沟和娘热沟的水汇合而成，属于季节性河流。每年的5月至10月是流沙河的有水期，在这期间，随着降雨量的增大经常引发洪水，历史上它曾给这一带造成很多次洪涝灾害。周边的老百姓也都说，每到汛期，他们都不敢睡觉，总担心这个“罪魁祸首”会给他们带来灾难。由此可见，治理流沙河是当务之急。

接到这项任务之后，全科上下齐动员，大家都表示：一定按照自治区“军爱会”的指示去做，保证完成任务。张春荣更是欣喜若狂，他盼的就是这一天。

为了充实建设科的技术力量，也为了确保工程的进度与质量，自治区从农牧处抽调了工程师隆钧和技术员康熙宏两位担任这项工程的指导，派张春荣带四名藏族工人组成勘测组，并给他们勘测组配备了一部马车。工程的指挥部设在色拉寺。张春荣他们勘测组于1月8日驻进色拉寺。

色拉寺，是西藏藏传佛教的重要寺庙，与哲蚌寺、甘丹寺合称拉萨三大寺，它的全称为“色拉大乘寺”，属藏传佛教格鲁派六大主寺之一。

史料记载，该寺庙于明永乐十七年间（公元1419年），由宗喀巴弟子绛钦却杰兴建，建成于宣德九年（公元1434年）。后来，绛钦却杰应召赴北京，受封为“大慈法王”，回西藏后将钦赐经像等宝物珍藏于寺内，保存至今。

色拉寺位于拉萨北郊三千米处的色拉乌孜山麓，是拉萨三大寺庙中建成最晚的一座寺庙，西藏和平解放之后就被列为全国重点保护文物。寺内有结巴、麦巴、阿巴三个札仓（札仓，藏语，意为经院）。寺庙的鼎盛时期，寺中有僧侣八千余人，规模略次于哲蚌寺。还有妙音殿（集会殿）及三十二个康村。其中，早期建筑以麦扎仓、阿巴扎仓为中心，后经历代增修扩建，才达到了今天如此宏大的规模。

色拉寺的建筑特点是密而不拥挤，杂而不零乱，因地制宜，主体突出，体现了格鲁派大寺的特有风格。色拉寺内保存着上万尊金刚佛像，大多为西藏本地制作，还有许多是从内地或印度带来的铜佛像。大殿和各札仓经堂四面墙壁上，保存着大量彩色壁画原作，非常珍贵。最著名的塑像就是大殿里的“马头明王”像，也是该寺庙的主供佛像，色拉寺每年有一次朝拜仪式，很隆重。

走进色拉寺的那一天，张春荣第一次近距离接触到藏传佛教文化，第一次欣赏到她独特、神秘、瑰丽的风采，这是他无论如何也无法想象的。徜徉其中，每一个角落都让他感动，不仅是那藏传佛教的文化和艺术让人美不胜收，还有寺庙的建筑，真可谓是鬼斧神工，由此可见藏族人民的智慧和精美绝伦的工艺。这些无形中又让张春荣对此行充满了信心和期待。

自从张春荣主动申请到甘肃水利厅工作后，他就一直等待着像实习时候那样，上山下乡实地勘察，建渠截流造福一方，当他把那份实习时积累、总结的资料上交设计院领导之后，他更期待着能有那样一个机会，与专家共同在实践中检验那些依据的准确性。世事难料，他怎么也没有想到，一个偶然的机会，让他来到了西藏，来到了连做梦都想不到的地方，来到了亟待开发建设的宝地。也许，他的人生坐标在这里，他的才干与能力是为这里积蓄的，他这一生属于这里。

他很激动，因为，他正在向着自己的理想一步步迈进。

开始工作的第一天，谭冠三政委和市“军爱会”主任张振生、市财经处处长霍正西、市交通建设科科长马克增等领导来到现场看望大家。谭政委一见到戴眼镜的马克增科长就喊他“工程师”，搞得马科长不好意思了，连忙摆手并谦虚地说：

“我不是工程师，他们才是工程师呢。”

马科长边说边把张春荣他们介绍给谭政委。

谭政委看着年轻力壮的张春荣他们笑着说：

“年轻人，你们辛苦了。刚刚进藏就参与这样重要的工程，做好思想准备了吗？”

张春荣他们激动地回答道：“没问题！”

谭政委很认真地看着几个年轻人，降低了语调说："这项工程很艰苦，目前这里的条件也很有限，一切都要靠我们自己克服。这可是关系到藏族人民生活和生命的大工程，我们这些人不懂技术，但可以做你们的后盾，我们共同克服困难，完成任务。"

听了谭政委的话，大家都信心十足，同时，表示了决心。

谭政委接着对几位领导说："你们不仅要指挥好工程，还要管理好这些工程师、技术员们的生活哦，他们可都是西藏的宝啊！"

几位领导都笑了。最后，谭政委又很认真地对大家说："西藏的各族人民和各级领导都对你们寄予了厚望，你们要共同努力，发挥你们的智慧和能力，完成这项工程，让藏族人民满意。"

大家纷纷表示：一定按政委的指示办，保证完成任务。

治理流沙河工程的第一项工作就是测量，精准的测量是保障施工质量的前提。张春荣带领他的测量组积极地投入了工作。五位年轻有为的技术员给这项工程带来了生机和活力。大家对他们都充满了信任和期待。

对张春荣来说，野外作业已经不是第一次了，在历次的踏勘与测量作业中，他经历了大自然给予的各种考验与磨砺，从未惧怕过，此刻，他和以前一样镇定。他明白，这里的地形地貌与内地有着相当大的差别，再加上恶劣的气候条件，在这样的环境下工作必定有很多困难，谁都无法预测前面的艰辛，但是，他却没有一丝的犹豫和不安，他早已做好了各种心理准备，更何况这一路走来时已经经历过了很多的艰难困苦，他坚信，只要坦然接受一切，那么，就没有什么不敢面对的，没有什么不能战胜的。

下午，五个充满朝气的年轻人，身背肩扛，带着他们的仪器和工具，带着他们的自信，上路了。

那天的天气真好，太阳高照，白云轻浮，天蓝得有些失真，张春荣形容那蓝色像彩色的画。空气格外地清新，不论目标在哪里，都能从目测镜中清晰地看到。

走着走着，张春荣终于熬不住了，从兜里掏出墨镜戴上了，四位藏族搭档都笑了。原来，从色拉寺出来，他们就告诉张春荣把墨镜戴上，张春荣不以为然地说没事，而且对他们四个所说的"西藏的太阳会伤眼睛"一说表示怀疑。这会儿，太阳烤得人浑身灼热，强烈的阳光照射让人不戴墨镜就睁不开眼睛，张春荣不敢抬头看前面，觉得那阳光直接刺进了眼睛，眼眶有些痛。直到这时张春荣这才知道，难怪这里的人习惯戴帽子和戴墨镜。

这是他第一次和藏族同胞一起工作，在这之前，张春荣还担心工作起来会因为语言而有所不便，没想到，四个人都能用汉语和张春荣交流，而且他们工作很认真，也很虚心，这让张春荣的担心一下子消除了。其实，那四位藏族年轻人也没有想到这个从内地来的有技术的人会这样的和蔼，这样的平易近人。出来的时候，他们几个还互相告诫着，少说话，多干活，没想到，他们很快就成了老熟人，彼此信任，彼此关心，工作上配合得也很默契。张春荣也是在测量实践中及时向他们教授有关的知识，他们听得很认真，这是个多么难得的学习机会呀！

第一天的勘测时间很长，不是因为别的，是太阳捉弄了张春荣。以前在内地进行野外勘测时，张春荣总是习惯以日落计时，每次收工的时间没有太大的偏差。这次，他对此依然胸有成竹。他们就这样一段又一段地勘察、测量，不停地干。张春荣感到有些胸闷了，他慢慢地调整工作的节奏，尽量减少大幅度活动。干着干着，他觉得不对头，太阳怎么还没落山呢？回忆着一天来的工作，他突然意识到，此时地处高原，日照时间长，日落时间晚，和北京时间相比，这里要有两个小时的时差。他以为四个同伴没意识到呢，故意大声对他们说：

“收工了，打马回山！”

“张领导，咱们应该几点收工啊?”其中的一位爱说笑的同事诡秘地问张春荣。

“哈哈，是我被太阳骗啦，你们也不负责任啊，早该提醒我的！”

那四个藏族小伙子都笑了。张春荣拍拍手说：

“走吧，趁太阳没落山，咱找它说理去。”

一阵开心的笑，一溜马响，五个不知疲倦的人下山了。

“看来这里还真是有的学啊，以后我有什么不懂的就拜你们为师了，你们可要收我这学生哦。”

“那就先学说话吧！”

“拉索——”张春荣故意说得很重，拉得很长。逗得他们四个藏族小伙子捧腹大笑。

五个年轻人连说带笑地下山了。那天，他们是晚上八点半收工的。正常下班时间是晚上六点半，晚上八点半的时候，太阳还是老高老高的呢。

回到在色拉寺的临时驻地，料理完日常生活之后，他们就开始整理白天勘测的数据了。张春荣想，这样也好，日照时间长，可以延长工作时间，虽说这样做工作量增大了，有些劳累，但是，可以缩短工期，可以为整个工程提供良好的保证。就这么办！从此以后，他们白天出去勘测，直到晚上太阳落山才回来。

那时，拉萨的电力资源还未能满足全区的用电需求，为了节约用电，全市每天晚上在规定的时间内停电。张春荣他们每天都要在停电前把一天的勘测数据整理出来，以确保第二天的工程不受影响。

就是因为他们合理地利用了时间、延长了工作时间，原本预计需要一个月的勘测任务，他们仅用了两周多一点的时间就完成了。虽然有些紧张，有些辛苦，但是他们都很愉快，很欣慰。特别是张春荣，他通过实践证明了自己的工作能力，也证明了自己的适应能力。他想，只要坚持努力，就一定能顺利地走下去。

在工程顺利地进行期间，工程指挥部和工作组的领导们经常来看望他们，张春荣感到很亲切也很感动。除了辛苦和劳累，在工地上的日子也发生过不少趣事。每当回想起那些趣事，张春荣总是忍俊不禁。

有一天，他们收工返回色拉寺后，正巧碰上驻色拉寺工作组戴新生组长，戴组长热情地邀请张春荣到他办公室喝酥油茶。在此之前，张春荣看过藏族同胞和一些“老西藏”们喝酥油茶，也见过那浓浓的酥油茶，闻过那酥油与茶混合的味道，很香，但他从来没喝过。刚进藏时，就听说过酥油的味道不是谁都能适应、谁都能喝得来的。因为没有尝过，他想象不出来放上盐巴的酥油茶到底会是怎样一种味道。

张春荣被戴组长请进办公室，屋里还有几位其他领导。戴组长请张春荣坐在对面，亲切地对他说：“等着，我给你打茶。你们这几天辛苦了！”

戴组长走进里间，没多大工夫就提了一只大暖瓶出来。

“趁热喝，凉了就不香了。”戴组长边倒茶边对张春荣说。

一只漂亮的陶瓷碗，碗口约八厘米，高约十厘米。白瓷碗壁上彩绘一条龙，龙身是凸起的，以绿色为主，饰以红色、黄色等图案。人们很轻松地边喝边聊，一直没离开工程上的话题。

张春荣闻着自己面前碗里热腾腾的酥油茶散发出一股香味。这是他第一次喝酥油茶，喝了一大口，就像喝水一样。好家伙，这一大口下去，他才知道自己对酥油茶的味道竟然是那样的不适应。可是，喝到嘴里了又不能吐出来，没办法，只能咽下去，谁知，马上就开始反胃了。他强忍着，心里想：千万别吐出来，当着那么多人的面怎么能吐呢。他强迫自己把刚咽下的酥油茶想象成茶水、糖水，可是，无论怎么想象也不行，那一口热乎乎的液体下去之后就一直在胃里搅动。

终于，他忍不住了，急忙找了个借口跑到庙后头的背静地方吐了。其实，他出去的时候，大家看他的神色就知道他去干什么了。等他处理完又装作没事似的回来时，屋里的人都笑了。戴组长故意拉着四川话的长音问他：

“干啥子去了？哪儿不舒服啦？”

不知道是谁接了一句：

“胃不舒服呗。”

大家都笑了。

“味道不适应吧？多喝几次就好了，慢慢地你就会上瘾，以后想离都离不开啦。哈哈……”

张春荣很不好意思地说：

“我还以为是甜的，闻着好香啊！没想到是这个味道。”

戴组长端起碗慢慢地喝了一口，放下碗时意味深长地对张春荣说：

“要想在西藏扎根，就要先学会喝酥油茶、抓糌粑，这样你才能真正适应这里的生活，才能慢慢走近农牧民，才能和他们打成一片，否则，你就没有资格说你是西藏人哦。”

张春荣听明白了戴组长的话，他相信自己能够做到。他觉得，适应酥油茶的味道总要比克服高山反应更容易，这有什么难呢。“老西藏”们不都是这样过来的吗？他们行我也能行！

张春荣看着面前那碗酥油茶，微微升腾的热气直窜进鼻孔，他轻轻地吹了一口茶，原本集中的油花，一下子沿着碗边分散开了。他用右手把着碗，没有马上端起来，转头看了一眼戴组长，之后，端起碗，在嘴前顿了一下，最后作出了决定，深深地吸了一大口。那晚，他开始喝酥油茶了，也就是从那晚上起，他慢慢地了解了酥油茶在藏族人民生活中的重要作用。

酥油多是从牛奶中提炼出来的，是青藏高原上每日不可缺少的食品。酥油有多种吃法，最主要、最普遍的吃法是打酥油茶，也可放在糌粑里调和着吃。逢年过节还可用酥油炸果子。

酥油提取的方法既简单又别致：先把鲜奶煮熟，晾凉后倒入圆形木桶中，桶中装有与内口径大小一样的圆盖，中心竖立木柄，下安十字形圆盘，打酥油时紧握木柄上下用力捣动，使圆盘在鲜奶中来回撞击，直到油水分离。牛奶或羊奶经过这样捣打后，其中黄色的脂肪质便浮出水面，用手抓出来挤压成坨，装在羊皮袋中，冷却后便成酥油了。随着工业技术的不断提高，手工打酥油的旧工艺已被现代的牛（羊）奶分离器所替代。

张春荣觉得打酥油茶也同样充满着神奇和乐趣。它的过程是：先将适量酥油放入特制的酥油筒中，加少许食盐，注入熬煮好的浓茶汁和开水，用筒中配套的木柄臼子反复搅拌，直到酥油与茶水溶合在一起，呈乳状，这就成了。然后倒在专用的陶瓷茶壶里在微火上加热即可。打酥油茶最关键的一环是木柄臼子上下用力要均匀，轻轻地拉上来，稳稳地压下去，否则，不仅会将筒中的酥油与茶水给带出来、四处溅开，打出的酥油茶也不好喝。

酥油茶是藏族生活中必不可少的一种饮品，每天早上作为主食饮品，与糌粑一起食用。在高寒缺氧环境下多喝酥油茶既能抗缺氧又能增强体质和提高身体御寒能力。

张春荣从来没有想象过酥油茶的做法竟是如此简单神奇，他觉得打酥油茶的过程，也是一种享受，劳动的享受。

回到自己的房间，他有一种莫名的激动，他不再为一开始的“出丑”而懊恼，他用自己的行动弥补了在戴组长面前时发自内心的惭愧，他也不再怀疑自己那顽固的饮食习惯了。没有什么不可以改变的。为了能在西藏扎根，为了能和当地群众融为一体，他愿意改变自己从小养成的饮食习惯。

还有一次，张春荣从指挥部的库房经过，平时经过时他没在意，这次他忽然发现库房里放着好多“炮筒”。他猜想，莫非这些“炮筒”是从叛匪那里缴获来的？这也许是叛匪们的武器库呢？要不怎么会有这么多“炮筒”呀！他转身好奇地问戴组长：

“戴组长，你们收缴那么多“炮筒”怎么处理呀？”

"炮筒？什么炮筒？哪里有？"戴组长被他问蒙了。

"在库房里啊，那么多"炮筒"嘛。"

他的话音刚落，戴组长已经笑得脸红脖子粗了：

"你饶了我吧，你再去仔细看，那是什么？"

戴组长带着张春荣到库房去看他所说的"炮筒"。戴组长告诉他，那不是什么炮筒，而是酥油桶，

"你这是喝过酥油茶没见过酥油桶啊。"

戴组长拿过一个酥油桶，边说边给他演示打酥油茶的过程和方法，还给他讲了自己学喝酥油茶的经历，还有关于酥油茶的民间故事，听起来都是那么神奇。

从那以后，张春荣和勘测组的那几位藏族同事的交流更频繁了，对藏族民风民俗了解得也更多了。他也告诉自己，从现在起，多了解，多学习藏族同胞的生活习俗和民间的习俗，只有这样，才能保证以后不会出笑话，才能和藏族人民融在一起，才能有更多的机会和条件为这里的人民服务。

治理流沙河工程的勘测报告上报不到一个月，马科长就接到了自治区最新指示：为了给平叛后的第一个丰收年打好基础，当前水利工作的重点应放在搞好原有农田水利工程的除险加固、维修增效上。流沙河的改造工程只能暂时停止实施。随着工程指挥部的撤回，张春荣他们从色拉寺撤出，返回交通建设科。

正如张春荣在自己的工作日记中所写的那样：

为什么来到这里的人们，面对如此艰苦的生活条件和工作环境，还依然有着那么高的热情，那么充沛的精力，那么旺盛的干劲，那么执着的精神？原因在于，这里的每一天都有太多值得思考、值得发现、值得探究的东西，不管你是否有足够的勇气或能力面对这一切，你都不会轻言放弃，并且能充满信心地走向它，直至征服它。因为只有这一条路。于是，你就会被那来之不易的胜利感动，为自己的付出感动。这就是境界。

这或许是张春荣的感悟，就是因为他一直在做，他才能有这样的感悟，事实上，他走进西藏后所经历的远比他总结的要残酷得多。

治理流沙河的工程暂停之后，张春荣他们并没有清闲下来。没多久，根据拉萨当时的具体情况，上级指示，要集中力量解决"民水"问题，因为

"民水"问题是关系到西藏人民生产、生活的关键问题。

1960年元月，建设科开始了对拉萨东郊纳金灌区和市属各县区的主要灌溉系统的踏勘。

经常搞野外作业的人都知道，野外作业最大的困难是交通问题，特别是在这雪域高原上，交通更是一个大难题，而且是一个无法解决的难题。不论到哪里去踏勘，从住的地方到目的地都有很远的路程，而且也很难找到车。张春荣常常一个人背上仪器和行李步行，有时，他从住地走到拉萨大桥头或者是西郊路边，在那里等顺路的过往车辆，用他自己的话说叫"蒙大运"。如果今天运气好就兴许能等到车，只要能等到车他就觉得这一天的工作都顺利。这不过是他自我安慰的说法而已。其实，这样幸运的机会并不多，尽管这一带车流量很大，但是，能够顺路的车却很少，所以，他常常是搭不上车的。只要是能搭上车，那些好心的司机肯定会送他到距离目的地最近的地方，这是因为他是修路的。不过，有些司机并不是那么好说话的，有时赶上顺路车来了，他首先要详细地说明他是干啥的，要去哪，在哪下车等等，让司机相信他不是坏人，有几次就是因为他背的东西太多，各种仪器都有，藏族司机不认识那些"家什"，所以也就不敢相信他。再说，就他这年轻的样子怎么也不像是会修路的，凭他怎么解释都不让他搭车。如果搭不到车，他就只能背着仪器独自上山了，有时路程太远的话，那就再背着东西返回驻地，牵上一匹马，骑马上山，相比之下，骑马还要比步行享受得多。你想，在高寒缺氧的条件下，轻装徒步登山都相当吃力，胸闷气短，更别说要背着仪器上山了，这对刚刚进藏的张春荣来说的确是一种考验，是体能与毅力的考验，是挑战极限的考验。张春荣就是硬生生地闯过了这一关。他凭着年轻力壮，徒步登过好多座山去勘察测量，从没退缩过。然而，如果遇上恶劣的气候，那可就麻烦了。

有一次，张春荣骑马去帮多。那是他第一次去帮多，路很远，他又不熟悉，可怜的马整整走了一天也没走到目的地，张春荣的双脚冻得从疼痛到麻木，双手也拉不住缰绳了，只好把缰绳缠在手腕上。他伏在马背上，前胸紧紧地贴着马背，感受着马背散发出来的一点点温暖。

天黑下来后，他在山顶上停下来。他有些担心，如果找不到避风的落脚处，这个夜晚会冻死的。他四处张望，在一个小小的缓坡处发现了一顶帐篷。他小心翼翼地走到帐篷门前，用不太流利的藏话请求主人留他在帐篷里过夜，他为了消除牧民对他的怀疑，他把随身带的背包全部打开来，给牧民看。牧民并没有怀疑他，热情地邀请他下马。可是，他的脚已经冻得失去了知觉，试了几次也没从马镫里拉出来。那牧民明白了，赶紧上前帮他，把他拖进自己的牛毛帐篷。

高原的寒冬真冷啊！

夜深了，张春荣蜷缩在牧民的帐篷里，没有感到一丝的暖意，其实，帐篷里并没有比外面暖和多少。他实在无法入睡，不停地交替着搓手搓脚，试图以加速手脚的血液循环来加热身体，最终还是徒劳，他依旧在被窝里打战。那牧民也一直没睡，他知道张春荣肯定抗不住这寒冷，不停地偷偷看张春荣，知道他冻得睡不着了，不声不响地又给张春荣盖上一条牛毛毯，可是这条牛毛毯并没有解决问题。但是，张春荣心里很感动，哆哆嗦嗦地向牧民合掌致谢。他用牛毛毯把头蒙上，呼出的气在眉毛和头发上结成冰，鼻孔也随着吸气时带进的冷气而被粘住，不管他怎么努力，都无法用精神或意念驱赶高原上冬夜的寒冷。他挺不住了，站起身裹着牛毛毯在地上走动，那牧民也默默地、无奈地看着他，直到天亮。

第二天太阳出来的时候，张春荣谢过好心的牧民又上路了。此刻，张春荣迎着初升的太阳，听着马奔跑时粗狂的呼吸声。他骑在马上，昨天的一切仿佛又成了一段平常的故事，成为了记忆中的一段平淡的往事。他的心又找到了今天的归宿。的确，他经历得太多了。

很久以后，张春荣曾经这样对记者说过：

“那时的艰苦，是没有这段经历的人无论如何都想象不到的，即便你亲历了，事后也无法用语言去描述它”。

纳金灌区在拉萨东郊，那一带土地肥沃，地势平坦，是理想的产粮区，由于长期受叛匪的危害与破坏，水渠年久失修，基本失去了它的功能，再加上建渠时渠系布局不合理，进水口早已被洪水冲毁，造成取水无保障，灌水时，全靠扒和堵来完成，有的地段甚至把道路当成水渠。同时，缺少田间工程，田间无菜畦，又不平整，灌水时，长距离大面积漫灌，既费水又造成旱涝不均，也影响产量。张春荣勘查过的曲水的柴纳水渠、聂当水渠、江区水渠、墨竹工卡的唐家进水口、达孜县的唐嘎进水口等等，都不同程度地存在上述问题。

张春荣根据踏勘结果，制定了改进的施工方案：首先解决进水问题，其次疏通北干渠和南干渠，并将中干渠从张热村向西延伸到罗布林卡。经过进一步讨论、调研，证明施工方案可行。1960年2月份，纳金一带的河堤改造工程开始施工。

由于组织机构的变更，当时拉萨交通建设科从财经处分出来了，成立了交通建设处。建设处里的二百多人和全部的汽车、马车等交通工具全部投入到工程中，除此之外，正在纳金电站组织施工的工地还抽调人力、物力帮助工地运石头。

在行业内外的共同努力下，经过一个时期的奋战，濒临瘫痪的纳金灌渠又重新恢复使用，并在当年的春种秋收中发挥了巨大的作用，使灌区获得了大丰收。

从1959年冬季至1960年春季，根据城市建设需要，全市各大灌区都进行了整修，新修了中干渠，扩大延伸了北干渠至巴尔康。更可喜的是，献多电站的修建与投入使用进一步改善了进水条件，同时，也标志着拉萨的水利建设正在以稳健的步伐向前迈进。

1960年下半年，区市"军爱会"根据实际工作需要，对一些机构进行了增设、调整和健全。市交通建设科改为县级单位，从财经处分出来，成立交通建设局，局里下设行政办公室、政工办公室、交通科、建设科、材料科等。市农牧局成立了水利科，有关农田水利工作，全部交由水利科负责。原来的城市规划组组长朱进科调任自治区建设处办公室主任。张春荣担任拉萨市交通建设处城市规划建设组组长。

刚刚上任的张春荣，按照自治区的整体规划，带领他的同事们集中抓了两项工作：一项是抓紧河堤的测设，为市区防洪做准备，对几处危险地段开始动工除险加固；另一项是配合国家一〇三测量队继续完成市规划区域内1:2000大比例尺测图，为进行市区整体规划做准备。

为了把工作做到实处，真正解决农牧民的生产与生活中的实际困难，他一直坚持深入基层、了解实情、实事求是、有的放矢的工作作风。张春荣经常迎着风，踏着雪，蹚着河，在山间，在地头，在河边勘察、测量、走访、核实，老百姓总能看到他高大的身影。他的目的是为了解更多的社会需求，掌握第一手材料，解决具体问题。

的确，他每一次走访和调查都有收获，他收集了很多有用的资料和数据。他通过总结发现：只有三四万人口的拉萨城，竟有六七千名乞丐流浪在街头，他们衣不蔽体，食不果腹，饿得面黄肌瘦，住在低矮、潮湿、黑暗的“邦仓”里。见此情景，张春荣很痛心，这是他所不了解和出乎意料的。他明知解决这个问题并不是他一个人的事，也绝非一朝一夕可以做到的，这正是旧制度向新制度转变过程中的必然，它不光需要时间，还需要政策的指导，更需要人的思想意识的转变与改造才能逐步解决。可是，他真的一直都放不下。他告诉自己，一定要把能做的一切努力做得最好，用自己的智慧和双手，与藏族同胞携手并肩，一定要建设出一个文明、美好、安定、幸福的社会主义新拉萨。

人的动力来自于追求的目标，有志向的人往往都要为自己制定一个并不容易实现的目标，只有这样，才能不懈地努力，才能不断地提升自己。张春荣就是这样的人。

他在整理进藏以来的调查材料时，根据不同时期拉萨建设的不同需求给自己定了很多目标，他认为这一时期的城市建设，首先需要规划，需要蓝图，于是，张春荣及时地联系应邀来西藏的国家测绘总局一〇三测绘队、西南勘测设计院等单位的技术人员，一起对拉萨进行城市测量。他们说干就干，在这些专业单位的专业人员协助下开始测量。这次控制测量达二百五十平方公里，测量面积达一百平方公里，最后绘测出二千分之一的地形图，为拉萨市的城市规划与城市建设管理提供了可靠的依据，并打下了良好的基础。

“老拉萨”们也许还记得，1960年以前，从宇拓路琉璃桥到龙王潭一带是泥潭一片，那里常年杂草丛生，人畜难行。而今，这些地方已经改造成为繁华的大街，楼房林立，车水马龙。这些成果，就是依据当年那幅1:2000的地形图规划建设的。

七

1960年是个大旱之年，为确保大旱之年的收成，各地工作组根据各区现有的水利条件及灌区状况，纷纷行动，出点子，想办法，尽最大能力改善灌溉条件，保证灌溉面积。

曲水县色麦乡的干部群众为寻找新水源，充分利用当地的水源优势，计划把从雅鲁藏布江南岸的卡拉雪山上流下来的水引到江北来。这的确是一个大胆的设想，他们也尝试着施工了，但是干了几个月，未能如愿。

四月中旬的一天，市委张书记把张春荣拉进自己的吉普车对他说：

“大个子，我带你去个地方，让你看一件事，我敢肯定，你的语言老师就在那里。”

张书记开着车，带着莫名其妙的张春荣来到曲水县。汽车在曲水县的约菊村停了下来。张春荣看着雅鲁藏布江赫然横在眼前，看着那奔腾着翻滚着令人头晕目眩的波涛，两岸那白雪皑皑的大山显得盛气凌人。还没等张春荣弄明白张书记带他此行之意时，张书记对张春荣说：

“你往远处看，看对岸。”怎么回事？张春荣仔细观察，才发现有三根铁丝横跨大江两岸，南岸有一群人，距离太远，那些人显得那么渺小，更看不出他们在做什么。

张春荣疑惑地问张书记：

“他们在做什么？”

“引水渡江。”

原来如此。张春荣这才隐约看清，那些人正在把一条牛皮口袋往铁丝上挂，却一直没有成功。强劲的江风根本容不得那条牛皮口袋挂在它应有的位置，它一次次被吹走，在大江上空摇摆动荡。

张书记站在江边沉默，江风吹乱了他的头发，憔悴的脸上写满了忧虑。他久久地凝视着前方。张春荣等不及了："您的意思是……"

张书记转过身来对张春荣道出此事的原委。

不久前，曲水县通过夏嘎区王志清书记向市里请求给予技术援助。当时，市里只有张春荣一个人是学水利专业的，而且到西藏后一直从事水利工程的工作。"军爱会"接到曲水的请求后，及时向市里汇报，市里同意"军爱会"的决定。张振生主任亲自部署任务，指示"交建处"派张春荣去色麦解决灌区引水问题。王志清书记根据色麦"引水渡江"工程需要，提出了用工及材料计划。但是，市委张书记还是放心不下，便决定亲自带张春荣到现场来感受和了解一下，也好让他对这件事有个心理准备。

张书记定睛看着张春荣，对他说：

"今年是这里几十年来少有的大旱年，农民们等水种地啊，实在没办法了，想把江南的水引到江北来，你是行家，你看能行吗？"张书记的声音近乎于请求。

"在江上架桥？"

张春荣已经想到书记的意图了，但他还是有些震惊。他知道书记没有和他开玩笑，这是书记代表农民向他请求啊。但是，想在雅鲁藏布江上架桥输水，真是有点异想天开，这是从来没有过的事情。且不说眼下的技术水平和设备条件是否具备，就是能弄到建桥的材料也不是件容易的事啊。不过，张春荣并没有拒绝张书记，他思考了一会儿，觉得也未尝不可，首先，他相信自己的技术水平和能力，其次，他感受到了老百姓建桥的迫切愿望和积极的态度，有这两点做保证，就少了一半的困难。眼下愁人的是设备和材料。张春荣把他的想法对张书记说了，张书记重重地拍着他的肩膀激动地说：

"想办法，共同想办法，只要你肯出山，我心里就有底了。"

于是，色麦乡的"引水渡江"工程就在雅鲁藏布江边，由两位"狂人"立项并决定实施了。

张春荣从色麦乡回来后，按照具体要求做了周密的安排。根据工程需要，他选了两名藏族铁皮工格龙和桑珠，两名石工旺久和扎西平措，另外，还有两名还俗的喇嘛格旺和阿旺坚才。人员选好后，他又带着这几个人到河坝林收购站收购了罐头盒、铁皮桶等废旧的金属材料备用。一切准备就绪后，一辆马车将他们六个人及工具、材料等送到夏嘎，下了马车，工地上又派毛驴把工具和材料驮到工程现场——约菊工地。

张春荣他们到工地后，工地热闹了，老百姓一下子觉得有主心骨了，政府派人给他们引水了。色麦乡乡长迫不及待地带着张春荣看了他们“自主研发”并施工的“引水渡江”工程，同时，详细地向张春荣介绍了整个过程：

“我们就是想用这牛皮桶来把山上的水引到桶里，再从桶里引到岸这边来。”

乡长边说边不好意思地看着张春荣，他知道他们这个“工程”一定是会被专家否定的，同时，想通过张春荣的表情来判断他是否能帮他们。

张春荣非常专注地听着，思考着。乡长见张春荣没说话，接着介绍说：

“我们先把皮桶固定好，再往里灌水，结果牛皮桶到处漏水，才灌了不长一截，水就都存在中段，桶压得很低，没办法，人们就用长棍子捣，捣狠了又把泡湿了的牛皮给捣烂了，水漏得更凶了。这江上风也大，不好固定它……”

张春荣在上次张书记带他来看现场时，就已经明白老百姓用牛皮桶“引水”的思路了。他打断乡长的话说：“这个想法不错，前期这些工程的思路也可行，只是所用的材料不行。”

张春荣仔细看着那些自制的设备和“工程”的进展，很受触动。一个用牛皮和羊皮缝制的皮桶，用三根铁丝串上，把两头拴在两岸的大石头上，把对岸的水引进桶里。皮桶已经断了几节，存不下多少水，不可能引到对岸来。即便如此，这些纯朴的农民也没有灰心，他们还在做，还在想办法，找措施，不忍放弃。张春荣看着乡长焦急的表情，看着这些农民们期待的眼神，看着他们在这没设备、没经验、没技术的情况下，不等、不靠、不要，完全凭着自己的能力自力更生，因陋就简，做着让人想都不敢想的“引水渡江”的大事。尽管他们没有成功，但是，他们艰苦奋斗、甘愿奉献的主人翁精神，真的很让人敬佩。

张春荣在现场上查看了一番，心里也很犯愁，他想：这本来是一项相当大的工程，即便要临时解决问题，也得需要一定的物资基础作保障，没有相应的条件支持是很难完成的。眼下他也是两手空空，要想从一百八十多米宽的江面上“引水渡江”谈何容易。

乡长见张春荣一直在沉思，心里没底了，他很担心张春荣会说出“停工”两个字。他走近张春荣说：“求求你，帮我们把它修好，你看，还有那么多的旱地都种不上呢，缺水呀。你们来了，我们就放心了。”

看了现场的情况，张春荣既同情又心急。他安慰乡长说：

“别急，咱们共同想办法，不能误了种地。”

晚上，张春荣又和往常一样，在色麦乡的老百姓家住下了。那时，老百姓家除了糌粑和清茶没有其他主食，一日三餐如此，没有条件改善。清茶就是用砖茶熬水，加上少许盐。一碗清茶，几坨糌粑，张春荣已经习惯了这样的生活。那天晚饭过后，他召集乡里的干部们开了个座谈会，他们一直谈到深夜。张春荣把构思了很久的施工计划公布了。

“我把这两天所想到的问题和下一步具体的施工安排给大家说一下，请大家提出意见……”

张春荣的思路是：

第一，根据现有材料选出可用的之后，再看还需要哪些材料，从哪个渠道能收集到所需材料；第二，确定参与施工的民工人数，时间紧，任务重，要保证民工的出勤率和劳动效果；第三，选出精兵强将组建领导小组，共同商议，共同解决施工中的具体问题。最后，他没有马上公布通过勘察后做出的施工方案，因为眼下还是八字没一撇呢，别给大家增加思想负担了。现在农民们唯一的想法就是要引水渡江，他们只要知道这事可以做成就放心了，别的他们不去多想。所以，张春荣决定在合适的时候公布。免得他们知道多了有压力了。

张春荣说完上述安排，乡长激动得不得了，虽然张春荣说的他并不能全都听懂，但是，他知道张春荣有本事引水过江，他早就听说张春荣能开山找水，能修渠引水，这回他一定能帮他们把水引过来。乡长脸上露出了笑容，对张春荣说：“老师，你分配吧，你看怎么办都行的，我们听老师的。”

按照张春荣的安排，乡长布置几个村民去拉材料，一会儿的工夫，一头毛驴就驮来了六七卷铁丝交给张春荣，请他过目。还别说，这些铁丝还真的引起了张春荣的兴趣，它可是能派上用场的。张春荣看着那几卷子铁丝，对乡长说：“这是好东西，哪来的？”

乡长告诉张春荣说那些铁丝还是英国人逃跑时丢下的，一直不知道它能做啥，也没舍得丢，就一直留着它。乡长喜出望外，没想到这回能用上它。乡长接着告诉张春荣说：

“石头和树到处都有的，可以随时用。找人拉就是了。”

张春荣看着手头这些材料，再加上他们从拉萨收购的废旧金属材料，心里多少有谱了，农民们也都兴奋起来了。这时，张春荣公布了他设计的具体施工方案：

用铁丝做成两根二十七股的铁丝绳，按悬索计算，搞一百八十米净跨，分别在两岸做七米以上高的塔架，可以悬吊直径十五厘米充满水的铁皮桶引水过岸。这个工程具体实施的工期约两至三个月。

农民们听张春荣说完都拍手欢呼，虽说他们并不懂那些名词和数据的具体意义，但是，他们知道张春荣说出来了就一定能成功。

最后，张春荣问乡长都有哪些民工是参与施工的，还没等乡长说话，一大群人涌到张春荣面前，乡长笑了，看着那些人，又看着张春荣以征求的口吻说：“都想去，行不行？都能干的。”

看着那些淳朴的农民，张春荣已经没有任何理由拒绝了。他发自内心地说：“太好了，人多力量大，谢谢乡亲们！”

张春荣话音刚落，乡长高兴地双手合十，一个劲地点头：

“太好了！太好了！”农民们也都鼓掌致谢。

看到了大家的热情和积极的状态，张春荣很是欣慰。这是他参加工作以来，凭着自己的智慧和能力做的第一件事，虽说他还没有百分之百的把握保证工程能按自己设计的方案顺利完成，但把水引到对岸这还是没问题的。按理说他应该为此感到兴奋和激动，但是，他没有，因为他被色麦乡的农牧民们感动了，他看到了在西藏的农村，尽管还很落后，还很贫穷，人们还缺少文化，但是他们却有着一股不屈不挠的精神，敢想，敢做。和他们相比，张春荣觉得自己该做的太多了。

第二天，工程开工了。就是这些村民们，在这样的条件下，在张春荣的带领下，自力更生，因陋就简，开始了“引水渡江”这一宏大的工程。

一头毛驴把所有的材料拉到工地，张春荣开始分配任务。两名铁工加工铁皮筒，乡里的农民一部分去砍树做塔架用，还有一部分人打石头做塔基和锚碇。他带领一部分人，根据测设好的线路修渠道。

万事开头难。尽管张春荣带领农牧民们热情高涨、信心百倍地施工了，然而，接踵而来的困难却给张春荣和他的工友们造成了很多的压力，让张春荣寝食不安。他每天都要根据施工现场的实际问题作分析，设计多套实施方案，确保正常施工。个项目的具体实施人员也考虑到张春荣的压力太大，都想为他分担，有些小问题尽量自己解决。两名铁皮工格龙和桑珠，原本对铁皮活有着相当好的手艺，可他俩看着他们手头的材料——一大摊收购和捡来的废旧金属皮料，绞尽脑汁构思着这个输水管该从何下手做起。别说这些“废材”的数量够不够用，就这形状各异，大小不一，薄厚不等的罐头盒子、烂水桶，要把它们拼在一起，做成一定规格的输水管真是太难了。他俩为了设计这个输水管，几天来吃不好，睡不好，画了几个草图都不可行，最后他俩决定边做边想，尽可能地争取时间。

经过十几天的精心制作，一个七拼八凑的输水管终于敲打成功了。他俩欣喜地招呼了几位帮手，把那输水管抬到江边试水，检验它的质量。他们把管里装上适量的水，检验每个接口是否漏水，谁知，那乐劲还没过呢，就看见那管有两个接缝处渗水，两个铁皮匠失望了，张春荣却高兴地说：

“好，不错，就是这意思，没关系，这已经是精品了，找出问题，再加工，保证没问题。”

张春荣的鼓励给铁皮匠增添了信心。他俩又开始加工了。

村民们用土办法把五十四股铁丝平均分成两份，每份二十七股。铁绳倒是加工得挺标准，但接下来的工程却让张春荣他们费尽了力气。

这两根铁绳，要横跨一百八十米宽的江面，固定在南北两岸。这拉铁丝也并不容易，没有任何设备，只靠一条牛皮船，载着超强度徒手作业的民工们，从南岸把铁绳拉到北岸。那条牛皮船在雅鲁藏布江的激流中如同一片树叶，人站在船上，随着江涛的翻滚在船上摇荡着，随时都有被掀到江里的危险。几位农民几次把船划到江中又被汹涌的江水推到岸边。农民们没有灰心，一次次地与江水对抗。几个回合后，终于将第一根铁绳拉到了对岸。

经过两个月的艰苦奋战，张春荣带着色麦乡的农民们，靠着勤劳的双手，凭着不屈的意志，让卡拉山的雪水依着他们的意愿，酣畅淋漓地流入色麦的土地，滋润着人心，灌溉着田园。

那一天，当卡拉雪山的水从一百八十米宽的江对岸从容不迫地流入色麦的田野时，民工们高兴了，村民们高兴了，大家饮酒喝茶，载歌载舞，那夜，色麦乡无眠。

听着那此起彼伏的歌声、笑声，和着汩汩山泉，张春荣静静地坐在渠道旁。一颗提着的心终于放下了。他很累，好想躺下不再起来，直睡到明日太阳高照。可是，他心里还有放不下的事啊。

工程快要竣工的时候，他看着这项自主研发、自主设计、自主施工的引水工程，脑子里开始思考着下一个问题。那就是，虽然他们苦战了两个月完成了工程，眼看着山泉水越江而过，顺了民意，也解决了民生问题。但是，作为水利技术专业人员的他，严谨的工作作风，严肃的工作态度，严格的工作标准，容不下半点质量上的问题。用他的话说：每一项工程，从准备材料开始直到竣工，每一个环节都是在以生命作保证，来不得一丝含糊。色麦的这个工程，只是满足了眼下农田灌溉和农民用水之急，不能满足色麦乡人民长期的用水之需。因为，眼下这个工程的材料质量问题，恐怕它的使用寿命不会太长久。仅就那生了锈的罐头盒子拼接而成的输水管道，横跨江面一百八十多米长，抗风能力很差，不久就会出现破洞，同时，塔架是木质的，撑不了几年也会腐烂的，很快就会面临重建的问题。所以，张春荣感到心里不安。他决定向上级汇报此事，希望能在整体规划中把它作为一项惠民工程重新立项。

第二天，张春荣早早地要离开色麦，村民们得知他要走了，都来送他，那些老阿妈拉着他的手激动得老泪纵横，竖起大拇指称他为“引水菩萨”。

张春荣把色麦乡引水工程情况认真地向上级各部门做了汇报，同时，也把他的想法与领导沟通了，引起了领导们的重视。他认真地对领导们说：

“如果这项工程有可能再开工的时候，我还希望继续做这个工程的领工。”

一句话说得领导们都笑了，张书记说：

“这下你可闻名了啊，躲也躲不掉了，到那时候，你想不干都不行啊！”

时隔五年，到了1965年，在工农业生产稳步发展的时候，水利事业也在同步发展。张春荣终于等到了这一天。市领导指示，扩建、改建色麦区引水渡江工程。张振生书记再次派张春荣负责这项工程，这让张春荣兴奋不已。

自从五年前他带着色麦的人们用土办法引来山水过江之后，张春荣并没有因此而满足，他一直没有放下那颗心，一直都在设计着“引水渡江”的最佳方案。今天，终于让他如愿以偿了。

随着各行业的快步发展，物资的不断丰富，自治区物资仓库的物资也越来越多了，一些建筑用材料大部分都可以在西藏买到了。张春荣根据引水渡江的实际需求，在材料使用上做足了功课：

1. 用钢材替代原来的木材塔架，用钢丝绳做主缆和吊缆；

2. 废弃原来简易的石头堆砌的塔基和锚碇，改用钢筋混凝土和浆砌石，加大了塔基和锚碇的强度；

3. 用索扣固定钢索，用螺栓调节钢索的松紧；

4. 用钢平面桁架做桥面系，并在其上铺设用镀锌铁皮做的输水管，提高水渠，扩大灌溉面积。

有句俗话叫“巧妇难为无米之炊”，五年前，张春荣硬着头皮绞尽脑汁，以“旧物利用”方案暂时解决了色麦的引水工程，保证了旱地播种时的灌溉问题，眼下有“米”了，就看他这个“巧妇”如何“用米下锅”了。同时，张春荣在负责这一工程的过程中也得到了当时的拉萨市计委、拉萨市水电队的许多具体帮助和支持，特别是杨德门同志负责钢架和许多构建的加工和运输，帮助他解决了不少的困难。

开工了。除了工程队的人员外，色麦乡的老百姓每天也都到工地上来尽自己的力量，用他们的话说：这是在为我们自己和子孙后代造福，我们不能光依靠党，我们也有一双手、一身力气，只要有人领着我们干，我们就能和他们一样不怕苦，不怕累。

工程开工时节时值寒冬腊月，在地面上，人们都会觉得冻手冻脚，在雅鲁藏布江的江面上施工，那种寒冷可想而知。强劲的江风把人吹得透心凉，赤手作业，时间长了十个指头就像不是你的了，怎么也不听你使唤。张春荣一直在工地上，而且在绳索上爬来爬去，身穿的棉袄都挂破了，寒风从破损的裂缝处直入身体。他顾不上这些，把挂破的口子用绳子缠几下继续干。房东阿妈看不下去了，强迫他脱下来给他缝补。阿妈掂着那足有十几斤重的棉袄连声“啧啧”，她没想到张春荣的棉袄会那么重，棉袄的领口和后背几乎被汗水浸透了。他每天就是穿着这样的棉袄在工地上跑来跑去的呀！阿妈心疼地给把棉袄架在火炉旁烤着。

是啊，白天领着民工在工地上，夜晚回来还要在酥油灯下搞设计，常常熬通宵，睡觉也是和衣而睡。就这样，因为过度的劳累和长时间“冷战”，他患上了肾炎，行走坐卧都明显地不便，有时腰痛得直不起来，最后，不得不回拉萨治疗。心里装着工地的他，等病稍有好转就立刻赶回工地了。人们突然发现他又出现在工地上了,就像什么都不曾发生一样，他还是那样精神抖擞，永不疲倦。民工们都不忍心看他在工地上拼命，都和他抢活儿干。有的人看见他爬上钢丝绳就落泪。

不论是哪一个工程，不论是在怎样的工地上，让张春荣感动的是，总会有上级领导亲临工地，他们不仅关心工程质量，更关心那些餐风露宿、摸爬滚打的民工们和工程的技术人员。在这次施工中，时任全国政协副主席的阿沛·阿旺晋美、西藏自治区筹委会副主任委员郭锡兰、自治区交通局局长侯杰等领导亲赴工地视察。领导们在工地上，看到热火朝天劳动的场面，阿沛副委员长看着张春荣无不感慨地对大家说：

“一个年轻的汉族技术人员，在这个贫穷落后的地方，在这样偏僻的山沟里，自己组织藏族农民干这样的工程，确实难得。”

自治区交通处刘工程师看了他们的工程之后评价说：

“在这现有的物质条件和施工条件下，建此工程实属不易，达此质量，可谓百年大计。”

的确，张春荣就是一个普通的水利技术员，他时时刻刻以普通的方式，从普通的小事做起，为普通的老百姓服务。然而，他却选择了并不普通的一条路——扎根西藏，为边疆献身。色麦引水渡江的工程让张春荣看到了水利工程在西藏的重要地位，从而体会到了自身的价值。色麦乡老百姓的支持和上级领导的肯定，给了张春荣莫大的鼓舞和力量，他对西藏的水利事业的开发与建设充满了信心。

一座净跨一百八十二米的铁索吊桥和输水管，由在藏的各族技术人员设计并施工，在西藏各族农牧民的协助下，终于在色麦乡落成使用。竣工那天，色麦乡再一次沉浸在欢庆的热潮中，“引水渡江”带给农牧民的不仅仅是生产上的扩大灌溉面积，提高粮食产量，更重要的是山泉水为沿线的百姓提供了良好的生活用水。由于水源自高山，天然纯净，自从喝上了卡拉山上的优质水，江北老百姓们都说那水治好了很多人的克山病，色麦乡的人民视它为“神水”，视张春荣他们为“神灵”。

两个多月来，在最寒冷的季节里，在雅鲁藏布江上，在“引水渡江”的钢丝绳上，藏汉民众同甘共苦，挑战自然，挑战自我，为着同一个目标而奋斗。在这次施工中，张春荣体会了藏汉民族亲如一家的情感。在和藏族同胞同吃同住同劳动的过程中，张春荣感受了他们任劳任怨、吃苦耐劳的精神。他在这里，学会了很多藏话，懂得了很多藏族风俗民情，他深深感到，每一个藏族同胞都将是他在西藏生活中的良师益友。他已经不再像以前那样易于满足成功了，因为他已经清晰地看到，他要走的路还很长，而且很艰难，如果把某一次的成功当做永远的标志，那么，他就会在未来那漫长而艰辛的路上动摇。所以，张春荣学会了在成功后反思，学会了在喧嚣中沉静。他坚信，一步一个脚印比跳跃更坚实。只要坚持党的路线，坚持脚踏实地的工作作风，坚持与藏族人民同甘共苦的精神，在通往和平与幸福的路上，中华民族一定是攻无不克、战无不胜的。

那段经历感动了张春荣，感动了色麦乡，也感动了雅鲁藏布江和卡拉山的清泉，那潺潺的流水绕着张春荣的指缝，百依百顺地流向四面八方，为民造福。

这一段经历，带给张春荣与色麦老百姓们一段不忍割舍的感情。他退休离开西藏之前，特意去看望了当年在“引水渡江”工程中那些同甘共苦的藏族兄弟姐妹和那时的房东，还有协助他的交通处那位刘工程师。他说他是去“寻源”的。

……

如果说水利是一个城市的命脉，那么，交通就是城市的经络，因此，引水架桥，开山修路，成为了城市建设的重头戏，也是城市发展的保障。在西藏，20世纪60年代初期的所有工程建设，都是西藏平叛胜利后总体规划蓝图中的浓墨重彩。

自从西藏民主改革以后，拉萨的运输业也发生了很大的变化。各种机动车逐渐取代了毛驴和牦牛，特别是偏远地区的牧民们，因为有路了，他们也从过去的人背肩扛的繁重的运输劳动中解脱出来，牦牛和马车成为了他们主要的运输工具。老百姓们欣喜地看到，路多了，车多了，生活稳定了，心情畅快了。

1961年元月，羊八井到日喀则公路第三道班，经嘎岗到尼木县的简易公路修好了，相关部门指示，要在这条新修的公路上试通车。虽说那是一条简易的公路，但那条路却是那一带通向梦想与希望的路。

试车那天，大家都很激动。特别是担任试通车任务的张春荣、李增祥还有尼木县的管理员小景、藏族驾驶员班九等几位同志更是激动不已，因为，他们即将成为成功与胜利的见证者。

上午，他们在大家的祝福声中上路了。

一路上，他们神采飞扬，周围的一切都让他们感到新奇，美丽，就连柴油机的轰鸣声都觉得那么悦耳，如他们的笑声和歌声。

车驶过之后，被车轮卷起的尘土夹杂着浓浓的柴油味，在他们身后弥漫，他们转过头，看着伸向远方的平坦笔直的新公路替代了过去那崎岖的山路，不禁撩起了年轻人太多的遐想与渴望。

一路颠簸，车到雪古曲了，这是一条从雪古拉山上下来的小河。元月的河水已经结冰，这一路上车辆极少，行人也不多见，结冰的河面晶莹、平展，仿佛加工过的镜面。河岸两边是树丛，因为季节原因，原本该是茂密的枝丫显得骨质峻冷，就连河边的石头都像散发着冷气，不禁让人感到寂静、凄冷。

车稍稍减速慢慢驶向河边，驾驶员班九没有犹豫，一踩油门开上冰河，他想加大马力一鼓作气冲向河对岸。突然，冰垮了，车、人瞬间掉到冰河里，只有小半边轮子在冰面上。见此情形，班九再次开足马力，企图冲出去，没成，他又试了几次都失败了。这时，车上的几个人毫不犹豫地跳进河里，破冰开路。凿开一段冰路之后，再次启动，车没动。他们又把车轮底下的大石头清走，再试，车还是没动。这时，在冰水里泡着的双脚和双手都已经冻僵了。他们商量着，把车轮下面的石头再清理一些，说不定能行。他们的手冻木了已经不好使了，大家很吃力地清理着轮胎下阻止车轮转动的所有石头，充满着渴望地又试了一次。他们已经很难再在冰水里坚持了。大家一起上岸，休息了。

上岸后，他们先解决手脚缓冻的问题，分头去找牛粪生火取暖，边烤火边商量，决定一会儿再下去一次，如果还不行就只能放弃了。他们担心好不容易清理出来的河面再冻上，很快又下水了，连续试了两次都没成功。他们还是不甘心放弃，又决定试到天黑，如果天黑之前出不去，那就彻底放弃。六个人分成两组，轮流下河试车。在岸上的就负责捡牛粪生火取暖。就这样轮流进行了几番，都没有成功。当他们认定一切都是徒劳，才懊恼地上岸了。

太阳不知道是啥时候隐去的。天真的黑下来时，他们都着急了。在岸上烤了一阵火后，张春荣提出："要不咱们再最后试一次，万一就差这一次呢？"大家同意了。其实，大家嘴上都说放弃，可谁的心里都奢望着那个"万一"。

六个人一起下去了，大家鼓足了劲头，开的开，推的推，一鼓作气，车还是一动不动，它的轰鸣声也越来越显得嘶哑，最后，终于熄火了。这下没戏唱了，这才真正的放弃了。他们围在火堆旁慢慢地等待身体恢复常态。几个人往火堆上慢慢地添着牛粪，火光烤着他们写满无奈的脸。

"下一步怎么办呢？"有人说话了。

"只能求援了。"

大家商量决定，由李增祥到羊八井运输站去搭车回拉萨，到拉萨再找车来救援。羊八井离出事地点四十多公里，夜里行动的话路上很危险，所以，大家决定，晚上都好好地休息，明天天一亮再开始行动。

星星出来了，气温也越来越低了。漫山遍野长着一两米高的爬地柏树，密密森森的隐蔽性很强，夜里就更觉得可怕了，如果真有什么藏在里面，那是根本不好发现的。更何况这一带看不到牧民的帐篷，又听说这里经常有土匪活动。嘴上说是要好好休息，可是大家却提心吊胆，谁都不敢掉以轻心，六个人还是分成两组，轮流放哨，轮流休息。放哨的人还要同时要捡牛粪备用，这天寒地冻的露宿，没有火恐怕熬不过去的。

大家都很累了，但是，谁都没有困意，不光是因为冷，更是因为置于荒郊野外的恐惧，除了放哨的以外，其他人也都按照不同的方向围坐着，警觉地注视着各自的方向，准备随时应对突发事件。

天彻底黑下来之后就再也看不到牛粪了，只能在草地上爬着摸牛粪。围着他们方圆几十米距离内的牛粪都已经捡没了，他们也不敢把目标搞得太明显，万一真被土匪发现就更麻烦了。

大约过了两个多小时，夜里十一点多左右，他们突然发现一个黑影朝这边走来，放哨的人看清了那是个人影，马上给大家发信号，他们立刻拿出随身带的枪，趴在取土坑里准备战斗。这个取土坑是在天黑以后，他们认定只能在这宿营了之后用以防卫准备的。他们都不眨眼地一直盯着那个人影，等到那个人影走近了，他们才看清是位牧民。大家让司机的助手次仁旦增与他对话，都是藏族，好沟通。次仁旦增轻声地问来人：

“干什么的？”

“我是牧民，看到这里有火光，过来看看。”

听了次仁丹增和来人的对话后，大家松了口气，收起枪从坑里站出来。那牧民看了看张春荣他们，问次仁旦增：

“你们……做什么？”

“车坏了，不能走了。”

来人顺着次仁旦增手指的方向，看见了河里的车。他慢慢地走近河边，看着河里的车。其实，天那么黑，他什么都看不清的，说不定他是在证实次仁旦增的话呢。那人从河边回到他们休息的地方问道：

“要不要牛肉？”

次仁旦增说：

“不要，我们没有钱。”

“不要钱，给点大米就行。”

这时，张春荣他们才想起一天没吃饭了，才感觉到饥肠辘辘。商量后大家同意与牧民交易。牧民返身回去，一会儿就背着约有八九十斤重的一只牛腿过来了，张春荣他们给了牧民一袋五十斤的大米。他很高兴，不停地向他们道谢。

牧民走后，他们把牛粪火弄旺，一边烤火，一边烤牛肉。牛粪火映着六张疲惫又带有困意的脸，这时才算有了点兴致。牛腿上不时地有油滴下来，落在燃烧的牛粪上，火也比先前旺了，偶尔还有火花溅起，那烤肉味越来越浓了，六个人肚子里的叫声也小了。他们就这么边烤边吃，边吃边聊，仿佛是一次惬意的野餐，很快就把一只大牛腿吃完了，可胃里却并没有什么明显的感觉。毕竟饿一天了呀！大家互相看看，又恋恋不舍地看着吃剩的骨头，张春荣说话了：

“好了，不会再有什么指望了，大家休息吧。”

火也越来越弱了，附近的牛粪捡没了，再也找不到可以取暖的东西了。他们已经感到了无法抗拒的寒冷，浑身快要冻僵了，他们不停地活动着，以防止因寒冷而失去正常的能力。谁也不敢停下来休息。

这一夜太漫长了。

他们在煎熬中盼来了启明星。当天边能见到隐隐的灰白色时，李增祥就出发奔羊八井去了。从李增祥和他们分手后，大家似乎看到了希望。

李增祥没走多久，就从他行进的方向传来了成群的藏獒嚎叫声，那叫声可怕极了。凭经验，他们知道李增祥是被藏獒包围了。原来，李增祥没走多远，就看到了牧民的牛毛帐篷，与此同时，帐篷周围的藏獒们也发现了李增祥。藏獒是那些帐篷的忠实守护者，它们不允许任何人走进那块领地。其实，李增祥并没有接近帐篷群，他本来也不想惊动那些帐篷，不料，藏獒们却不放过他。李增祥面对十几只凶猛的藏獒，他真有些胆怯了，可是，他还有任务，不能就这样撒腿往回跑啊！再说，他也不一定能跑得出去呀！他开始弯腰捡地上的石头打藏獒，他听说这是对付狗的最好方式，可是，这群藏獒不怕，反倒趁他弯腰的时候扑向他，越扑越近了。李增祥慌乱中突然想起了背着的枪，他边对藏獒们吼着边抡起长枪横扫，冲出藏獒群。

在原地的几个人听到獒叫，心都提到了嗓子眼儿了。他们征求张春荣意见，要不要再去一个人援助。张春荣说：

“不用，他一定能走出来。”

一会儿，狗的叫声减弱了，班九和次仁旦增判断，李增祥冲出去了。他们又闯过了一关。

太阳终于出来了，小景建议大家分头去寻找救援途径，不能都在这里等。商量之后，决定留下班九和次仁丹增，因为他们是藏族，有突发事件他们可以应对，张春荣和小景走山路去尼木县求助。

张春荣和小景出发了。他们按照眼下所处的地理位置，辨别了一下尼木县的大概方位，他们觉着，绕过前面的那座山就应该是尼木县的安岗区。张春荣告诉班九和次仁旦增，大家在安岗区会合。

张春荣和小景扛上英式步枪，披上老羊皮大衣，沿着从嘎岗下来的小河溯源而上。开始，他们走得还很轻松，越走海拔越高，再加上肚子里没食物，他们走得很吃力，觉得心跳越来越快，呼吸也越来越困难。他俩走走停停，席地而坐喘喘气再走，看着那座山就在眼前，可是却那么难以走近。他俩给自己打着气，一定坚持翻过山去，想象着绕过那个山嘴就可以休息、吃饭、睡觉了。谁知，他们艰难地翻过了一座山头，紧接着又有一座山头出现在眼前，不知绕过了多少个山头，把太阳绕下山了，他们也没能走下山去。这一路上，他们没见到一个人影，越走越荒凉，越走越失望。

天渐渐地黑下来了，没吃没喝爬了一天的山，他们实在支持不住了，走几步就得停下来喘喘气，连说话的力气都没有了，停下脚步时，他俩只能互相挥挥拳头，以示坚持下去。

天彻底黑了，除了山两旁的树能看得清形状外，什么也看不清了。他们再也走不动了，体力已耗到极限，瘫倒在地上。瞬间，他俩感到绝望了，四目相对，张嘴吃力地喘着，本想互相鼓励一下，哪怕是拉拉手，说声加油，可是，他们再也做不到了。两个人就这么互相看着，想着各自的心事。

张春荣想了很多，他想起了在逍遥寨家乡年迈的双亲，想起进藏路上的那些日子，想起色麦引水渡江热火朝天的工地，想起去邦多路上滞留在山上那个寒冷的夜晚……

唉，怎么会想起这些呢？张春荣仰面朝天看着满天的星星，他用眼睛四下里找着，他不希望这时候看见流星划过。不知不觉眼泪顺着眼角流向耳边，他分明听到了眼泪滴在耳廓时轻轻的声响。张春荣觉得，此时，他的思维、知觉和感觉都是正常的，他不能死，他不会死。他转过脸去看小景，他怕小景睡过去，用尽全力哼了一声，小景听到了，很弱地抬了一下手腕，示意张春荣他还在。

突然，张春荣隐约看到远处有个亮光，他俩相对示意，警觉地摸着枪，使了好大力气悄悄地把子弹顶上枪膛，又用力支撑着翻个身，朝着那个亮光匍匐向前。爬爬歇歇，互相拉拉手给点信心。离那个目标越来越近了，他俩的心跳也加快了。他俩停止了前进，静静地趴着，仔细地辨认那个目标，他们看清了，原来，是一个人蹲在地上烧火。他俩不敢确定是什么人，也没有一点力气走上前去打招呼，于是，他俩就故意弄出了一点儿动静，那人听到响声吓了一跳，连忙站起身，四下里看着，最后发现了他们，那人吓得向后退了几步。张春荣他俩看这个人并没有伤害他们的意思，便强撑着慢慢地坐起来，但并没有放下枪。那人看见他俩有枪，又跑出去很远很远，双手使劲地摆着，惊恐地用藏话对他们说：

“别开枪，别开枪，我是牧民，是烧炭的。”

张春荣听说是烧炭的就放心了。他俩立刻收起枪，又无力地躺下了。那人等了一会儿，见他俩不但没开枪，还躺下不动了，他这才放心，疑惑地走回来了，在他烧炭的地方蹲下来，看着张春荣他俩，他不知道他俩还会不会有什么动静。好长时间没有什么异常，那人突然觉得不对，心想：他俩会不会……接着，那人小心翼翼地走到他们身边，默默地看着。张春荣望着他，想问他嘎岗还有多远，可是，张春荣没力气说出这句话，只是抬了抬手指。那人因为不懂张春荣的意思，表现出了着急的样子，他猜想这俩人不是坏人，一定是做公事的人。他摇摇头表示不明白。张春荣有气无力地说：

“嘎岗……”

那人听张春荣说的是汉语就更放心了，他平静而且亲近地蹲下身来，用生硬的汉话问他俩是不是迷路了，张春荣他俩点点头，那人看到他俩的样子，知道他们是又累又饿，便从藏袍里把所有的糌粑都拿出来，还有一壶茶放到他俩面前，很客气地让他们吃。那糌粑的香味让他俩再也控制不住了，来不及道谢就狼吞虎咽地吃了，喝了。之后，那人又很客气地让他俩在他的火炭旁躺下，还是用生硬的汉话说：

“你们睡吧，我给你们烧火。”

张春荣他俩真的很感动了，一颠一倒躺下了。虽说挺感动的，但是，在这没有人烟的地方，他俩还不知道他到底是什么人，所以，不敢睡觉，一直警觉地紧紧握着上了子弹的枪，悄悄地眯缝着眼睛装睡，监视着他的动静。他俩也不知坚持了多久，也不知道什么时候睡着了。

张春荣他俩是被烧炭人叫醒的，睁开眼看见太阳已经升起来了。张春荣坐起身来，环顾四周，周围的一切都沐浴在阳光里，闻着木炭散发出来的奇异的清香，看着烧炭人宁静的笑脸……如同重生，他俩很想大哭一场，昨天夜里的一幕仿佛一场噩梦。烧炭人把热好的酥油茶端到他俩面前，轻轻地说了句藏话，转身离开去照看他的活儿了。

张春荣突然想起一件事，对小景说：

“你说咱俩昨天是不是有点大意，这深更半夜的都不知道烧炭的是好人还是坏人，就随他安排睡觉了，万一他是土匪呢，或者真有土匪来呢，不就完了吗？”

小景笑着说：

“行了吧，昨天哪还有精神想那些事呀，差点那边去了。”

喝过茶后，又精神多了，他俩商量着接下来的路该怎么走。一定要尽早赶到嘎岗，到目前为止，他们还不知道李增祥和班九他们的情况呢。张春荣谢过烧炭人，并把身上仅有的两元钱留给他，准备下山。那人指着正前方山下的两间藏式小屋和几顶牛毛帐篷，告诉他们那就是尼木县的嘎岗。张春荣他俩充满信心地向山下走去。没走多远烧炭人把他们叫住了。只见他带着自己的东西，和张春荣他俩一起下山了。因为，他把所有充饥的东西都给张春荣他俩了，所以，他只能下山了。上山烧炭不是一天两天的事，要一段时间才能下来的，烧炭人上山都要带上足够的吃的喝的，直到烧炭结束下山。起初，张春荣还以为那烧炭人是为了给他们带路而下山，到嘎岗后才知道，烧炭人下山是因为没吃的了才下山。张春荣他俩知道实情后感激不尽。

有烧炭人带路，张春荣他俩觉得这段路好短，尽管身体还有些疲乏，但心情好多了，脚步也轻松了，没觉多累就到嘎岗了。

嘎岗没有太多的房子，烧炭人把他们带到从山上就看到的那两间藏式房里，当他们走进屋里，一位中年人特别热情地迎接他们，并用还算流利的汉话和他们交谈。他自我介绍说：

“我叫旺久，是西藏建工处的工人，是回来探亲的。”

张春荣高兴地说：

“太好了，在这儿还能遇到机关的同志，真没想到。”

张春荣边说边把烧炭人介绍给旺久，连声称烧炭人为救命恩人。旺久听张春荣介绍后，不好意思地对他说：

“呵呵，他是我弟弟，他是烧炭的，不是救命恩人，不用谢的。为你们做事是应该的嘛。”

张春荣他俩觉得太意外了，这可真是有缘哪！

旺久告诉家里人用最好的酥油给他俩打茶，抓糌粑，他俩坐在温暖的屋子里，再加上鲜美的糌粑和酥油茶，感觉就像到家了一样。

他们正吃着，隔着窗子看到远处开过来一辆蓝色的吉普车，张春荣猜想，可能是哪位领导来了。说话间吉普车到房前就停下了。交建科的统战人士崔科长从车里走出来，直接走进屋子里。崔科长见了张春荣他俩一再说“辛苦了”。张春荣不解，崔科长怎么会目标这么准确地找到这里来呢？

原来，李增祥历尽艰辛地赶到羊八井，在那里搭车到拉萨，向领导汇报了他们在试通车路上发生的意外，交建科领导立即派藏族司机加措开车去雪古曲援救。崔科长知道此事后，执意与加措同行到尼木县，崔科长又得知张春荣他俩被旺久弟弟救了，就直接开车到这里来看他俩。旺久一家人也非常高兴，因为他们能在这里见到市里的领导，真是太幸运了。

加措开车直接找到事发地点，见到了留守的班九和次仁旦增，把抛锚在河里的车拖出来了，直奔嘎岗与张春荣他们会合。

他们从嘎岗出发了。张春荣和小景坐在崔科长的小车里，两辆大卡车在后面，三辆车翻过分水岭，下午两点多钟进入安岗区所辖农业区。这里村子多了，人也多了，三辆车刚刚开进村子，就被围得水泄不通，乡亲们都是第一次看到这样的东西，七嘴八舌议论纷纷。有个老太太高声大气地告诉大伙：

“这就是共产党的房子。”

听着老太太的话，有人说：

“不对，这不是房子，它还有眼睛呢，它会叫还会跑的。”

老太太不再说了，反正在她眼里是个稀奇物，有窗有门能进人，还能一边跑一边叫。乡亲们也都觉得稀奇，围着汽车兴高采烈地喊着：

“阿乐！阿乐！”

就这样，人们看着，笑着，议论着，好不热闹。

下午五点多钟，汽车回到了机关，机关里也有很多人是第一次看到汽车，特别高兴，谁都不肯离去。大家都情不自禁地跳起舞来，就像过节一样热闹，一直闹到深夜。

八

1965年，过了而立之年的张春荣在这块土地上已经奋斗了六年，这六年间的工作成就让他在西藏赢得了太多的荣誉。职位变了，条件变了，生活变了，但是，做普通人的品质没有变，不论有多少成绩，不论有多少赞美，他都没有放慢行进的脚步，没有卸下跟随他测沟量壑的仪器，没有停止勾画水电事业蓝图的双手。他一直谦逊地称自己为“西藏的新一代”。

在迎接西藏自治区成立的那段时期，拉萨的城市建设掀起了一个从未有的高潮，按照城市总体规划进行的城市改造，让这座古老而奇美的城市每天都在发生着变化。时任拉萨市房建队队长的张春荣比以前更忙了，人们觉得他背上的那套行囊就从没有离开过他。他凭着健壮的体魄和充沛的精力，又投入了“旧城换新貌”的建设中。不论是勘察、设计、指挥，还是在工地实干，他依旧兢兢业业，精益求精。在人民路、解放南路两条商业街道的建设工程中，张春荣白天背着水平仪、经纬仪、平板仪，扛着标尺、花杆搞勘察，搞测量，晚上在灯下对着测量数据画图，一丝不苟。不论夜里工作到几点，第二天，他还是精神抖擞地坚持在工地上劳动，哪儿的活最苦最累，他就出现在哪里。藏族工友们都说，在筑渠引水工地上，他是“水工”，在筑路工地上他又是“石匠师傅”了。

1966年年初，为了开发丰富的水力资源，合理利用并科学管理西藏的水资源，保证水资源为民所用，市里从农牧处、交建处等部门抽调了一批懂水利工程的技术人员，成立拉萨市水利电力工程队，隶属拉萨市计划委员会，由荣权华任队长，李宝璋任副队长，张春荣任指导员。水利电力工程队的成立，为西藏的水资源开发与利用及水电站的修建提供了保障。

新中国成立以后，随着电力、石油工业的发展，农田灌溉动力发展逐步转向机（柴油机）电并举，并淘汰了煤机、锅驼机，在全国农村普遍兴建了一大批中小型机电灌溉泵站。尽管西藏的建设还处于起步时期，但是它丰富的水力资源却为西藏农村的泵业发展提供了充足的条件。

1966年5月初，张春荣又接到了一项新的任务，拉萨市政府责成市水利电力工程队对堆龙河旁多山嘴到堆龙德庆县所在地进行勘测设计，并计划在这段十一公里长的河段上，集中四十米落差引用五个流量，利用水轮泵做动力，发电一千一百千瓦，达到抽水、发电综合利用。

5月12日，在驻堆龙德庆县工作组领导惠毅然部长主持下，召开市、县领导和区、市水电队领导参加的会议，会上决定成立堆龙河泵站修建工程指挥部，由县委李玉成书记和张春荣、任世兴、陈存德、夏德全五人组成指挥部，具体工程由张春荣负责。

堆龙河发源于冈底斯山南麓，全长七十五公里，流域面积两千四百多平方公里，流经堆龙德庆县。堆龙河的资源无疑为修建水轮泵站提供了可靠的保障。

按照工程的施工程序，还是由张春荣带领的测量组首先进行测设。几天的测设，测量组掌握了相关的数据，有了测设得到的第一手数据，工程的施工也就有了依据。就这样，一个大工程——修建引水渠和通嘎、羊达两座水轮泵站开始动工了。

由于当时懂水利的人很少，这对将来泵站的管理是一大难题，为了在全市推广水轮泵有关技术，确保泵站后期运行的持久性和长远性，在施工的同时，经上级相关部门的批准，从市属十二个县区抽调年轻干部，举办了十二人的水轮泵操作与管理常识训练班，让更多的人掌握有关泵站管理相关的知识与方法，以满足未来西藏水电工程用人之需。

1966年10月20日下午，张春荣正在工地上指挥施工，市计委许有才主任和水电队荣权华队长来到工地找张春荣谈话。见到两位领导严肃的神情，张春荣意识到可能又有新的任务了，心里不禁一阵欢喜，他真的很想有更多的工程等着他，这样，他就有更多的机会为西藏的建设出力，这是他义不容辞的责任，是他给自己的承诺。

两位领导见到张春荣之后没有马上说话，他们看着张春荣那累瘦的脸和粗糙的双手，还有那挂满灰尘的衣服，他们不忍心开口了，他们不忍心看着这样的硬汉在他们面前掉眼泪。

张春荣看着两位领导，等着听他们的指示。等了一会儿，两位领导还是不语。张春荣莫名其妙，心里也越加感到不安，为了尽快结束这样不安的等待，他先开口了：

“找我有事吗？是不是……”

两位领导对视片刻，荣权华队长略显沉重地对张春荣说：

“跟你谈两件事，第一件事你要有个心理准备，要坚强，你……一定要挺住。”

张春荣听了荣队长的话，心里一阵狂跳，他想象不出来发生了什么情况。但他从两位领导的神情判断，一定是家里出了什么事了，不然，两位领导绝不会是这样的表情。张春荣控制着自己的情绪，尽量使自己镇定地说：

“您说吧，什么情况？不论发生什么我都能挺得住。”

两位领导相视片刻，还是许主任开口了：

“你家里来信说你那一对双胞胎……死了。”

张春荣听了，头“轰”的一声像爆炸了一样，两条腿控制不住地哆嗦着，从头到脚都瘫软了。他极力克制着自己的情绪，强忍着没让眼泪流出来。停了很久，他又平静地问两位领导第二件事是什么。许主任告诉张春荣说：

“市里决定抽调你到墨脱公路修建指挥部去。”

张春荣犹豫了一下，低下头擦掉眼角藏着的泪水，重又抬起头问：

“我能胜任吗？”

“这是在军区开会时直接点名要的你，现在就看你有没有什么困难，有困难可以提出来，我们尽量帮你解决。”

张春荣思忖片刻，向两位领导表示：

“我没有困难。我会尽自己努力把工作做好。请领导放心。”

两位领导对墨脱公路的相关工作向张春荣做了详细的交代。告辞时，两位领导一再嘱咐张春荣马上回家去看看。张春荣安排好了工地上的手头工作，匆匆地回家了。

张春荣记不得离开家有多久了，当他迈进家门的那一刻，双脚仿佛掉进了深谷——这个家一看就是没人照管，没人料理，混乱一片。家人看到他回来又哭成一团。他看着原本多病的妻子，一下子失去两个孩子，这如此沉重的打击让她变得憔悴、呆滞。看到家里的现状，他也很悲痛，他怎么也没有想到会一下子失去了两个孩子，而这巨大的悲痛竟让妻子一个人来承担，让她独自经历如此大的感情折磨。

孩子没了，他这个做父亲的没有在孩子临走前看他们一眼，再送上一程。他很想知道两个孩子在那一时刻想了些什么，他们想爸爸了吗？他们找爸爸没有？他们是不是曾在心里呼唤着“爸爸”？张春荣多么希望孩子走的时候没有想起爸爸，不是在等待爸爸回来的企盼中闭上眼睛的，他不想让孩子伤心地离开，他不想让孩子带着见不到爸爸的遗憾离开。然而，晚了，从来也没有想到的事情就这么降临到了他的头上，即便他不惜用一生的时间来偿还这父子之间的感情债，老天爷也不给他这个机会了，这注定是他一生都再也无法弥补的过失与遗憾。

张春荣躲在角落里默默地哭着。想着那两个孩子，他心里难过极了，他觉得愧对那两个孩子，他陪他们的时间真的是太有限了，连他自己都不记得，和孩子在一起的日子加一块儿能有几天。他从来没想过这两个孩子怎么会这么快就走了。他双手抱着头，使劲地撞着墙。是啊，面对悲痛的妻子他还能说什么呢？

张春荣陪妻子和家人待了一天，心里却时时浮现工地上的场景，他真的放不下工地上的工程。第二天，他帮妻子料理好家务，坐在妻子身边，想尽一切办法安慰妻子。妻子心里明镜似的，丈夫的心到工地上了。妻子看着张春荣坐卧不安的样子，默默地帮他收拾了东西之后，对他说：

“走吧，回来看看就行了，留你也留不住。”

是啊，这些年来，妻子从来没有因为家里的困难连累过他，从来没有因为没有他的照顾而埋怨过他，就这么一个体弱多病的女人，为了丈夫的事业和一生的理想，独自一人扛起了多灾多难的家。他看着妻子，帮妻子理一下蓬乱的头发，把手放到她瘦弱的肩膀上，忍着即将流出来的眼泪，轻声说：

“工程完了我再回来。”

张春荣离开家门的那一刻，藏在心底的那份柔情一下子涌上心头，泪水夺眶而出，工地上那个铁石硬汉，面对妻儿时，依旧是有血有肉、有心有爱的多情男人。他不顾一切地哭着，他想尽情宣泄内心的所有歉疚、痛苦和悲伤，因为，脚下的这条路需要的是坚强的意志和执着的信念。

享受阳光，张春荣欣慰了许多，走上工地，张春荣踏实了。

从1966年10月21日重又走上工地的张春荣，再也没有提起家里的不幸，再也没有去触碰心底的那份伤痛，他以强大的毅力在水轮泵发电站的工地上和工人们奋战了五个多月，到那年的10月底，主体工程基本完成。到1966年年底，工程已经顺利地完成了通嘎、羊达两个水轮泵发电站，正当人们欣喜于工程的顺利并加大力度继续奋战时，突如其来的“无产阶级文化大革命”使工程被迫停工。而张春荣却没有因为工程的停工回家，他从10月份就已经兼任着墨脱公路修建指挥部工程科科长的职务。

1966年8月，根据上级部门指示，开始修筑墨脱公路，并抽调了有关方面的人员组建了“墨脱公路修建指挥部”，张春荣是这一年的10月份在堆龙河泵站修建工程的工地上，被领导点名抽调到墨脱公路修建指挥部的，电站的工程停工后，他就直奔墨脱。

墨脱县是西藏自治区林芝地区下辖的一个县，是个神话般的世界，位于西藏东南部，地处雅鲁藏布江下游，坐落于喜马拉雅山脉东端南麓，意为“隐秘的莲花”，号称“天外孤岛”，也有西藏的“西双版纳”的美称。县域面积三万四千平方千米，耕地面积只有两万亩，而森林面积却高达三千二百万亩。境内的居民主要为门巴族和珞巴族。著名的雅鲁藏布大峡谷主体段都在该县境内。这里是西藏高原海拔最低、环境最好的地方，也是西藏最温和、雨量最充沛、生态保存最完好的地方，可谓是“一山显四季，十里不同天”。

县境西、北、东三面为喜马拉雅山与岗日嘎布山阻隔，南面与印度相邻，雅鲁藏布大峡谷和帕龙藏布峡谷从一侧分割，使道路无法通行，通往墨脱的仅能供行人和马队走的山路要翻越四千米以上的雪山隘口，穿过蚂蟥、猛兽出没的原始森林，在这条山路上，总要经历雪崩、暴雨、塌方等自然灾害的侵袭。那时，县境内的军民所需要的生产及生活等各类物资，全部是靠人背畜驮。而这也只能是在每年的五月至十月期间进出，其余的季节便是大雪封山，于是，墨脱也就与外界隔绝了。几十年来，死于墨脱路上的行人和运送物资的牲口不计其数。敢于进入墨脱的人一定要有探险家的勇气和精神，因为这里山高路险，有茂密的原始森林，有上百米宽的大跨沟，有海拔五千多米的山口，有令人无法防御的野兽等等。所以，在西藏的人，除了墨脱当地的老百姓，极少有人有胆量涉足墨脱。虽说墨脱美丽奇异的自然风光让人充满期待，但想起那里的路况就会令人毛骨悚然。

由于没有公路通行，山路崎岖难行，致使墨脱与外界互通甚少，限制了墨脱的发展和建设，当地的农牧民还是沿用着祖先刀耕火种的生产方式维系着生活，延续着生命。

当时，通向墨脱的公路确定了踏勘路线：派墨线（从米林县的派乡顺江下至墨脱），扎墨线（从扎木翻隋拉下至加拉再沿江下至墨脱）。经踏勘论证并经自治区批准修筑派墨线。

1967年6月，指挥部讨论，认为已开工的派墨线的工程，虽然比较合理，但是，由于地理环境所致，此工程任务艰巨，指挥部通过查阅有关资料，走访群众，实地勘测，最后决定对德阳（林芝县德阳乡）至墨脱线路进行踏勘。

1967年7月，墨脱公路踏勘队组建了。为了保证踏勘工作安全、顺利进行，经上级部门批准，指挥部从自治区军分区特务连抽调了十余名军人加入到踏勘队。7月10日墨脱公路修建指挥部召开了踏勘动员大会，严副参谋长在动员大会上郑重地对张春荣说：

“老张，今天我把穿蓝衣服的和穿黄衣服的人都交给你了，你今天把他们带出去，完成任务之后，你务必把他们全部再给我带回来。”

张春荣立刻向领导表示：

“请首长放心，完成任务后，我保证带着原班人马来见您。”

严副参谋长看着张春荣，拍拍他的肩膀，意味深长地对他说：

“这条路线大部分沿麦克马洪线附近走过，踏勘中一定要注意隐蔽，如果遇到敌情不要蛮干，你们的任务是踏勘，不是打仗。”

这次踏勘任务非同寻常。会上，张春荣转达了上级领导的指示，大家纷纷表示：我们生活在自己的家园，我们要建设自己的家园，为了祖国的繁荣，为了家乡的幸福，我们要恪尽职守，忠贞不渝。如同一次宣誓，向祖国宣誓，向人民宣誓，向西藏各族同胞宣誓，有什么比这更神圣、更让人感动的呢？此刻，张春荣看着这些坚强勇敢的战士们，他感到了一种从未有过的自信和自豪。他站起身，环视大家，重重地对大家说：

“让我们团结奋战，共同努力，一定完成任务。大家准备吧！”

用过午餐之后，大家互相道别上路了。朝着德阳山的方向前进。

墨脱公路地处横断山脉，雅鲁藏布江贯穿墨脱全境，海拔由七千米急速过渡到低谷地带的二百米；西、北、东三面被喜马拉雅山与岗日嘎布山阻隔，加上雅鲁藏布大峡谷以及帕龙藏布峡谷从一侧分割，从而使道路无法通行。陡峻的山，湍急的水，阻滞墨脱于“井底”地带。雅鲁藏布大峡谷是世界上最大、最险、稳定性最差的大峡谷，帕隆藏布峡谷的三十多公里也同样险峻，两岸除了悬崖峭壁就是碎落堆积坡，测量施工难度极大。参加中尼公路勘测的铁道兵战士讲，墨脱公路比中尼公路工程难度大得多。

据史料记载，1950年8月15日，墨脱县发生里氏8.6级地震。地震引发山体崩塌、滑坡和泥石流，墨脱大地面目全非，在数万平方公里的地面上，平均每1平方米的面积就有1.1平方米的物质参与了滑移。面对这样的地质条件，踏勘队员们是用自己的生命，兑现对组织的承诺。

雅鲁藏布江从朗县进入林芝地区，在米林县迎面遇上喜马拉雅山阻挡被迫折流北上，绕南迦巴瓦峰做奇特的马蹄形回转，在墨脱县境内由南迦巴瓦峰脚下向南奔泻而下，经印度注入印度洋。因此，墨脱县水力资源极为丰富，其天然水能蕴藏量达六千八百八十余万千瓦。仅在雅鲁藏布江大拐弯一处，水能就占雅鲁藏布江全部水能的三分之二，占全国水能蕴藏量的十分之一。但是由于没有路，当地百姓过着几乎与外界隔绝的原始生活。石锅和筷子是运出大山的仅有商品，除此之外，就没有能与外界联络的物品了。所以，能修好这条天路，不仅仅是为墨脱发展造福，为西藏经济建设推进一大步，更是为凸显中国共产党人战天斗地的英雄气概！

通向墨脱的路线都处于横断山脉地带，山高谷深，相对高差大，悬崖绝壁随处可见。身在其中，一抬头，嶙峋峭壁就能直接碰到头顶，低头就是万丈谷底，真可谓“仰头山叩首，俯瞰渊眩目”。可想而知，走在这样的山路上，需要怎样的勇气和毅力。

站在山上看江水的延伸，如同一条洁白柔软的飘带，原本一万多个单位流量的大江，仿佛一步就能跨过去。然而，山谷间回荡的阵阵涛声，让你感到身在此中的渺小。站在江边，如果你想和身边的人对话，一定要对着耳朵大声喊才能听得见。那恢宏的江涛，阻隔着凌空所有的音响，唯有它的执着，震撼着天地，也震撼着心灵。

沿途两岸群峰插云，相对高差达数千米，其中南迦巴瓦峰顶至江面高差达五千多米，在这里，大自然展示着她无穷的魅力，真的是身在山谷中，四季在眼前。

山上白雪皑皑，雪线下面是高山和草原，郁郁葱葱之下满眼是盛开的杜鹃，还有那茂密的灌木丛和针叶林；再向下便是热带雨林区，江边长满了芭蕉林，江两岸的山上一条条瀑布飞流直下，如同一条条雪白的哈达，流淌着雪域神韵，舞动着高原魅力。不论经历怎样的艰难险阻，当你站在这里时，“风景这边独好”便是发自心底的赞叹！

这一带因为受孟加拉湾气候影响，阴雨天气特别多，降水量相对较大，所以，这里的路上、石头上都布满了青苔，又黏又滑，再加上坡陡、林深、路窄，给正常行走带来了相当的难度和危险，稍有不慎跌入深渊，那一定就是粉身碎骨。

踏勘队走进山里后，发现了很多由于山体滑坡或泥石流、雪崩等自然灾害之后留下的残迹，不用说身临山间，就是眼前这些残迹，也足能让人心生恐惧，担心着这样的灾害会随时发生。他们在行进过程中，也曾几次因为前方的路段发生泥石流而停滞不前。然而，一路上经历的所有困苦并没有让他们停下脚步，用张春荣的话说：这是一生中最值得纪念的一次，也是踏勘经历中最精彩的一次。

翻越德阳山的当天下午三点多，踏勘队顺利到达海拔四千三百二十二米的山口。为了保存体力，他们在山口稍作休息。一幅神奇的画面映入他们的眼帘。

站在山上放眼望去，南面浓云密布，山顶都藏在密云里，灰蒙蒙的轻雾环绕着山腰，一会儿散开，一会儿聚拢，风夹着云雾从山口向北涌注，那天那山如梦如幻；北面晴空万里，远山的雪晶莹剔透，山脚下一抹一抹的绿色浓浓淡淡，隐约可见斑斑点点的黑白，想来那许是牦牛抑或羚羊，那物那景如诗如画。这些勇敢而坚强的高原汉子们，静静地看着眼前的景致，默默地祈祷着，祈祷他们这一路平安，祈祷这山水孕育下的各族同胞永远幸福安康。

下山了。山上由于多年积下的冰雪使得山体很滑，张春荣曾经经历过这样的山路，但是，这次还是让他始料不及，大家刚刚还互相提醒着“注意脚下的冰雪”，不料，一不留神就像滑雪橇一样，瞬间被满是冰雪的山坡甩出约有一公里远，互相撞击着向下滑行。突如其来的情况并没有让他们手足无措，在互相撞击时他们大声地喊着，给自己鼓劲，也给队友鼓劲，为自己壮胆，也为队友壮胆，谁都不去想，一旦这样的滑行停不下来或滑向不测……就这样，在没有人烟的山谷里回荡着踏勘队员们别样的呐喊声……

终于，坡度减缓了，这群硬汉们像一头头威猛的牦牛，转着圈打着团缓缓地停下了，顿时，爆发出一阵荡气回肠的朗朗笑声，那笑声在深山峡谷里回旋……

从冰雪上爬起来，他们又继续赶路了。沿着缓缓的山坡向下走不多远，他们惊奇地发现冰雪上有“陷阱”，当他们接近“陷阱”时，冰面上偶尔听到很大的冰震裂声，冰下有清晰的流水声，从冰面上看不到冰洞状况，也无从提防冰洞的陷害。大家小心翼翼地通过之后，想起刚才从山顶上滑下的一幕，不免有些后怕。要是一下滑入冰洞，恐怕连尸首都没有了。事后他们打趣地说：“人要是硬气，鬼都怕你，还得给你带路！”

从山上下来，队员们又开始了一段林中的跋涉。由于这一带是灌木丛，被遮天蔽日的树木笼罩着，见不到阳光，也感受不到风，脚下是杂草丛生又泥泞的路，路面上布满了干枯的野草和灌木的枝丫，每迈一步，都要仔细判断前面那一步的下面是否可行。他们磕磕绊绊地穿梭在林中，好不容易找到一片约一平方公里的开阔地，大家停下脚步休息，也想找一些可食的植物补充给养。还别说，这片地长满了齐腰深的野韭菜，散发着一股浓浓的香味，一下子勾起了队员们的食欲。于是，大家七手八脚地开始拔野韭菜，装进各自的包里，以备后用。

正当大家为这不小的收获得意时，不料天公不作美，突然降下滂沱大雨，真的是寸步难行了。张春荣想：这雨不知能下多久，如果在这树丛中避雨等天晴，一定是要延误时间了，如果继续赶路，这一路上的困难是无法预知的，也可能是无法克服的。张春荣本想征求一下大家的意见再做决定，没想到，张春荣的话没说完，队员们异口同声地说“继续前进”。就这样，在密林深处，一支不屈不挠的队伍，淋着大雨，蹚着泥水，艰难地行进着。

大雨从头淋到脚，睁不开眼，看不清路，站不稳脚。他们凭着感觉，跌倒了爬起来，滑下去了，抓住树枝站起来，脸上淌下的不知道是雨水、汗水还是泪水。当他们冒着大雨前行约五公里左右时，一条有六七米宽的河横在了他们面前，河借雨势更显嚣张，排球大的石头，在水中飞一般下泻，碰撞出“咔咔”的响声，此时此刻，湍急的河水挡住了队伍前进的路，他们索性停下来，在河岸观雨。

大家望着河水，身子像散了架一样精疲力尽了，不顾天上的雨水和脚下的泥水，仰面躺在河岸上，任凭雨水无情地拍打着，尽管如此，他们也十分满足，这毕竟是上路以来的第一次真正意义上的休息。

雨稍稍小了些，但河水的嚣张并没有收敛。休息这阵子后，他们在地图上找到了标记的目的地——贾普，距离他们的位置还有一公里多，目前唯一的难题是如何过河，没有桥，他们是无望到达对岸的。张春荣带着大家商量，最后决定砍树搭桥。

这里的松树和山北的松树有些不同，山北的树大都高大挺拔，而这里的却都是短粗胖，想搭一座桥，即便是简单的独木桥用这种松树不如用高一些的树更省料、省时、省力。于是，排长命令战士们分头去林子里寻找高的树。军令如山，战士们强忍着疲劳，从地上爬起来，钻进树林，去寻找搭桥的材料。其他人在河边做准备工作。很久，战士们才从树林中抬来长势很好的一棵大树，人们欣喜若狂，在张春荣的指挥下，砍掉了多余的枝杈，把树干抬到河边，选择一处水位略低的位置，立起树干，随着“一、二、三”的号子声，推倒树干，横于河中。谁知，在树干倒向河面的瞬间，随着清脆的击水声，那树干被折成两段，其中一段又顺着水流漂走了。这一打击让人们大失所望，激动的心一下凉到底了。刚刚这棵树干带给大家的希望，一下子消失了，他们顿时又觉得疲惫不堪。

无奈的沉默。张春荣沿着河边慢慢地踱着，看着不肯沉静下来的河水，被雨敲打着溅起来的白色水花，他奢望着能找到一段可以蹚过去的路径，哪怕水是齐腰深也能蹚过去，至少要比找树架桥来得痛快，也省时省力。就这么走了一段，他真的找到了比刚才水位更低的一段，回身想找排长商量，与此同时，他见排长猛地从地上跃起：

“继续找！我就不信咱这些人过不去河。”

“对，大家一起去，人多力量大。”

排长粗犷有力的喊声，鼓起了战士们的斗志。在排长的鼓动下，张春荣也带着那些穿蓝衣服的机关干部们跟着穿黄衣服的战士们钻进林中，大家分头去找。

对张春荣来说，钻山、入林、跨沟、越河早已成了寻常事，像这样的过河还是第一次。他以为只要能找到一棵树放倒、抬出便是成功，可是，他怎么也没有想到，找到一棵合适的树不容易，凭他们的力气和工具砍倒一棵树也不容易，从林子里抬出一棵大树就更不容易。林中没有路，一个人从林中穿过，有时甚至是从这棵树爬到相邻的另一棵树上，才能躲过脚下的荆棘或泥潭，继续前行。要是几个人抬着一棵树，头顶大雨，脚踩泥水穿过树林，那艰难的程度可想而知。

没有人在意雨水淋透的衣服，没有人在意被树枝挂破的皮肤，没有人在意被树枝和泥水扯掉的裤子、鞋子，没人在意被林中躲雨的虫子、蜂子叮咬的疼痛，他们心里只有一个想法，那就是：搭桥过河，按时赶到目的地。

这一次，大家吸取上次的教训，把树干推入水中之前，一部分人站在下游靠近岸边的水里，拉开一定距离，保证树干不被水流冲走，先由几名战士蹚水推着树干，其中一名战士把绳子绑在腰间，他们走到齐颈深时，那名战士爬到树干上，骑着树干划到对岸，把绳子牢牢地绑在就近的树上，再骑着树干划回对岸。就这样，大家分批骑着树干，拉着绳子，奋力喊着口号鼓舞斗志。那铿锵的口号声压过了雨声、河水声，在雨夜的空中回响……

那是怎样的一天啊，他们从雪山沟壑到冰川峡谷，又从冰川峡谷到热带雨林，再由热带雨林跨越湍急的河流，这一路，他们经历风的困扰，雪的侵袭，雨的阻挠，他们在天地间受尽了大自然的各种现象带来的困苦与折磨，他们没有低头，当他们战胜这一切之后，留下的只有那些被雨水冲刷过的脚印和畅快的笑声。

过河之后，大家开始分析地图上标明的贾普的大概位置，从他们落脚的位置，按照地图标记的方位和具体位置东西南北地找，怎么也没找到与地图标记吻合的位置。后来几个同志发现一处有两间房子大的一块孤石，根据情况分析，大家认为这块巨大的孤石有可能就是贾普。可谁能证明这就是贾普呢？张春荣不甘心，带着大家继续寻找有说服力的证据。他们终于在那块孤石的石缝里发现了几本经书，尽管他们中间没有人懂得经书，但是他们凭经验断定这里就是贾普。它唯一的标志就是这块巨大的孤石。

目的地找到了，大家都松了一口气，张春荣建议原地休息。一天没吃东西了，原以为到达贾普后，到牧民家住下，可以做顿饭吃，再睡个好觉，养足精神再继续上路，没想到，这孤零零的贾普连户人家都没有，看来还要露宿野外了。

还是先解决吃饭问题。张春荣帮着炊事兵用捡来的湿树枝烧饭，浓烟熏得两眼直流泪，连吹带扇的好不容易算是做了一小锅不太熟的米饭，又做了一道菜——罐头烧野韭菜，当大家围着“灶台”晚餐的时候，真的开心极了。有人还开玩笑说：

“要是再来二两‘小烧’那就再美不过啦！”

踏勘队的军、地两级干部除了背包外，每人只带一把短枪和少量的近几日内的食品，因为，一路上要做记录、绘草图，不管怎么说还算轻松，而那些战士们的负担要比干部们重得多了。他们每人一支冲锋枪，四百多发子弹，四颗手榴弹，还有二十多斤的食品，晚上宿营时还要拾柴做饭，站岗放哨。战士们真的很辛苦。

雨还在执着地下着，这对每一个队员们来说已经无所谓了，他们在雨里走了一天一夜，雨水不只是淋透衣裤，仿佛从皮肤透进了内脏，加上又冷又饿、又累又困，大家真想倒头就睡啊。张春荣和排长商量，既然没有人家，那就原地休息。排长命令战士们去捡些树枝铺在地上，总比躺在满是鹅卵石的地面上好些。“床”铺好后，大家有秩序地躺下休息了。

天上还在下雨，一串串雨珠毫不怜惜地砸在他们身上，一天来他们似乎习惯了被雨水敲打的感觉。身下的树枝湿湿的，地面是流着水的鹅卵石，身体稍稍动一下，就能听到鹅卵石“叮当”的碰撞声和水在卵石间流淌的响声。他们就这样躺下了，如同在家里的床上一样舒服，惬意，他们就这样进入了梦乡，如同躺在家里的梦一样温馨，甜蜜……

队员们就是在雨夜的梦境中迎来了第二天，同样的雨天。

早饭过后，队伍沿着秋漠（河名）峡谷前进，坡陡路滑，道路泥泞，每次宿营都是一样的环境。在队员们看来，这一路上再难也不过如此了。

这一带雪崩频繁，加上山体滑坡和泥石流，行路很是艰难。一路上他们看见一处处雪崩的痕迹，一座座大跨度的“雪拱桥”横空飞架。这“雪拱桥”就是在雪崩时，雪把峡谷堵住，河水的流动把雪的底部冲出一个洞口，就成了拱桥型，一座座“雪拱桥”就这样形成了。特别是靠上游的雪终年不化，一次次雪崩的堆积，使“雪桥”越来越大，要很长时间才能融化。

路上，有遮天蔽日的阔叶林、竹子、藤子和比人还高的草，没有几把刀斧砍掉这些就休想前进。有的地方看上去似乎能钻得过去，实际上是头钻过去了，身体是无论如何也过不去的，要是用力地去钻，背包又被挡在后面，每次都会因为用力去拉背包而摔倒。在这片林子里每个人都不知道摔了多少次，有的队员的水壶、茶缸被摔坏了，包里的随身用品摔出去了，脸上手上腿上臂膀上也是旧伤上面添新伤，有很多人的伤口化脓了，很难愈合。一个姓宋的老兵，左腿膝盖下被峭壁上锋利的石头划了一个十来公分长的口子，伤口最深处隐约看见白色的骨头，流血不止，痛得他直撞树。卫生员给他包扎后，他忍着伤痛一瘸一拐地拖着左腿坚持跟着队伍前进，每个人都为他揪着心，也被他感动着。

这次踏勘所经过的地带基本上都没有路，除个别地方偶尔有打猎的人在树上留下的标志外，对他们踏勘来说，什么有价值的标志也没有。他们就这么凭着直觉摸索着前进。当他们走到勃崩山时，队伍被山崖绝壁挡住了去路。幸好这里是原始森林，满山崖的竹子、藤子，经过仔细查看，最后决定用石头把竹子砸倒，攀在竹子上顺着溜下去。其实，攀竹下滑并没有想象的那么容易，途中随时都会与石崖相遇，遇到石崖，就抓住竹子或藤子爬上山去。这次，他们又经历了一次惊险。前边有一部分人过去了，剩下的几个人一起拉住一根藤往下滑，人多体重，悬崖上一个箩筐大的石头，因受牵动从上面滚落下来，石头落下的瞬间，正好在前面那几个队员划过去之后，紧随着他们的身影掉下深渊。看到这一幕，前面的队员们都惊叫起来。所幸有惊无险。队员们再一次戏称他们都是“福大命大”。

多雨、炎热是这一带的气候特征，适应这里气候条件的生物种类也很多，它们在这一带生存繁衍，却不习惯人类来打扰它们。当队伍行进到这里时，最艰苦的并不是征服悬崖峭壁，而是征服那些微小的却有极强杀伤力的旱蚂蟥和草虱子。

为寻找合理的地形，队员们在树林里、草丛中穿梭。树林茂密，空气潮湿，那些生物到处可见，它们在森林里发现了这样一群人，不管他们是不是它们的敌人，它们都不肯放过。于是，这些蚂蟥、野蜂、草虱子追随着人们，伏在他们的身上，满足自己的需要。只要这些家伙爬到人身上就很难把它们赶下来，不论身上的哪个部位，它们都可以侵蚀。没办法，队员们自打走进这里，每天都受尽了这些生物的侵害，每逢遇到被树遮盖的大石头时，大家就纷纷脱光衣服，在石头上狠狠摔打衣服，试图赶走或消灭那些生物，然后，再互相检查身上各部位，拔除旱蚂蟥和草虱子。其实，什么办法都是徒劳，这类生物怎肯离开呢？就这样，队员们的衬衣、短裤、袜子都染上了大片大片的血渍。由于旱蚂蟥咬后伤口处还继续流血，又会招来野蜜蜂趴在带血的伤口上吸血，那可是一种无法忍受的皮肉之苦啊，大家都格外地提防野蜜蜂的突袭。可总是防不胜防啊。有一个队员的下身被蚂蟥叮咬了，当他脱掉裤子和内裤，大家帮他拔掉叮在“关键”部位的蚂蟥后，那个部位开始不停地流血，弄得整个下身鲜血淋漓，疼痛难忍。这还不算，当他穿好裤子，没走多远，那个受伤的部位又被野蜜蜂侵袭了，那些野蜜蜂爬满了带血的局部，边吸血边叮咬，大家又不敢轻易去打，都知道野蜜蜂那东西越打咬得越厉害，让他备受折磨。大家都不忍心了，他也请求大家，别管疼不疼了，赶快打走那些蜂子，他实在受不了了。几个人这才不得不下手，他们用树枝拍胡乱地拍打打一通，一边打一边告诉他挺住，要是挺不住就哭。总算赶跑了野蜜蜂。眼看着伤患局部越肿越大。马上集合出发了，他忍着疼痛，穿上裤子，叉开两条腿艰难地挪着脚步，跟着队伍一起前进。

一路上，尽管脚下踩的是枯枝败叶，可是到做饭的时候却无柴可用，因为所有的朽木枯树都浸泡在水里，几天连雨，没有太阳，漫山遍野找不到一棵干柴。为了让大家能吃上口饭，负责伙食的战士们只好漫山遍野寻找，看到哪里的朽木枯枝堆积得厚，就在那里用刺刀连挖带撬，弄出一点点积压在深处的稍微干些的朽木烂枝，并和蜡烛配着勉强能够燃烧。烧火做饭的地方选在山洞或大石头下，以防暴露。这是在拉萨出发前上级领导的命令，除了“发生任何情况都不能鸣枪”以外的另一条规定，那就是不要有明火。所以，每次做饭地点的选择都倍加严格，不能有半点疏忽，惟恐因小失大。让队员们最舒服的也是生火做饭的时候，点着火之后，队员们就纷纷脱掉衣裤，赤裸裸地围着做饭的火烤衣服，哪怕晚吃一会儿饭，也得先把衣服烤烤。每到这时，他们什么都不介意，反正这里不可能再有别的什么人出现，更何况全身赤裸要比起整日整日被湿透的衣服包裹着更舒服。在这样的环境下能有火烤衣服，这对他们来说就是很幸福的了。

就是在这样的八天里，经历了那么多艰难险阻，队员们充满信心，充满希望地闯过了一关又一关，每一次战胜险情之后，大家总要开心地大喊大叫一通，这一路上没有人烟，随便怎么疯狂都没有人知道，只有他们自己安慰自己，自己鼓励自己。他们的自信来自不屈的精神，他们的乐观来自内心的强大。

队伍快到阿玛时，因路况复杂，队伍渐渐走散了，傍晚时分还没有汇合，此处靠近麦克马洪线，他们牢记着上级的命令，不敢鸣枪联络，急得大家四下里乱找。这样的地理环境和气候条件，如果和集体失去联系，即便你有强壮的体魄，即便你有超常的适应能力和应变能力，最后也只能是悄无声息地消失。此时此刻，大家都想到了这最坏的结果，每个人的心里都很沉重，焦急地企盼着在天黑之前队伍能汇合。

张春荣要求跟着他的一些人不能再去分头找人了，这样有可能还会走散。他组织大家一起行动，而且要集中在一起，最好的联络办法，就一起喊号子，吹口哨，唱歌，总之，大家只能靠人声来给失散的队员们发出信号。天上的雨声，地上的河水声都是高分贝的噪声，又累又饿的人们，拼尽全身力气大喊，那声音也超不过自然界中的各种音响。他们又担心，又着急，已经支撑不住了，天眼见着黑下来了，张春荣告诉大家，原地稍作休息，看看谁的包里还有吃的大家分点先垫吧着，积攒点精神头再找人。不知是谁从包里找出一小坨锅巴，大家分了。稳了一会儿气儿，接着又一起喊号。张春荣心想，不到绝望的时候决不放弃，他不相信他们的队伍就这样散去，他也不相信他们的工作会就此而结束。他对自己说：这一次也一定能闯过去，队伍一定能汇合。

他站在河边，双手拢在嘴旁，仰头向天，原地转着，拼命地喊着，喊着，其他人纷纷从地上爬起来，和他一样地喊着。周围除了他们呼喊的回声外仍然没有任何回应。

天黑了，看不见雨了，只能听见雨水下落时那唰唰的声响和河水滚动的声响，间或有林中枝丫折断的声响，偶尔也有动物窜动的声响。张春荣他们停息了一阵，他们是多么希望除了这些声响之外，能有和他们一样呼喊的回应啊，哪怕是只有一声！这些不甘心的人们又开始呼喊了，一声接一声，一阵又一阵，最后几乎是嘶哑的吼叫了，他们依旧坚持着。突然，他们听到了回应，尽管那回应声是那么的遥远，那么的微弱，但他们听到了!大家激动得手舞足蹈，有人从地上捡起鹅卵石，边呼喊边击打，边期待那遥远的回应。

就这样，在阴阴沉沉的雨夜里，踏勘队员们以顽强不屈的毅力和坚定执着的信念，凭着心灵的感应又聚拢到一起。当他们重又聚拢时，相拥而泣，接着，便仰面朝天瘫倒在地上，接受着“天水”的洗礼，任凭泪水、汗水和雨水交融在一起，在他们的脸上肆意流淌，洗涤着心中那份曾经的惆怅与担忧，悲痛与绝望。慢慢地，他们带着欣慰的笑，无忧无虑地进入了梦乡。不知道他们那夜的梦境里可否有一碗热乎乎的米饭或香香的糌粑团？可否有一杯淡淡的清茶或浓浓的青稞酒？可否有家乡的山路或父母的笑脸？可否有墨脱的公路……

由于一路上降雨不停，给踏勘增加了相当大的难度。一百三十公里的路程，原计划走六天到达目的地，结果，一直顶着雨走了八天半，队员们穿着淌着水的衣服，走一段就得脱下来拧拧水，然后穿上再走。随身带的雨衣也不敢穿，一是因为穿上雨衣不透气，贴身的湿衣服更显得难受，二是穿雨衣走路悠来荡去的更招蚂蟥和野蜜蜂了。相比之下，劳累和饥饿的困苦远比气候和环境的恶劣更好忍受。还好，他们终于结束艰辛的踏勘任务，在最后的那一天，老天爷终于恩赐他们半个晴天，那天下午，久违的太阳毫不吝啬地把光芒洒进了森林中，各种鸟儿终于开口鸣唱了。在太阳的笼罩下，周围的密林、杂草、河水都散发着一股雨润过后的温馨。

他们原计划踏勘用时六天，所带的给养都是按六天准备的，结果这一路上发生的不测延误了时间，也造成了给养短缺。要不是靠热带雨林里提供的野果充饥，也许这些人中就有抗不过去的了。当他们断了吃的时候，他们就采摘林中的野芭蕉、野柑橘和树叶、树根充饥度日。边防站的同志按照计划的时间赶到勃崩山接踏勘队员时，出乎意料地等了他们三天，由于他们没能按计划的时间返回，也造成了边防站的同志们断了吃的。

边防站的同志们在勃崩山超出计划多待了两天，才等到踏勘队归来。他们在勃崩山会合时的那顿饭，食品已经不够分了，大家谦让着五六个人分一盒菜罐头吃。饭后，边防站的同志们带领他们赶往边防站。

下午三点多队伍到达希浪，走进希浪，大家看到了庄稼，听到了鸡鸣狗吠，就像回到家一样，心底里涌上了一种说不出的喜悦。老百姓给队员们做好了米饭，用猪肉罐头烧茄子。几天来这些队员们没吃上一顿真正的饭菜了，这一顿真可谓是丰盛大餐啊。几盆米饭，几盆菜，转眼就见了底。也许是饿的时间久了，肚子饿得没有底了，一碗又一碗地吃，也不觉得饱。围观的群众看到他们狼吞虎咽的样子，再看看他们身上的破衣服，还有身上一道一道的新伤旧痕，都心酸了。藏族的老阿妈、老阿爸都流着眼泪，颤抖着对他们竖着大拇指，嘴里不停地叨叨着：

"毛主席派来的神仙，你们是神仙，神仙哪。"

队员们看着老百姓们都围着他们看，也觉得很不好意思了，都不敢再吃了，一位领导说：

"吃吧，回家了，回家就一定要吃饱。"

一句话说得大家心里暖暖的，队员们都悄悄地流泪了。这八天，仿佛是在过鬼门关，此时此刻，不用说是吃着热腾腾的饭菜，只要还能活着回来这就足够了。

是啊，回家了！

人活着，工作就不能放下。饭后，他们又出发了。到了马尼翁后，墨脱县委的王志清书记带领党政军干部和群众热烈地欢迎踏勘队员的归来。地东村的老百姓听说修路的来了，纷纷跑来把队员们围得水泄不通，拉着他们的手问这问那。一个叫次列的白脸大胡子老汉还给踏勘队员们送来了一筐桃子，队员们给他钱，他怎么也不肯收，他还激动地说：

"等你们把路修通了，我们这儿的水果就能卖钱了。我们的日子就好过了。"

听着老人的话，张春荣很感动，他真正地理解了一条路带给农牧民的希望和幸福。他想：只要多修一条路，就会让农牧民的生活改善一点，西藏的发展和建设就能加快一步，这是西藏的希望。

那天晚上，地东边防站为踏勘队放映电影，以示欢迎。

从墨脱出来之后，踏勘队沿着支前马行道翻越多雄拉山，走了三天，7月13日下午到达派，住在支前转运站。晚上刚睡下，忽然听见有人喊叫，外面一片混乱。只见站上部队的战士们都搬着东西往山坡上跑，有人通知踏勘队收拾东西上山。张春荣告知踏勘队的队员们，赶快行动。到山坡后大家才知道，是南迦巴瓦山雪崩把江水堵死了，江水位已上涨了十多米，为防万一，大家才转移到山坡。踏勘队的队员们在山上就这么等着，等到后半夜，见水位逐渐下降，大家才放心了。原来是江水从积雪下面冲开了口子，江水下泄，在大江上又架起了一座“雪拱桥”。

历时十天的墨脱线的踏勘工作结束了，张春荣带领队员，初步探明了出入墨脱的几条路线，获得了一系列的宝贵资料。但是，踏勘队员们所经历的一切是更宝贵的。这期间，他们经历了大自然的考验，经历了生与死的考验。他们用实际行动证明了，他们和十八军的勇士们是一样的，特别能吃苦，特别能战斗，特别能团结，特别能奉献。

从墨脱回来后，张春荣真的有种迫不及待的感觉，他期盼着这条公路能够早日筑成，他想，当这里开通公路之后，就有更多的人能亲眼目睹墨脱神奇的魅力，亲自见证比传说中更神奇的西藏，也许，他就会真的成为“墨脱筑路传说”中的一个主人公。

“下定决心，不怕牺牲，排除万难，去争取胜利。”这是毛泽东在“七大”会议闭幕词中的一段话。在过去的几十年里，这句话成为了中国共产党人勇于奋斗，敢于牺牲的大无畏革命精神的写照，给艰苦奋斗的人们增强了战胜一切艰难险阻的信心和勇气。在这句话的教育与鼓舞下，一代又一代人投入到社会主义的经济建设中，让中国发生着翻天覆地的变化。然而，在日常的生活与工作环境下，凭着人的智慧和力量，再大的困难也都是可以战胜的，唯有在特殊的环境和条件下，当大自然的一切都无法改变时，当人的力量和生命达到极限时，再去“排除万难”，那绝非易事，是不经历过的人此生都无法想象的。张春荣他们在墨脱的踏勘中经历了万难，他们战胜了。他们是高原的铁汉，他们是真正的强者。当这段历史随着岁月的流逝淡淡地留在记忆的深处时，那些经历者们也渐渐走出人们的记忆，那么，就让我们静静地从张老先生的寥寥铅字中去寻找，去追溯那刻骨铭心的往事吧。

墨脱公路修建指挥部设在帕隆藏布和东久曲汇合处的帕隆藏布右岸乱石滩上，在乱石滩上架起十来顶帐篷，这就是指挥部全部人马工作和生活的地方。指挥部的组成人员大都是自治区的各级领导和一部分技术人员。指挥长是高松副市长，副指挥长是分区后勤包赞彬副部长，办公室主任是米林县委副书记，政工组长是林芝县办公室主任图甲文，后勤组长是市政府办公室李尚信科长，张春荣任工程科科长。工程科里的成员大都是曾经和张春荣一起工作过的同事谭国建、高崇志、邓传章等，指挥部里还有李忠伟等人。另外，还有一些从地方和部队抽调上来的各科室工作人员，充实在商品和粮油供应站、民兵保卫班等职能部门。看着由各路精兵强将组成的三十多人的指挥部，张春荣心想，有这样强大的指挥队伍，还能有什么不可战胜的困难呢？

遵照上级指示，墨脱公路的修建采取边踏勘边施工的形式。开始先修横跨帕隆藏布的公路吊桥，同时，架设一条溜索，暂时解决两岸民工和物资运输问题。

这是一项相当大的工程，指挥部的工作很紧张，张春荣每天都坚持在工地上。公路吊桥刚刚开工不久，拉萨又有人带信来，让张春荣务必回家一趟。

张春荣回到拉萨的家里，只见妻子躺在床上，呆呆地望着天棚，见到张春荣回来了，只是看了一眼再也没有任何反应。妻子单位的人告诉张春荣，他去墨脱修路没几天，妻子就疯了。张春荣无论如何无法接受眼前的现实，他在回家的路上，把什么可能都想到了，唯独没有想到会是这样。

张春荣看着神志不清的妻子，看着一片混乱的家，看着没人管的孩子，他崩溃了。这些年，他把全部的精力和时间都放在了工地上，他已经习惯了工地上的生活，很少顾及家庭。他知道他是全家的主心骨，可是，他并没有担当起家庭的责任，妻子也从没有拖他的后腿，从没有因为家里的事让他分心。在对家与工地之间的感情之间，他从不否认他的心在工地上，因为那是他的事业，他的理想；家也同样是他心里的牵挂，只不过那是小家，有妻子在，他信任自己的妻子。在他心里，他的工作，他的工地，都是为了社会主义这个大家，只有大家富强了，个人的小家才富足，才幸福。

妻子从小和他一起长大，和他一样是在旧社会的苦水中泡大的。一样的身世，一样的经历，一样的命运，紧紧地把两个人连在一起。结婚后，他们也曾互相承诺，不论苦与甜，一辈子牵手，一辈子相守。妻子随着张春荣来到西藏后，她从未有过任何怨言，因为她心里装着丈夫，还有丈夫要做的事情。她不知道丈夫要做的事有多大，但是她知道，只要她能帮着丈夫撑起家里这片天，丈夫就能撑起外面的天。就这样，她含辛茹苦，任劳任怨，为张春荣能挑起国家建设的担子，默默地为他撑起身后的半个天。

张春荣坐在妻子的床头，呆呆地看着这个跟他吃尽了苦头的女人，第一次从心里觉得愧对她，愧对那两个还未来得及长大，还未来得及享受父爱而早逝的孩子。他痛苦不堪，怎么也想不明白，为什么命运会如此捉弄他？所有的不幸都要降临到他的头上？这短短的几个月时间，家里竟遭遇了如此灾难，这个能“开山震水”的高原汉子，第一次为了自己的家人而伤心流泪。他在心里默默地乞求妻子和孩子原谅，乞求离他而去的两个孩子的灵魂原谅。他决定留下来，留在妻子和孩子身边，好好照顾他们，弥补这些年对他们的歉疚，同时，他期盼在他的照顾下妻子能够早日恢复正常。

“文化大革命”开始了，远离内地的西藏也很快赶上了内地“革命”的步伐，大多数单位的领导班子瘫痪了，各行各业停止了正常工作，人们都去搞“文化大革命”了。张春荣在家里住了十几天，心里一直牵挂着施工中的工地，他想，如果指挥部也和其他单位一样去搞“革命”，工程一定会受影响，那可是几代人的希望，也是西藏建设的标志，如果就此而停工，荒废的不仅仅是资金和时间，伤害的是人心。想着工地，他坐不住，看着妻子，他不忍心走，就这样，他在矛盾中度日如年。最后，他终于熬不住了。他还是没能兑现自己对家、对妻子的承诺，十几天之后，他怀着无比的愧疚心情，带着对工地的那份不舍离开了家，奔向墨脱工地。

这一时期，公路已经修了十一公里，大小桥涵七座，初见成效的工程让人看到了希望。然而，受“文化大革命”的影响，指挥部也因此失去了它的功能。工地上的经费以及物资供应也没了着落，就这样停工了，民工也都解散回家了，“修建公路指挥部”撤回到军分区后勤部。

撤走的那天，张春荣在工地上徘徊，往日热火朝天的工地一下子寂静了，这对于听惯了工地喧嚣的张春荣来说，是一个沉重的打击，他找不到方向，不知道从此该走向哪里？

他从黄河水利学校毕业的那天起，就习惯了背着行囊，扛起标杆，撒开脚板，钻山沟、找水源、量地形、测落差，以山为家，以水为伴的生活，直到走进西藏。在这雪域高原，一坨糌粑，一碗山泉，一卷铺盖，一顶帐篷……他把家背在背上，把牧民放在心里，把山路踩在脚下，把理想放在高原。他不知道离开了大山，离开了尺杆，离开了工地，他的生活会是怎样的情形。

他懒散地坐在路边，低头看着黄色山土的路面，干燥得就连鼻子里呼出的气都能吹起一阵黄尘，从山上吹过来的风，卷起尘土，带着“呼呼”的响声，从他身边飘过。张春荣感到一丝凉意，他从地上站起身，缓慢地环顾四周，看着停止了转动的机器，看着零零散散撤走的人们，心里有一种说不出来的难受，默默地朝着撤离的车走去。

指挥部在军分区安置下之后，召集了一次会议，主要研究下一步怎么办。大家一致认为墨脱公路肯定还是要修的，什么时候能再开工，目前还是未知数，但是，不能就这样闲等着，趁着停工的空隙，再踏勘一条比较线：德阳至墨脱线。

1967年12月，自治区交通设计院测量队要对德墨公路进行勘测，他们知道张春荣曾带队踏勘过这条线，就去邀请张春荣给他们当向导，张春荣欣然同意。于是，1967年那个萧条的冬季，张春荣随着自治区交通设计测量队第二次走进墨脱。

测量队首先在德阳曲沟口上安营扎寨，到达那里后，山上连续下了几天大雪，张春荣和队长李宝根商量，眼下大雪封山无法出行，只能等到天晴后才能上山查看山路状况，如果无法通行就不能冒险行动。

天终于晴了，张春荣和李队长带上七八个队员，一大早就沿着德阳曲逆源而上。路上，越走积雪越厚，行走越困难。中午时分，张春荣看见了他们第一次踏勘时翻过这座山之前的营地，遗憾的是，那时他们搭建的瓦板房已经被大雪压垮了，瓦板上面的积雪有一米多厚。看着那毁于大雪中的板房，他们相对无语，默默地向前走，心里还存有一线希望，希望能找到一条可以通行的山路，不怕它有多狭窄，多漫长，只要能够通行，踏勘队员们就能走出路来。到山口了，没想到那边的积雪更厚了，根本无法行走。翻山无望了，他们返回宿营地，大家商量决定尽快撤回拉萨。

回到拉萨后，由于张春荣一直远在工地上，工地上艰苦的施工条件和繁重的劳动，使他们没有时间搞“文化大革命”，更不知道拉萨的“文革”发展到了哪一步。回到拉萨他茫然了。单位里已经分成了两派，领导干部都“靠边站”了，而且都成了“走资派”，成了革命群众的敌人，每天接受人民群众的斗争。群众的组织也互相攻击，互相批判。张春荣想不明白，那些曾经让人们尊敬的领导们怎么都成坏人了？他们都犯了什么错？那些昔日团结互助、同甘共苦的同事们，怎么一下子都成了仇敌？还要互相揭发，互相打斗。张春荣的心里很难受，他不忍心看到这样的局面，他回到家里关上门，独自研究他的专业。时间长了，两派的群众都知道他从工地上回来了，也知道他没有参加任何组织，都纷纷到他家里来做他的工作，都来争取他加入自己的那一派。这些人都动员张春荣要“勇敢参加战斗”。张春荣不愿意参加任何一派，但他又不敢明说，只能以“考虑考虑”为由，一拖再拖。就在张春荣束手无措时，他又想到了工地，河堤工程没人领工了，洪水来了怎么办？洪水如猛兽，等到汛期来临，不知道洪水会造成多大的损失呢。对，到工地去。张春荣决定去工地，去领着民工修河堤，那“大革命”再怎么搞也不能解决防洪问题。

刚好，四一六部队（属国防科委）的67101工程（卫星监测站）靠拉萨河边，这一大片地方叫干部林卡，还没修堤防，由于河水年年蚕食，使这块地方年年缩小，这里急需加速建立堤防，但是，水电队的工人和民工都去搞“革命”了，河堤工程基本处于停工状态。四一六部队嵇政委找到张春荣，恳求河堤加快施工，如经费不足，他们说67101这段河堤由他们出钱。这个想法正合张春荣的心意，他可以名正言顺地在工地上施工了，而且这个工程是支援国防建设，估计不会有人来阻止。

由于工地都停工了，很多农民工和马车都没有活干了，马车要找活干，民工要找饭吃。看到这种情况，张春荣心里有谱了，他通过串联的方式，把工人、民工、马车都动员起来了，采石场又恢复了生产，工地又有生气了，张春荣终于又找回了他习惯的生活。

随着“文化大革命”的深入，武斗开始了，很多人为了逃避那场运动，都跑到工地上去找活干。人越来越多，大大地超出了工地上的用工需求。几经动员，他们也不肯回去，只求张春荣把他们留在工地上，“随便给几个钱够吃饭就行”。许多民间的马车也涌上工地，张春荣告诉他们石场的石头已经供应不上了，用不上这么多的马车。这些人也有对策，他们不去石场拉石头，而是自己去捡，并且说工地不要他们的石头的话，他们也只管往工地上卸，随便收方，随便开钱都行。后来还有一些过去熟悉的“当权派”也都逃到工地上“避难”，他们没有别的要求，只要有帐篷住，有口饭吃能活下来就行。

这些当年一起摸爬滚打的同事和领导们，为了不屈的信念，在是与非的选择中，他们宁可去做苦力也不愿意参与那场“革命”。这就是这一代人最高尚的品德。张春荣信任他们，崇敬他们，更需要他们。他知道，他没有那么大的能力保护他们，但是，他眼下有能力留住他们，只要把他们留在工地上，他们就不会受迫害。

这一大批人的到来，一下子丰富了工地上的人才，特别是那些不久前曾经同吃同住同劳动的工友们，更让张春荣有信心了。他对这些人才进行了分工：计委许有才主任（后内调到郑州党校）当会计，计划科宋瑞科长（1981年调回国家计委）当出纳。工地民工的口粮糌粑由他们赶上马车去市里买。技术人员和其他工作人员所需的主副食由四一六部队供应。工地上所用的铁丝和平推车及其他工具，由四一六部队出车，拉上水电队的工人到水电队仓库去取。

一时间，水利工地上机器轰鸣，热火朝天，轰轰烈烈……

1967年至1969年这两年，是“文化大革命”最激烈、最紧张的时期，所有工地都停工了，只有张春荣他们这些人的河堤修建工程没有停工。他们按照正规的工程标准，平时是修河堤的民工，防洪季节又变成了与洪水搏斗的卫士。每到洪期，军区的领导组织成立防洪指挥部，指挥部唯一可以指挥调动的主力军就是水电队河堤工地的人力、物力、运力。军区的江超参谋长、李金殿副参谋长，军区司令部作训处、动员处、后勤部以及生产部的领导，都抽调人员参与组织护堤、防洪工作。让张春荣最感动的是李参谋、刘志宏参谋两位首长，还经常和张春荣他们一起上石场，下工地，跑银行，进粮油门市部等等，为这支特殊的河堤工地工程队做好后勤保障工作。他们和工地上的普通工人没有一点区别。没有理由不让人钦佩。

有一天，张春荣和李参谋到八廓街找马车，他俩没想到拉萨的武斗形势会是那么紧张。一路上，他俩冒着“枪林弹雨”走在拉萨的大街上。经过八廓街、大昭寺一带时，枪声一直在耳边响着，不时有子弹从身旁飞过。每响一声，他们的心里就一惊，随时都有中弹的危险。张春荣心存侥幸地想，跟解放军在一起，应该不会有事的。

他俩小心地走过八廓街，抓紧办完事往回赶路，总算平安地回到工地。

十年浩劫给全国的经济建设造成了巨大的损失。也许对于张春荣来说是个例外，他就在那个动乱的年月里，一头扎进大山里，如同一只“高原虎”，跑遍了拉萨地区每一条山沟，攀登着一座又一座悬崖，他所经过的山崖沟壑，都会神奇般地出现一条水渠，一道河堤，一座电站。然而，他把这一切却看得那么淡，那么平常，就像他自编的那首歌谣一样：

顺着河，背着馍，
渴不死，饿不着，
远离城市多清净，
我的日子真逍遥……

工地上艰苦的条件、辛苦的劳作、没有保证的生活，并没有让这支队伍退却，他们以苦为荣，以苦为乐，他们是那个时代最懂得尊重时间，尊重劳动，尊重人格，尊重生命的人。

张春荣和水电队的一些同志们，来到工地后就没有停止过工作。他们没有任何奢求，没有一句抱怨，在四一六部队的支持和援助下，克服重重苦难，用他们的智慧和双手，为人民服务，为子孙造福。

经历了墨脱路的两次踏勘之后，张春荣没有停下他的脚步，他依旧拎上糌粑袋子，扛上他的仪器，钻进山沟做他的“高原虎”了。

那是一段让那一代人感伤与铭记的往事，虽说它的代价太过沉重，但是它却让更多的后来人，在那段历史中学懂了审视与沉思。直到“文化大革命”结束后至现在，张春荣他们那些人见了面都格外亲切，当年工地上的那些往事，还有“运动”中结下的情谊，有谁能轻易地忘却呢？

九

1969年底，拉萨市革命委员会指示，在堆龙德庆县的东噶镇搞电气化试点，对堆龙河通嘎至入河口一段进行梯级开发。

张振生副主任亲自到水电队布置任务，并和大家共同商讨工程的实施办法。在这之前的1966年至1967年间已经修建了通嘎、羊达两个四十八千瓦水轮泵发电站，市革命委员会决定，这次修桑木水电站。

1970年初，桑木电站指挥部成立，同时，电站开工。桑木电站指挥部由张振生任指挥长，张春荣、才仁多吉、曹锦林任副指挥长。指挥部下设政工组、工程组和后勤组，参战民工一千二百人分成三个连。堆龙德庆为一连，城关区委为二连，水电队市政工程队为三连。指挥部设在桑木农场。

由于当时发电机的生产和供应十分短缺，指挥部成立后，便责成水电队派专人到内地寻找水轮发电设备。陈秀兰和蒋昌棋两位受命到全国各地奔跑，四处求援。他们分别到柳园和皇园了解设备情况。功夫不负有心人，通过在内地的了解和寻找，终于得知有一批闲置的水轮发电机组，他们便统统买了回来。

本来，按照建设电站的常规，应该是先选址，再进行测量，根据流量落差进行设计规划，然后再购置发电机组。因为处在发电机组匮乏时期，为了避免“停工待料”情况发生，所以，整个工程也只好倒而行之，即依据买好的电机型号、功率等“看鸡找窝”，这给设计工作增加了难度。大家戏谑为这是带着“姑娘”找“婆家”。

电站浇筑正值冬春季节，昼夜温差甚大，经常零下十多度，施工人员每天都要顶着严寒数次浇水，坚持了一个月的养护，还要根据天气的变化随时给建筑物加盖草垫子和棉被，昼夜监控。

工程队根据“看鸡找窝”的设计方案，进行梯级开发，从旁多山嘴到水泥厂（流沙河下游）进行统一规划设计，实测渠道全长17.82公里，毛水头88.43米，分六级开发，总装机容量四千零八十千瓦。这个水电站的建立，大大缓解了拉萨市用电紧张的局面。

为了推广水电知识，为了使水电站后期维护与管理有效并长期地进行下去，为了培养试点技术人才，指挥部从各县抽调干部和青年共七十名，在工地上开办了水电培训班，并招收上山下乡知识青年四十五人，他们具备了语言通，知民情，懂技术等条件，他们经历了在施工现场边培训边指挥施工的实践，不仅从理论上掌握了水电工程的基础知识与应用，而且还从实践中提高了施工的指挥能力。这一期的理论与实践相结合的培训，使这些学员都成为了各县区和西郊电站的工程技术骨干，也为西藏农村水电工程事业的建设与发展培养了一批实用人才。

从桑木水电站的工地上下来之后，张春荣又马不停蹄地来到流沙河改道的工地上。这是拉萨市水电队在完成西郊水电站后的又一次大规模工程。

早在1959年11月，张春荣走进西藏不久，接受的第一项工程就是治理流沙河工程的踏勘，他曾在这一带餐风露宿，那是他记忆中最深刻的一段往事。时隔十年后，重又走近流沙河，局外人体会不到这项工程所包含的另外的意义，只有张春荣自己才能体会内心深处的那种难以言表的感受。

为修建这一工程，张春荣带领水电队在1959年测设的基础上进行了更详细的勘测设计，包括进行年降雨量、降雨强度、径流量、洪水频率、新的河道走向、河床结构、桥涵设计等整个前期工程，花费了大量的人力物力，各项数据做到了准确、科学。

为了更快、更好、更省地完成这些工程，自治区专门成立了流沙河改道指挥部。由自治区乔家钦秘书长任指挥长，自治区建委主任张振生任副指挥长，张春荣任办公室主任。全部施工技术、工作和现场管理，由市水电局负责。工程采用大会战方式，全部土石方由自治区拉萨军区和城关区分段包干。工程的全部交叉建筑物、险工地段的护砌和沉沙池等均由水电队负责修建。指挥部责成各采石场，将所有石料只能卖给流沙河工地，直至全部工程完工。工程期限在1975年5月洪水到来之前。

西藏自治区领导和拉萨市领导都非常重视这项工程，西藏军区陈明义司令员亲自参加工程任务分工和开工动员大会，并特别强调部队要做出榜样。

在施工中，陈司令亲赴工地视察，并听取汇报。整个工程当年施工，当年投入使用，安全运行至今，效果很好。

1971年，拉萨市同时进行着两个会战：一个是运输会战，一个是煤电会战。两个会战都是关系到拉萨各地区人民群众生产生活的问题。煤电会战的具体工程为堆龙德庆县向阳煤矿和堆龙德庆县引堆龙河之水所建的梯级电站。

其实，堆龙河的电站工程始于1966年5月，是在张春荣领导的拉萨市水电工程队勘测建议基础上，经堆龙德庆县及驻堆龙德庆县工作组一起商定而开工的。但是，由于“文化大革命”，这项工程进行不到半年就被迫停止。事隔三年，1970年末，拉萨市委决定重启电站建设，同时开建向阳煤矿。

这次启动的特点是：设计理念有了很大的变化，突破小打小闹水轮泵思路，改为高水头大流量的机组发电，单机容量一般都在两百千瓦以上；煤矿、水电两个项目同时并进，整个工程改由拉萨市政府直接管理。1971年6月20日，煤电会战指挥部正式成立。看看当时指挥部组成人员名单就可想而知这项工程的重要意义：

指 挥 长　赵文进（西藏军区副司令）

副指挥长　郭锡兰（西藏自治区原党委书记）

麻贵书（西藏自治区区委书记处原书记）

李希然（拉萨军区副司令）

张振生（拉萨市委原副书记、副市长）

王和亭（西藏商业厅原副厅长）

会战指挥部下设政工组、施工组、物资材料组、后勤组。张春荣负责施工组的全部工作。所有各组具体工作人员大都是来自拉萨市水电队。就是因为有这些自治区的党政领导组成的强大的指挥中心和强有力的工作机构，张春荣对这项工程充满了信心。

在指挥部第一次会议上，张振生副指挥长介绍：西郊电站土建石方总工程量四十二万立方米，已完成十五万立方米，还有二十七万立方米。这次指挥部成立后，计划扩大施工队伍，加快施工进度，计划抽调八千余人参加会战。人数具体分配：堆龙德庆一千人，城关区两千人，市直属单位七百人，自治区直属单位三千人，西藏军直单位一千五百人，估计可能会超出这个人数。根据已测设资料，整个工程分六级，总装机四千零十千瓦。

筹备工作结束之后，会战指挥部决定于7月3日上午九时，在文化宫召开各级革命委员会负责人动员大会，由军区任荣政委作指示。7月5日下午，在拉萨体育场召开誓师大会。

说来这已经不是第一次工程了，张春荣也已经习惯了各项工程开工前的所有会议，可是，张春荣对这一次的工程充满了期待。如果说当年进出墨脱踏勘、奋战桑木水电站是工作责任使然，那么这次的煤电会战就是一种强烈的感情寄托。难道不是吗？他所走过的地方，在他手下建起的电站，在他身后留下的笑声，都紧紧地牵动着他的心，他真真切切地感到，这一颗心是很难从这里割舍出去了。所以，他是多么希望这次的“煤电工程会战”能成为他在西藏工作的见证，成为西藏水电事业发展的奠基。

1971年7月11日，工程正式开工。

指挥部五位副指挥长都属于专职电站工程师，他们和顾问李朴都是抗日战争时期入伍的老党员、老八路，几个人挤在一个不足二十平方米的房间内办公。就在这个土坯房内，他们指挥着工程，同时，向自治区党委提出了西藏能源建设的建议和意见，用他们的话说就是：岗位在工地。所以，除了值班以外，他们每天都一头扎在施工现场。

指挥部中还有被人们称为“两个元老一对硬汉”的两位人物，一位是工程组长张春荣，他从电站勘测开始，到研定方案、设计、施工，始终站在第一线，每天他都和民工一起同吃同住同劳动；另一位是后勤组长才仁多杰，他是在党的培养下由西藏农奴成长起来的干部，他作为县领导，从一开始就参与了电站筹建，大家都按照老百姓的习惯称他为“才县长”。

开工后，指挥部从西藏自治区工业设计院、水电工程处、纳金电站等处抽调有关技术人员，加强设计、施工、安装、运行管理力量，为西郊电站建设科学有序进行，起到了帮助和推动作用。这次大会战的主体工程是修建西郊电站，到1972年年底完成主要工程量如下：

1. 拦河溢流坝兼钢架桥一座，长74.84米；

2. 引水渠全长17.82公里，引用流量十立方米／秒，挖填土石方四十二万立方米；

3. 索道沿线修排洪桥五座，交通桥八座；

4. 修建各种涵闸十一座；

5. 修建水力发电站六座，总装机容量四千零八十千瓦；

6. 架设一万伏高压输电线路十八公里，修变电站一座，及其他输、配电设备。

这项工程就当时拉萨各方面条件而言，的确压力很大，电站工程不论是资金、设备、物资、技术力量等都面临相当大的困难，但是，大家劲头很足，他们提出的口号是：学习大庆，没有条件创造条件也要保证工程如期完成。除了这些困难之外，更大的困难是整个工程没有大型施工设备。三十多里的盘山渠和六个机坑的土石方工程以及所有桥涵用石料，这些工程都是参战的队伍用铁锤钢钎，打眼放炮，人拉肩扛完成的。不亲历其中是无法想象那份艰辛的。

为了克服出现的困难，加速两个项目进程，西藏自治区党委决定动员驻拉萨所有单位，举全区之力，与拉萨市一道同担重任。

经过一年的奋战，工程胜利竣工。当人们回忆那艰苦的日日夜夜，都认为在短短的时间内保质保量地完成如此艰巨的工程，最主要的是得益于一个班子、一个队伍，即会战指挥部和拉萨市水电工程队。张春荣听着大家的评论，自然感到欣慰与自豪，但是，他知道，脚下的路还很长很长，他需要精神抖擞地一直走下去。

在电站竣工的那些天，指挥部和所有的参战队员看着欢乐的人群，听着欢乐的歌声，每个人都热泪盈眶，这正是他们所期待的。

西郊电站开闸发电后，沿水渠两旁的农村牧区，因引水渠水位被提高，新增保灌面积两千多亩，因为堆龙河被分水发电，大大减少了堆龙河洪水威胁，提高了防洪标准；因为修建交通桥、排洪桥，大大方便了交通；因为有了电，生产生活逐步电气化，油灯变成了明亮的电灯，电动脱粒机代替了牦牛踩场，烧茶煮饭不再烧牛粪和山上砍柴，改用电炉，不但有利于保护植被，还减少了体力劳动，增加了土地的有机肥料。

平叛及民主改革后，农牧民把去拉萨高兴地叫做“逛新城”，西郊电站投产发电后，拉萨又增加了一道亮丽的风景。

从20世纪50年代末起到70年代，张春荣的足迹遍布拉萨的山山水水，不论到哪里踏勘，也不论在哪里建站选址，张春荣从来不用地图找位置，在与大自然的接触中，他掌握了拉萨各地区的地理位置、地形地貌、自然条件，为此，人们送了他一个非常贴切的雅号——拉萨的“活地图”。几年来，他带领着拉萨市水电队一直都在为拉萨各地区的水电工程而奔波。不论多么大的工程，多么艰难的施工环境，张春荣他们从来没有畏惧和懈怠，他们懂得责任与担当在西藏发展建设中真正的意义。

张春荣深知，水电事业是西藏经济的基础，它在西藏还刚刚开始，技术力量还很薄弱，特别是技术人员大都是汉族，流动性大，培养技术人员也是水电事业继续发展的保证。不论在哪里建站，他都要特别关注对藏族技术员的培养和指导，同时，他还要身体力行，边指导边操作。

按说这些年来他一直是工程的指挥者之一，他可以不用亲自下工地，可他从来不这样做，工地上总能看到他忙碌的身影，不论在哪个工地，他的办公室都是距离工地最近的，海拔相对最高的。他已经习惯了以山石为伴、以飞流为伍的野外生活。当他看着一座又一座水电站建起来，看着它们给农村的生产生活带来喜悦和收获时，他会感到特别欣慰，老百姓们也称赞说：

"毛主席共产党领着我们修了金堤，治服了水妖，我们得到了幸福安宁。"

他常常在心底里想：在这块土地上流血流汗的广大建设者，就像那一盏盏明灯，在藏族人民的心里闪亮；就像那一颗颗明星，在雪域夜空熠熠生辉。

1980年初，市里组织工作组下乡，市农牧局组成五人工作组，张春荣任组长，李大（湖南援藏干部）任副组长。2月29日工作组到工布江达县峡龙公社三队阿沛村（全国人民代表大会常务委员会副委员长阿沛·阿旺晋美家乡）扎点。

这次工作组的任务是贯彻中央三十一号文件和三中、四中、五中全会精神，落实党在农村的经济政策，结合中心工作搞好公社普选，搞好备耕生产，安排好群众生活，抓好扶贫救灾工作。

由于1979年粮食严重减产，造成部分农民家缺粮，工作组进驻之后，首先着手解决群众生活问题。经过详细地调查了解，在掌握情况的基础上，广泛听取群众意见，并根据群众讨论的结果，对缺粮问题给予一次性解决并落实到每一户的人头上。群众的生活困难解决了，生活稳定了，心情舒畅了，生产的积极性也调动起来了。

接着，工作组带领全村农民学习三十一号文件，通过学习理解，结合本村的实际情况落实三十一号文件精神。落实小组（生产队）联产承包责任制和"三自一副"——自留地、自留畜、自留树落实到户，鼓励以户搞副业。以上两项先行，群众的积极性高了，对搞好春耕和冬麦管理纷纷献计献策。

该队有四百二十五亩耕地，其中有二百亩地在村西公路两边，这二百亩地由于沿路边，产量很低，赶上天旱年份有时连种子都收不回来，基本上靠天吃饭。村东边和村后山坡上是梯田，靠河边有三十多亩滩地，这些地全靠一股泉水灌溉，因为水少不能包灌，为了进行日调节，在村后山坡上修了一个水池，由于高差大，流程长，沿途渗漏严重，能够入田的水量很少，越是天干旱需要水的时候水就越少。针对以上情况，社员一致反映要解决灌溉问题，保证每年的粮食收成。张春荣了解到这种情况，他进行了勘测。根据实测，工作组制订了相应的计划：

1. 在村西建水轮泵站自尼洋河抽水灌溉，同时发电，解决社员照明和部分生活用电。

2. 村东和村后利用高位水池实施自压喷灌。

计划公布了，并交由全村社员讨论时，村民们都非常高兴，都说这个计划替他们说出了心里话，这就是他们的愿望，村民们一致表示坚决拥护，并要求马上开始实施。

在工作组的带领下，张春荣负责了全部施工的勘测、设计、指挥和监督。村民们都知道这是为他们造福，男女老少都争先恐后上工地劳动，都盼着用自己的双手改变家乡，建设家乡。

建水轮泵站因地制宜，用土石围了一个前池，修了一百八十米长的尾水渠，站址和抽水管道的安装调试只用一个月时间就完成了。与此同时，输水渠道也完成了。

开机那天，社员们都涌到场地，等待着那最激动人心的时刻。当看到一条水柱自水管喷流入渠时，全村沸腾了，掌声、笑声、欢呼声此起彼伏。等到天黑下来后，各家各户又亮起了电灯，老年人和孩子们站在灯下，惊奇地看着那明亮剔透的灯光，手舞足蹈，那一天，阿沛村就像庆祝翻身解放那天一样地欢腾。

根据工程需要，张春荣领着几个人从拉萨运来了喷灌设备，立即在田间安装。看着一股股清莹的水流向田间，社员们都情不自禁地随着哗啦啦的水声唱啊，跳啊！更让他们想不到的是，这个喷灌设备，这样的灌溉形式，在满足灌区需求的同时，还可节约水资源50%以上。阿沛村的社员们都朝张春荣竖起大拇指。他们都敬佩地表示，早就听说他是“雪山引泉人”，这次终于见着了，他真的很神奇！

工作组到来后，为全村解决了一个又一个的困难，也给也给村民们带来了一个又一个的惊喜，社员们打心眼里感动，打心眼里佩服，也打心眼里相信党派来的人个个都有本事。经历了这一切，社员们精神了，有干劲了，也有自信了。他们相信，有工作组的指导，有改造后的自然条件作保证，村里的落后面貌一定会改变。

有了科学合理的生产措施，加上社员们的干劲，那年的庄稼长势喜人，丰收在望。

1980年6月20日上午，阿沛·阿旺晋美副委员长、杨静仁副部长到阿沛村视察，村民们欢天喜地地迎接国家领导人回家乡。阿沛·阿旺晋美副委员长拉住生产队长阿沛次仁的手问长问短，其他和副委员长同龄的老人都围着向副委员长问好。老友相逢欣喜若狂，村民们向副委员长和杨静仁副部长表示，感谢中央首长的关怀。阿沛·阿旺晋美副委员长一行来到三队会议室，当年，这个会议室是阿沛噶伦的武器库。阿沛·阿旺晋美副委员长高兴地坐下来，亲切地给村民讲话，询问了中央三十一号文件和三中、四中、五中全会精神是否得到落实，扶贫、救灾工作是否落实到户。副委员长还说，中央的政策很好，中央很关心西藏，关心藏族人民。接着，阿沛·阿旺晋美副委员长对在座的自治区县区各位干部说："你们要认真地落实中央的政策，给人民多办事情。"当队干部们说这次来的工作组为他们办了许多好事，贯彻中央三十一号文件，为村里解决了好多生产和生活中的难题时，阿沛·阿旺晋美副委员长对张春荣说："群众感谢你们，我也感谢你们，你们有什么困难可提出来。"

副委员长从会议室出来，又到曲尼（三队会计）家和顿珠扎西（峡龙区区长岳父）家看望他们，和他们促膝谈话，问长问短，听取他们的意见和要求。

张春荣已经是第二次见到阿沛·阿旺晋美副委员长了，让他感动的是，这两次阿沛·阿旺晋美副委员长都对他表示了感谢。张春荣心里想，要感谢的应该是西藏，是这儿的山水为他提供了发挥作用的平台，是这儿的人民给予了他莫大的信任和鼓励，他的成绩离不开这一切。

工作组经过了四个多月的工作，完成了上级交给的任务，根据上级的安排，工作组要撤走了。社员们得知这一消息都沉默了。四个多月的相处，工作组和阿沛村的社员建立了深厚的感情，就像一家人。7月17日晚上，工作组和全村社员们开了一个座谈会，社员们争先恐后发言，益西群旦说：

“过去我们这里来了不少工作组，但这样好的还没见过。”

老队长阿沛次仁说：“工作组什么事都说到做到，及时为我们解决生活和生产上存在的问题，从精神上物质上都给我们巨大的支持。现在丰收在望，这是我们共同奋斗的结果。”

社员旺姆说：“我们这里比较贫穷落后，今年你们来了，使我们丰收在望，大人小孩都很高兴，你们能吃苦又实干又讲科学，使我们很受感动。”

二组组长多吉占堆说：“现在丰收在望，工作组走了，希望秋收分配时你们一定再来。现在群众有顾虑，今年的丰收果实能不能分到他们手中。”

社员昂珍说：“抽水电站还有些收尾工作需要完成，希望工作组留个人领着我们把那些搞完。”

社员阿旺措姆说：“听说你们要走，我们心里很难过，真希望你们多待些时间。今年庄稼长得这么好，从来没见过，但是，能不能分到社员手里，我们很担心。”

听了社员们的发言，知道他们心里还有顾虑，对未来的日子还有后顾之忧，工作组借此机会反复宣传党的政策，并告诉大家，这次杨副部长、黄司长在传达中央三十一号文件和胡总书记指示时讲得很清楚，实行免征免购，取消各种摊派，银行不向群众突击收款等政策，让他们相信党的政策不会变，不论是谁都要执行党的政策，社员们的生活只能一天比一天更好。张春荣一项一项地为社员们解释着他们提出的问题，消除了他们的顾虑，并诚恳地向他们表示，不论今后有什么困难，工作组都能尽全力帮助他们，因为，党和政府就是专门为人民服务，为老百姓服务的。

在一个地方待久了，分别时总要流泪。7月18日，工作组要撤回了，他们准备搭乘顺路车回去。那天深夜两点多钟，他们把东西放在了车上。黑夜中张春荣发现有人向他们走来，一个，两个，一会儿就是一群人，顷刻，社员们把汽车团团围住，有的人在哭，要求工作组在年终分配后再走；有的说，过去我们给工作组找的麻烦太多，太对不起了，向工作组道歉。社员们里三层外三层地围着车，车无法开动。质朴的农民想让工作组留下，想让张春荣留下在这里生活，他们不忍心让张春荣再去经受高原的风寒。

张春荣哽咽地叫来队长，想让队长劝说大家不要这样，叫他给大家做做工作。他克制着自己的情绪和阿沛次仁队长说：“告诉大家，乡亲们的心意我们领了，请大家都回去吧，我们该出发了。”

可谁知次仁队长听着，什么话都没说，蹲在汽车的前面抱头大哭，大伙儿也都跟着哭起来。张春荣也控制不住了，悄悄地流着泪。他看着现场的情形，知道不能走了，他就和工作组成员丹巴达杰和水电队的强巴商量，让他俩暂时留下来，领着社员们把电站的收尾工作搞完再走。丹巴达杰和强巴同意了，丹巴达杰向社员们宣布了这个决定，并说服大家让工作组的车启动，社员们这才勉强地同意了。他们让开了一条路，给汽车放行了。

汽车开得很慢，社员们哭着追着车挥手告别，当汽车离开人群后，张春荣他们才放开了，大家都哭了。他们回过头去看停留在远处的社员们，他们还站在那里挥着手，望着。

1983年，国务院批准拉萨市的城市建设总体规划后，拉萨市区开始了大规模建设。但是，由于没有比较精确的地形图，给城建工作带来了很大的困难，甚至造成了一定的损失。

这件事在一段时间里成为了张春荣一直想解决的课题。他经过一段时间的苦思冥想，并从拉萨城市建设规划的实际需要出发，向相关部门提出了"必须迅速进行拉萨市的城市测量"的建议。他表示，坚决支持测绘局测绘工程师葛少侠的大胆设想。他说：

"我们要尽快组织力量，测量绘制出千分之一的拉萨城市地形图。"

张春荣说干就干，他和同事们根据自治区指示精神，经有关部门批准，几经周折，终于成立了拉萨市城市测绘办公室。正式工作开始后，他们先具体制定了实施方案，又搞出切实可行的工作计划。很快，他们的工作得到了相关部门以及上级部门的支持。自治区人民政府对这一工程也非常关心持。多吉才让副主席当即表态说：

"的的确确，搞好拉萨市的测绘势在必行，否则，我们还要吃没有地形图的亏呢！"

自治区人民政府和有关方面决定为此拨款，并限定三年时间让拉萨市城建局拿出测量成果。

在西藏测绘技术人员不足的情况下，西藏军区、自治区测绘局、工业厅设计院等有关测绘单位的技术人员也前来援助，同时，张春荣和同事们还邀请了广西、四川、成都军区等测绘部门参加，在这些部门的通力协作下，拉萨市规模宏大的测绘工作立即展开了。

当他们的工作顺利进行时，却遭遇了不同观点的阻拦，其理由是：西藏

"一江两河"（雅鲁藏布江、拉萨河、年楚河）要搞航空测量，到时顺便就可以测绘出拉萨市千分之一的地形图了。

身为测量工程师的张春荣对此提出了不同的观点，他说："飞机进行航测要在山头千米以上工作才能保证飞行安全，但这样的航高不能保证地图的精度，尤其是高程方面达不到精度，拉萨的山头有多高大家都清楚，在这样的高度上，怎能实施大比例尺千分之一航测呢？"

两种观点争执不休，最终也没有结果。西藏自治区政府副主席多吉才让指示："最好组织一次专家论证再决定哪个办法好。"

在有二十多位专家出席的论证会上，多数专家都用事实说明：在拉萨利用航空测量千分之一的地形图，就我国现有的技术装备还满足不了需要；如果用综合法进行，既费力又费钱，更不合算，更麻烦。

尽管专家们的观点对张春荣他们有利，但是，另一方也不肯放弃，又提出要向国家测绘总局请示后再说。一向最讲效益、最讲速度的张春荣，没有因为阻力而停止工作。他一面组织大家继续进行测绘，一面向国家测绘总局和城乡建设管理局测绘处发去了请示电报。两局都及时复电，表示支持张春荣他们已经组织实施的测绘工作。随后，张春荣又遇到了拨款受阻的困境。从来都不肯服输的张春荣坚定地对大家说：

"城建局先垫款，就是砸锅卖铁也要保证测量工作的正常进行！"

张春荣带领他的测绘成员们，在西藏自治区和拉萨市领导的关怀与支持下，克服了一个又一个来自不同方面的阻力，终于按时完成了拉萨市的城市测绘任务。

他们的测绘成果于1987年8月经国家建设部城乡建设管理局测绘处、武汉测绘科技大学、武汉测绘院、四川测绘局、成都军区第一测绘大队、西藏自治区测绘局等有关部门和参测单位验收，不仅一次性验收通过，而且获得了很高的评价。

他终于等到了这一天，张春荣看着他们的作品，就像看着自己的孩子。难道不是吗？多少个日出日落，多少回风霜雨雪，多少次挑灯夜战，所有的付出都是为了这一张地图。然而，这并不是一般的地图，它真正称得上是拉萨市发展建设的蓝图。它是用一代执着而无私的人的心血与汗水描绘的，那代人不会忘，拉萨不会忘，高原不会忘，祖国不会忘，历史不会忘。

时间会淡化人的记忆，而历史却能记载这里发生过的一切。西藏完成了从半农奴、半封建社会到社会主义社会的伟大变革，以文明取代了落后，而完成这种历史衔接的，正是百万翻身农奴在改造客观世界的同时，也改造了主观世界。生产力的解放，文化的进步，使古老而年轻的高原焕发出朝气与活力。站在历史的高度，就能清晰地看出当时的努力所具有的价值。

在张老先生手稿的最后，有一张已经泛黄的1991年《西藏日报》（总第11366期），报纸折叠成A4纸大小，每一处折痕都已破损。在报纸第一版“纪念西藏和平解放四十周年”专栏中，有这样一篇文章《“日光城”的崛起——拉萨市政建设巡礼》，张老先生是这篇文章的作者之一。在这篇文章里，有一组相当可观的数据，记录了拉萨市政建设的辉煌历史。

1952年，拉萨建成了拉萨人民医院，这一年还建起了拉萨小学，1956年建起了西藏第一所中学，翻身农奴的儿女有了入学的机会。

1954年，铺设了罗布林卡到大昭寺3.2公里的碎石路面和1.4公里的拉萨河河堤条石护坡。

1956年在拉萨建成了西藏日报社，填补了西藏没有报刊的空白；这年9月，自治区气象局成立，在“日光城”建起了第一座高空气象观测站；10月建成装机六千千瓦的夺底沟水电站。

1957年4月，拉萨汽车修配厂建成开工。

1964年，在不到一年的时间里修筑了宇拓路、康昂东路、娘热南路、金珠东路、朵森格南路、北京中路和西路，并铺设了十多万平方米的柏油路面。还在宇拓路等其他路修建了两公里的排水管道。

在西藏自治区成立前夕，拉萨还建起了日产五百吨的药王山水厂、劳动人民文化宫、西藏革命展览馆、新华书店、百货商店、拉萨影剧院、银行、邮电、招待所等文化与商业服务设施，建筑面积达十五万多平方米，形成了两条新的商业街。

1965年9月1日西藏自治区成立，拉萨新城区比老城区扩大了三倍，城市人口由三万发展到五万。

1956年，纳金电站建成投产，装机容量达七千五百千瓦；长五百三十六米的拉萨大桥也在1956年竣工。

1960年11月，西藏人民广播电台建成并开始播音。

1961年，拉萨食品厂竣工。

1962年，拉萨水泥厂建成投产。

1963年，建起了拉萨藏医院制药厂。

1964年10月，拉萨面粉厂竣工投产。

1965年3月，拉萨贡嘎机场建成通航。

1966年动乱期间，先后建成了装机容量为四千零八十千瓦的西郊梯级电站、东郊装机容量为二千六百千瓦的献多电站、装机容量一万二千千瓦的城西拉萨火电厂。

1975年，由敬爱的周恩来总理亲自操劳部署，格尔木至拉萨长达一千二百公里的输油管道铺设工程竣工。同时，修筑了北郊长五千三百米的流沙河改道工程。

1979年，建立拉萨市自来水公司。同年，西藏自治区、拉萨市两级政府组织力量成立了拉萨市城市总体规划办公室，经过三年努力，编制成《拉萨城市总体规划》，1986年4月13日报国务院批准实行。

1984年，为迎接自治区成立二十周年，中央决定由北京等全国九省市支援西藏建设四十三项重点工程，这些工程相继在自治区成立二十周年大庆时建成竣工并交付使用。

1985年底，国家主干线青藏公路和拉萨至贡嘎机场道路的沥青路面加铺工程完工。

1980年至1983年、1985年至1986年，两次对药王山水厂进行扩建，到1986年年底，达到日产供水一万五千吨，铺设供水管道34.3公里。

1987年至1990年，又建成了日产二万五千吨的北郊水厂。

1990年底，相继打通加宽了林聚路、色拉路、林廓西路、北京东路、北京西路、拉鲁路、巴尔库路等干道。这个时期还打通加宽了纳金西路六公里的沙石路基和巴尔库西路，并修筑形成了拉萨市二环路。

……

这些并不完全的数据，像一行行前行的足迹，扎扎实实地印在雪域高原的每一个角落；像一串串跃动的音符，洋洋洒洒飘在蓝天白云之间；像一股股甘甜的清泉，点点滴滴浸透了“日光城”万物生灵。

这一组并不完全的数据，代表着每一段历史，在这些历史中，有那么丰满的一页属于张春荣这位平凡的水利专家。

若知山中事，须问山中人。

风雪高原几十年，在他的心里也有很多数据，那是西藏山水沟壑，村寨田路、人畜园林的数据。他可以准确说出哪座山的水头有多高，哪条河的流量有多大，哪条沟的跨度有多宽。当人们赞美他时，他总是轻描淡写地说，是西藏特殊的环境给予他的能力。我们何尝不可以说，这是他的智慧与勤奋的结晶呢！

张春荣一直担任西藏自治区水电及城建行业的领导，也是这些行业的专家，除此而外，他还是中国经济研究会理事、西藏水力学常务理事、西藏测绘学会常务理事、西藏城市规划委员会委员。然而，这所有的头衔他从来都不在意，他一直称自己是：黄河的儿子高原的汉。

记得1991年，他偶遇了修电站时的一位房东，那房东见到年近花甲的张春荣不禁一怔，张春荣看着房东疑惑的眼神，亲切地上前拉着他的说：

"格拉，我是春荣，我是春荣啊。"

那房东紧紧攥着张春荣的手，目不转睛的看着他，眼泪扑簌簌地流了下来，在他心里，张春荣永远是朝气蓬勃、英姿飒爽、乐观热情、不知疲倦的那个"探险家"，没想到，岁月也能把这样一个硬汉变成老人。房东哭了，张春荣也哭了。接着，他们便和当年一样，席地而坐拉起了家常。

有时，当夜深人静的时候，张春荣也总愿意回想在西藏三十多年的往事，他从来没想过这三十多年来留下过什么遗憾，直到他真的因为年龄的原因离开西藏后，他才想到过一些遗憾。张春荣说他有两个遗憾，一是愧对孩子。因为他无暇顾及家庭，失去了两个孩子，眼下的几个孩子他也没有倾尽父爱，生活学习从未照顾，所以，他的孩子都没有考上大学；二是他愧对父母。在西藏的那些年，他很少有时间回杞县去看望父母，家乡的人也曾说他不再是"杞人"了，心里只装着远方的天。对此，张春荣也时常自我安慰：他没有辜负父母的期望，没有辜负杞县的养育之恩。他永远是雪域高原上的"杞人"。

这几十年来，老伴的身体一直不好，特别是家里发生的一些情况，让老伴经历了太多的磨难。老伴很早就退休了。老伴也曾埋怨过他：

"他从来都没把这个家放在心里，年轻力壮的时候，他一个人在外跑呀跑呀，根本没有家的概念……"

"他也没有时间关心孩子呀，上学、学习的事都没过问过，也没辅导过……"

一个党龄比工龄还长的共产党人，为了西藏的建设和发展，从中州平原来到了西藏高原，他把青春留在这里，把岁月留在这里，把智慧留在这里，把足迹留在这里，只为自己留得一身正气，一腔热血，一片痴情。

是的，张春荣不是画家，然而，西藏的山水间都有他绘制的蓝图；张春荣不是探险家，然而，高原的崇山峻岭都刻印着他的足迹；张春荣不是文学家，然而，他平淡无奇的履历却积累成一部厚重的书稿，让后人细细地去阅读，去品味。

……

有一种情感叫感动，不是因为得到，而是因为给予；不是因为敬重，而是因为理解；不是因为服从，而是因为信任；不是因为相知，而是因为默契；不是因为铭记，而是因为永恒。这就是张春荣的感受，是往昔的回忆留给他的感受。这种感受陪伴着他走过了青春也走进了夕阳。老人的生命起点源于黄河沿岸的逍遥寨，长大后，又跟随着黄河的脚步，听着黄河的吟唱，跨过东西南北，把一生的感情交付给黄河，最后，在黄河的源头驻足，用黄河赋予他的智慧与气魄，在雪域高原上“引水思源”，不为别的，只为了归还黄河赐予他的恩泽与爱……

张春荣简历

张春荣，男，汉族。1933年8月20日，生于河南省杞县逍遥寨村一个贫农家里，自幼跟父母逃荒、要饭，给地主种地。那时只盼着有饭吃，有衣穿。新四军来到家乡后受到了革命的教育，开始懂得些革命的道理并学了点文化。

家乡解放后，分得了土地、财产，所以更加热爱共产党。从1950年5月开始在本村上学，并于1951年年底在沙沃完全小学加入共产主义共青团。

1952年9月～1955年8月在杞县中学（今大同中学）读初中，并于1954年加入中国共产党。在党的直接培养教育下，按党员的标准严格要求自己。

1955年9月～1958年8月在水利部开封黄河水利学校（今黄河水利职业技术学院）测量专业学习，先后任测量专业党支部委员和测量、水工两专业党支部书记。

1958年9月～1959年8月，在甘肃省水利厅勘测设计院第四测量队工作，并担任党支部副书记、团支部书记。

1959年9月～1965年年底自愿报名支边进藏工作，在西藏自治区拉萨市交通建设处（后改称交通建设局）工作，担任城市规划组组长。

1966年年初～1979年年底在拉萨市水电局任党支部书记，并在1978年经评定获得测绘工程师职称。

1980年年初～1984年6月调任拉萨市农牧局党组成员、副局长同时兼任水电局党支部书记。

1984年7月～1992年6月调任拉萨市城建局党组书记、副局长。

1992年7月～1996年7月任政协拉萨市委员会党组成员、政协副主席。

1996年12月经组织批准退休，入住西藏驻开封干休所至今。

在藏期间还担任过墨脱公路指挥部工程科科长；煤电会战指挥部副指挥长；西郊电站指挥部工程组副组长；拉萨防洪指挥部成员；自治区规划委员会成员；全国水利经济研究会理事；自治区测绘学会副理事长；拉萨市农牧科技协会理事长；自治区水利学会理事等职务。

20世纪80年代初期，张春荣(左三)休假回河南，和小儿子、儿媳一起剥花生

1986年，张春荣在喇嘛队的新房前

张春荣(右二)和拉萨市建设局旦增局长陪同国家建设部的领导在甘丹寺参观

张春荣(右一)等六位老同志一起去看望班主任老师

西藏驻河南开封干休所体育队与开封市体协领导合影

2005年，张春荣(后排左一)在西藏开封干休所参加太极扇表演

张春荣回河南老家与母亲的合影

张春荣(右一)与拉萨市建设局次仁旺堆局长陪同建设部城建司的谢司长参观考察

张春荣(右)与次仁旺堆局长研究工作

张春荣(左二)去四川看望在藏一起工作的司机师傅何联江夫妇

张春荣(后排右二)参加拉萨市人大常委会会议

张春荣(左一)和拉萨市蔡长寿(藏族、右二)副市长等在一起

张春荣(左一)参加广西政协参观团进藏座谈会

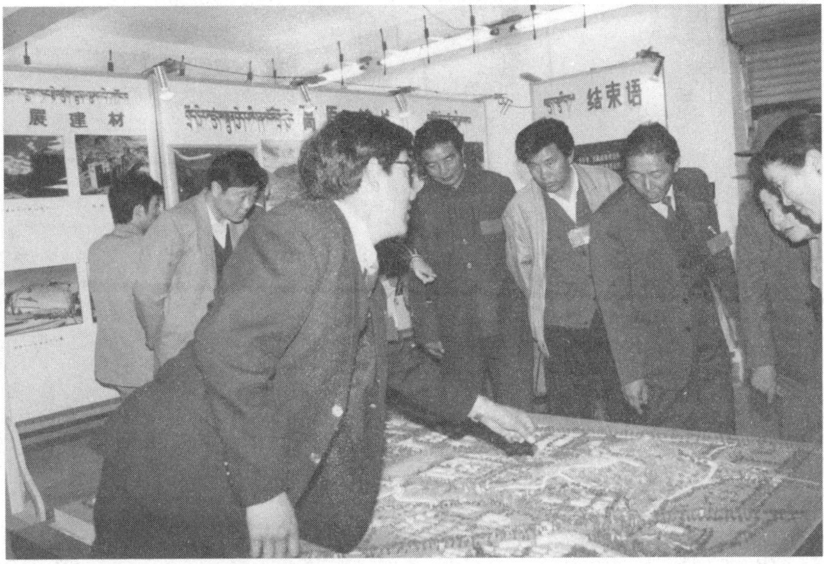

张春荣(后排中)任拉萨市政协副主席期间，在审查拉萨市城市规划方案时，听取时任拉萨市城建局坚才局长介绍方案情况

张春荣在四川都江堰考察

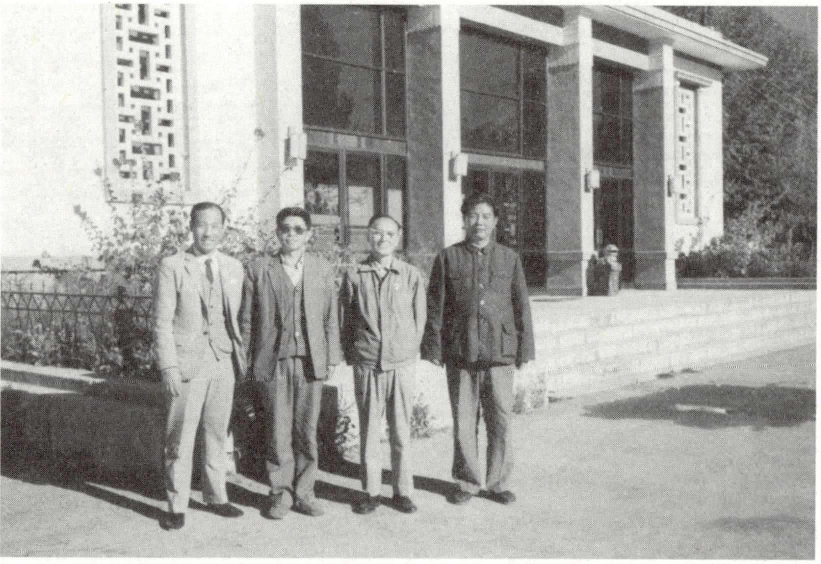

张春荣(右一)和国家建设部赵司长(右二)、拉萨市赵继援副市长在西藏会议中心

张春荣(前排左四)参加西藏自治区测绘学会的会议

张春荣(前排右一)参加西藏自治区科协会议

张春荣(后排右五)参加西藏农业科学研讨会(拉萨组)讨论

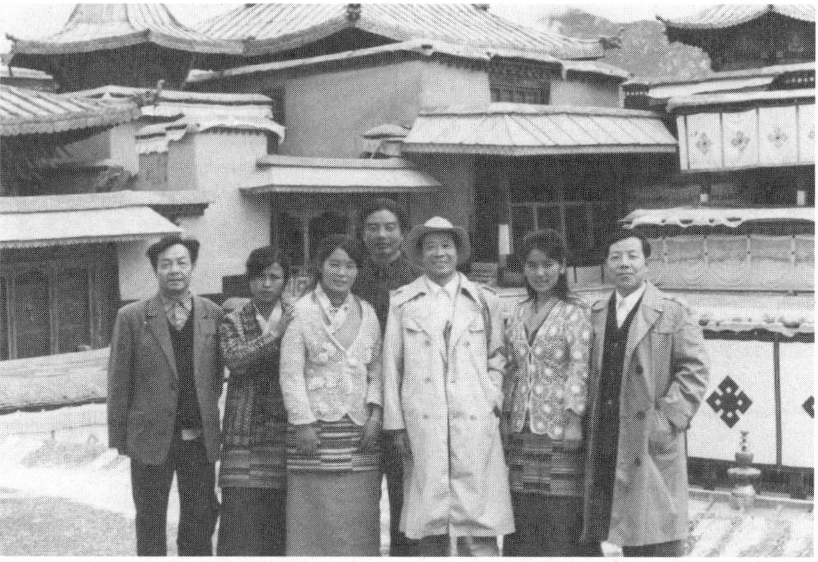

张春荣(中)陪同建设部组织的中国西南片区城建研讨会(拉萨会议)成都市与会代表参观拉萨寺庙建筑

中国历史文化名城研讨会在拉萨举行时，张春荣(右一)与拉萨市城建局时任局长谭国建、中国人民大学许和教授座谈

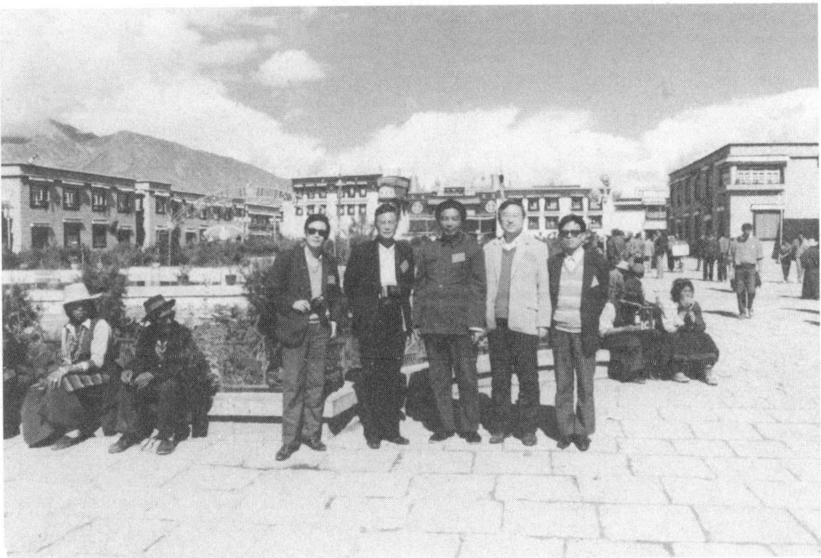

参加中国西南片区城建研讨会期间，张春荣(中)陪同重庆规划局王局长一行，在拉萨参观大昭寺广场

张春荣(右)和拉萨市赵继援副市长商讨城建工作

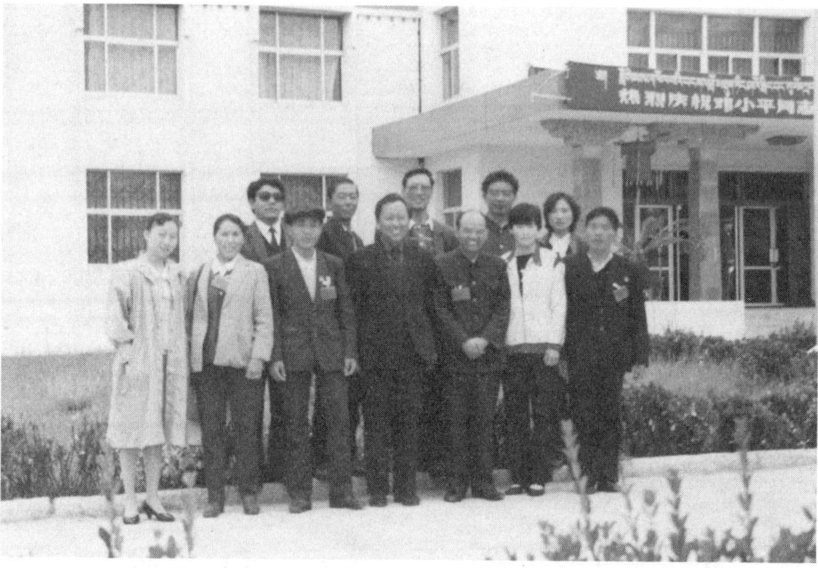

时任拉萨市长洛嘎同志(前排右四)和市政府办公室王主任等领导，来拉萨市城建局参观城建档案馆

张春荣(右五)参加拉萨市城市设计院成立大会座谈会

欢迎陕西赴藏水电工作队同志合影，前排右四为张春荣

1986年，张春荣(右一)带队去北京参加全国“市花”设计研讨会

西藏测绘学会在拉萨召开。与会代表在拉萨布达拉宫前合影

张春荣(右三)，听取拉萨市规划局关于布达拉宫广场改造设计规划汇报

张春荣(后排右二)参加拉萨市人大常委会会议后，与代表合影

张春荣(前第二排左三)与拉萨市农机技工学校七九级毕业生合影

张春荣(中排右五)在广西参加全国少数民族首府城市市长联系会议

张春荣(前排左五)参加拉萨市城管大队总结表彰会议

1990年8月，参加在拉萨召开的全国西南片区历史文化名城研讨会

张春荣(中间左四)在拉萨市堆龙德庆县与市土壤普查队员们合影

张春荣(前排左七)在郑州，参加全国城市测绘工作经验交流会

张春荣(前排右六)在拉萨与西藏自治区各地市测绘工作代表大会代表合影

张春荣快乐的晚年生活，和老伴一起外出旅游

张春荣快乐的晚年生活，外出旅游留念

张春荣快乐的晚年生活，外出旅游留念

张春荣和老伴一起与晚辈们团聚

张春荣和晚辈们在家中

张春荣与老伴

张春荣与老伴在家中与儿孙们团聚

张春荣与老伴在家中

张春荣与老伴在家中的生日宴会上，与自己的小儿子、扎根西藏第二代张守芳一家三口儿欢聚一堂

张春荣(左一)和中国著名藏学家曹自强(中)，中国文联副主席、著名剧作家丁荫楠在北京参加《雪山的眷恋》丛书座谈会

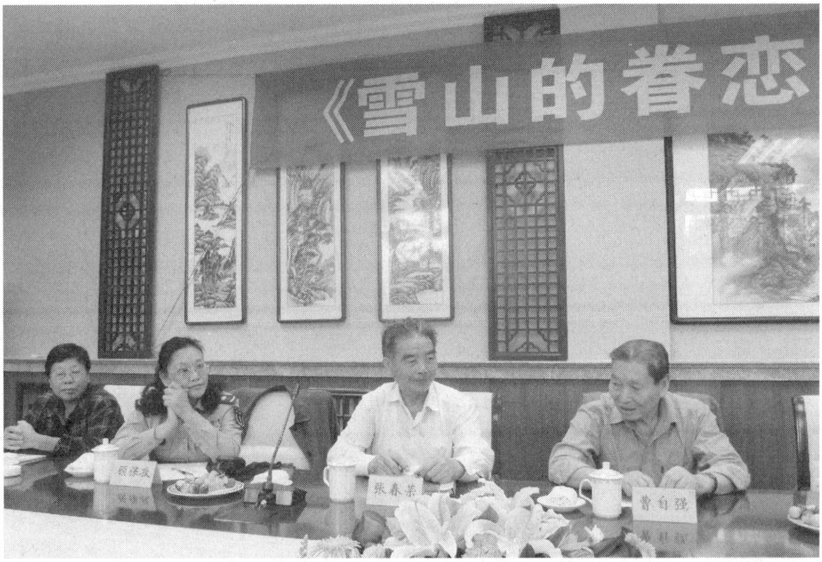

张春荣(右二)在北京参加《雪山的眷恋》丛书座谈会。图中左二为著名剧作家、人民解放军二炮电视艺术中心顾保孜女士。顾女士曾在西藏工作，其名保孜，意为保卫江孜

张春荣(左排左三)在北京参加《雪山的眷恋》丛书座谈会

张春荣(左一)在北京参加《雪山的眷恋》丛书座谈会的宴会现场。图中左二为中国文联音像出版社副社长、剧作家丁涛；右一为辽宁锦州市质监局局长刘伟

2010年9月，张春荣(左一)在北京参加《雪山的眷恋》丛书座谈会。图中左二为西藏著名剧作家、作家黄志龙，右一为西藏老干部王冰(女)，右二为丛书副主编、西藏资深女作家张彦丽

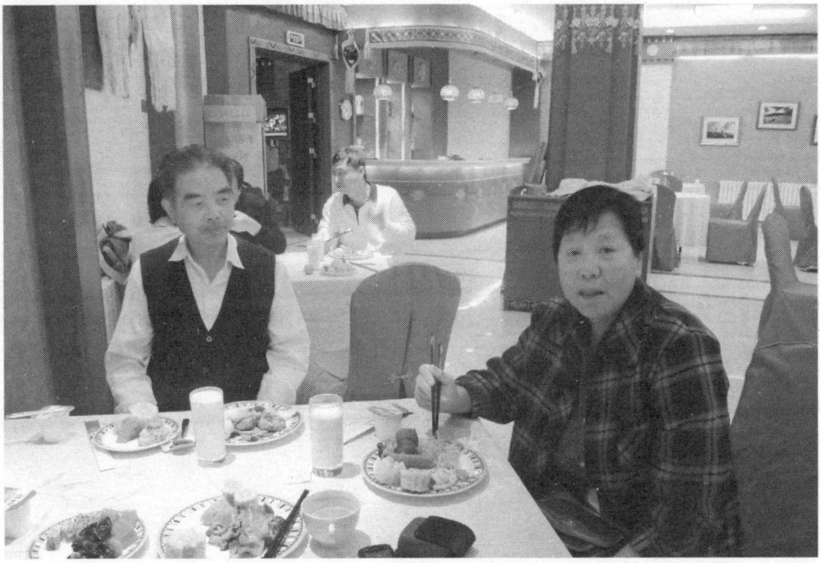

西藏驻北京办事处珠穆朗玛宾馆餐厅。左为张春荣，右为与会代表老西藏王冰女士

张春荣(左)和老西藏干部在郑州西藏干休所院里练太极拳

张春荣在拉萨市城市设计院成立大会的座谈会上和同志们合影

张春荣和孙女一起

张春荣和老伴在家中合影

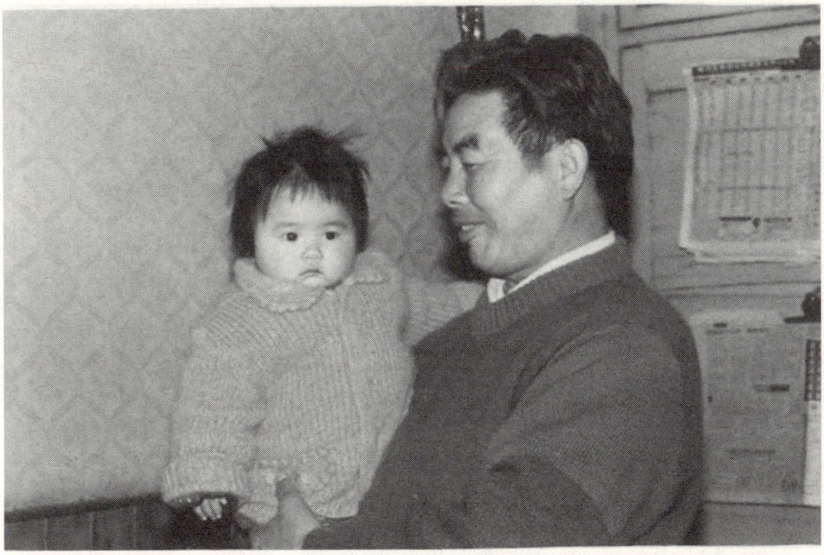

张春荣和孙女一起

张春荣(中)和同事在拉萨市城市规划管理局大门外合影

2005年2月1日，张春荣在西藏群众家中

走进这片热土

——记西藏自治区妇联副主席、中直机关援藏干部杨淑文

张　方

全国妇联到西藏自治区妇联对口工作的中央和国家机关第五批援藏干部杨淑文，自2007年7月援藏以来，任自治区妇女联合会党组成员、副主席，分管妇女事务、妇女儿童权益保护及儿童事业等工作。她发扬“老西藏精神”，认真履行援藏工作职责，以求真务实的工作态度，以与时俱进的开拓精神，书写了“情系高原　快乐援藏”的精彩篇章，彰显了“大境界，小情趣”的援藏女干部独特的风采。

因为爱，才真诚。杨淑文在进藏前，为了尽快适应和熟悉西藏的环境与生活，尽早投入到工作中去，她对西藏的特殊地理环境、西藏的历史文化、西藏的经济发展、党中央对西藏的各项政策、西藏妇女儿童工作状况等，都做了认真的学习与调研，为进藏后顺利开展工作掌握了第一手资料。这使她来高原后在短时间内就适应了西藏的工作与生活，很快融入到西藏妇女与儿童的群体中，为西藏的妇女儿童工作打开了一个新的局面。

援藏的前半年，杨淑文按照党中央国务院的部署，落实自治区党委的指示，先后完成了三项重要工作：

一是在“十七大”召开前后，她组织传达自治区“国庆”和“十七大”期间的维稳会议精神；制定落实《自治区妇联做好国庆节和党的十七大期间维稳工作预案》；组织召开了“宣传‘十七大’意义，学习‘十七大’内容，贯彻‘十七大’精神”的座谈会。

二是先后两次主持自治区妇联工作会议，为期40余天。根据妇女工作发展的需要，她对西藏基层妇女工作进行了检查。负责完成了《万名干部下基

层宣讲党的“十七大”精神》的相关材料的整理与上报工作。安排并组织对贫困户和老党员的走访与慰问工作。

三是组织基层妇女，特别是农牧区妇女，开展“双学双比”“巾帼建功”“平安家庭”等活动，提高妇女的思想素质和文明素质，教育引导妇女学习和开展多种业务，提高妇女的综合能力，特别是加强对农牧区妇女的精神与文化素养的提升，让广大妇女尽快成为建设现代化新西藏的生力军。

2008年拉萨“3·14”事件发生后，杨淑文坚决贯彻执行自治区党委的指示精神，组织妇联党组的干部与职工投入到特殊的战斗中去，单位坚持24小时值班，保证事件期间的安全稳定，参与农牧区妇女声讨达赖分裂集团阴谋的大会；完善妇联信访应急预案，关注妇女问题的信访工作，注重化解矛盾，制订防止家庭暴力方案，保护妇女儿童权益，着力提高妇女的思想道德素质和明辨是非的能力，提高妇女的政治地位与家庭地位，让广大妇女争做有思想、有觉悟、有道德、有文化的新女性。

因为爱，才执着。杨淑文曾经满怀真情地说：“西藏是我的第二故乡，这不是因为我心存一份责任，而是源于我对这片土地和人民深深地爱恋。我热爱祖国，热爱西藏这片热土，我更热爱这里纯朴善良的百姓。”

2008年7月，西藏妇女第八次代表大会胜利召开，大会期间，成功地举办了首次“今日西藏妇女”摄影展览。负责摄影展览的杨淑文，从组稿到编辑再到展出，倾注了她的心血与情感，因为这是她援藏一年来的工作成就，是她开展妇女工作的精选，更是她以女儿心奉献给母亲的珍贵礼物。看过摄影展的一位外国记者留言：“西藏妇女在大踏步前进。”这个留言让杨淑文非常感动，因为这是对她工作的肯定，也是让西藏妇女风采走出西藏、走向世界的开始。

借助第八次妇女代表大会的动力，杨淑文制订了全区妇女年培训计划，举办了包括覆盖全区7个地市74个县150名妇女干部参加的“全国妇联地县妇女干部西藏培训班”，培训内容广泛，从民族传统编织技术到牧区种植养殖技术，从民间手工艺术到生产与生活技能等专业技术，让更多的妇女掌握了自食其力的本领，掌握了先进的农牧业技术。创建了“巾帼示范村”，以“示范村”带动其他农牧区的生产与建设。到目前为止，已经完成了全区21期的培训任务，先后有2000名妇女参加了各种培训。杨淑文利用在京的时间，提交了关于“巾帼示范村”的立项申请，获得了全国妇联的认可，经全国妇联同意，命名“西藏妇女联合会培训中心”为全国第五个“全国妇女培训基地”，并由时任全国妇女联合会的黄晴宜书记等为西藏基地揭牌。全国妇联发展部为基地拨款20万，补充基地培训经费。同时，顺利通过了“三八绿色工程”及“巾帼示范村”项目的资金审核。

接着，杨淑文又带领妇联深入基层，先后到日喀则、那曲、林芝等18个县二十几个乡、村开展工作，对饮水安全、妇幼保健、优生优育等工作进行培训、指导。对基层妇女的实际需求做了全面调研，提交了相关的调研报告，为政府决策提供了准确的参考依据。

针对农牧区妇女的需求，杨淑文参与了“母亲健康快车，手拉手护平安”西藏妇女健康公益活动启动仪式。在拉萨、日喀则、那曲三地市10个县进行4000名妇女预防妇科疾病的免费普查。在此基础上，她带领自治区妇联系统、卫生部门、澳发署项目办人员赴湖北省进行防治艾滋病工作的学习和考察，之后，有组织地对全区妇女儿童进行防治艾滋病常识的宣传工作，促进了该项工作的立项进程。在自治区“双学双比”“巾帼建功”两项活动的表彰会议上，西藏自治区各行业300多名妇女成为先进典型并受到表彰。

在开展“五五”普法宣传教育过程中，杨淑文组织召开全区学习妇女儿童权益保障法实施座谈会，实施“春蕾计划”，做好空军向蓝天春蕾西藏女大学生捐款工作，增建了两所“春蕾学校”，累计捐助贫困女童一万多名；策划开展“家庭道德教育宣传实践月”和“知荣辱、树新风、迎奥运”知识竞赛及慰问儿童活动。开办了家长学校，建立了学校、家庭、社会三为一体的联合网，保证青少年快乐学习，健康成长，表彰了一部分优秀家长，建立了全国家庭教育实验研究基地，成功策划并组织了2008年六一儿童节播出的汉语和藏语《家教电视论坛》，普及科学的家教理念，科学的家教知识和方法，受到广大家长儿童的欢迎和业内人士的好评，并制作成纪录片。在审片会上自治区电视台丹增副台长说：“这是一部让儿童和家长都能受到很好教育的片子。”

因为爱，才有激情。杨淑文在开展妇女儿童工作的同时，不忘关注、呵护留守儿童和贫困儿童，策划开展了“恒爱行动”，为全区孤残贫困儿童落实恒源祥有限公司20余万元的物资捐助，为全区孤、残、困儿童编织爱心毛衣，在拉萨市嘎玛贡桑社区建立了西藏第一个流动妇女儿童之家。

2009年，是西藏妇女联合会成立50周年的喜庆年，杨淑文组织并参与了西藏各族各界妇女团体的庆祝活动及座谈会；主管“西藏妇联成立50周年”庆祝大会的筹备工作，出色地完成了任务。

经过她的努力，西藏妇女儿童工作有了新的起色，西藏妇女正在以崭新的精神风貌成为西藏建设中最美的风景。

三年的援藏工作，使杨淑文深深体会到，来西藏工作，既是严峻的考验，又是难得的学习与锻炼机会，三年中她经历了无数困难与艰辛，但她始终不渝地恪守共产党员为人民服务的宗旨，严格履行共产党员的职责和援藏工作者的职责，脚踏实地全心全意地做好每一项工作。她说，她从来到西藏的那一刻起，就没有把自己当做援藏干部，而是将自己作为西藏建设中的一份子，哪里需要就出现在哪里，她的内心深处早已把西藏视为家乡，把西藏的妇女儿童视为自己的亲人。

杨淑文是援藏干部妇女组的组长，她时刻要求自己，不论何时何地都要始终树立和保持援藏干部顾大局、识大体、干实事的良好形象，不仅努力完成本职工作，还始终坚持充实自己，加强学习，提高水平。工作中，她认真学习贯彻新时期西藏工作指导方针及党的民族政策，学习实践科学发展观，自觉用十七大精神、中央第五次西藏工作座谈会精神和科学发展观统领思想及西藏妇女工作，完成了西藏大学开办的“中国少数民族史研究生课程”进修班的学习，更多地了解西藏的历史与今天、经济与社会、地域文化与宗教民俗、西藏妇女工作的现状与发展，从书本中学习，在实践中检验，不断地提高理论水平和工作能力。她履行组长的职责，做好建立本组人员出进藏的有关情况通报制度，开展组员间的学习交流，工作互助，友情联谊等各项活动，与小组成员保持经常沟通，特别是当组员们遇到困难和想家的时候，大家都愿意找她交流，向她倾诉心里话，她也愿意为大家排忧解难。她说：“远离家乡的人总是在想家的时候渴望与人倾诉，愿意向着远方的家乡遥望，我们要关爱他们，让他们感到温暖与慰藉。”

因为爱，才有动力。她讲过这样一段经历：刚到西藏时，她很想家，特别是看到西藏的孩子们，就会勾起她对儿子的思念与牵挂。由于工作忙，很长时间没有给家里打电话，终于有一次，她打通了家里的电话，在电话里听到了儿子的声音，她激动了，在与儿子结束通话的时候，儿子告诉她："妈妈，我知道，工作是国家的大事，可是，您的健康是我们家的大事，您一定要多保重身体，做好工作。"放下电话，她流泪了，她为儿子的成熟流泪，她为儿子的理解流泪，她为自己的成功流泪。是的，一个人的成功，并不一定是有流传千古的辉煌业绩，它可以是微不足道的，也可以是默默无闻的，只要是实现了自己所追求的目标，那就是成功。杨淑文的目标在她的心里，在她的行动中，在她援藏的日日夜夜里，在她的母亲与儿子千里之外的默默守望中。她的成功就在于不负使命，恪尽职守，情系雪域，快乐援藏。

人的境界有两种，一种是思想境界，一种是情感境界，高尚的思想境界培养高尚的情感境界，高尚的情感境界孕育高尚的人格魅力。杨淑文说："女同志应该有大境界，还应该有小情趣，没有大境界就干不成一番事业，要是没有小情趣，人生就缺少内涵与修养，有情趣，工作才快乐，生活才丰富。"

也许，杨淑文不是名人，也没有太多的崇拜者，但是，杨淑文却是一位有影响的人，《中国西藏》杂志以《美丽的西藏美丽的人》为题介绍过她；《人民论坛》和"人民论坛网"也以《一位援藏女干部的"大境界、小情趣"》为题报道过她的援藏事迹。援藏期间，她先后获得过"2008年全国'巾帼建功'先进工作者"称号，参加了中国妇女第十次代表会议，作为第五批援藏干部代表，参加了三年一次的全国第五批对口支援西藏干部工作座谈会并做了典型发言。这一切都证明她把自己的智慧与能力献给了西藏，把热情与真诚献给了西藏。三年援藏工作结束了，杨淑文没有回北京，没有回到自己三年来梦牵魂绕的家，而是作为第六批援藏干部继续留了下来。这里需要她，西藏妇联需要她，西藏妇女需要她。虽然她很想家，但是，为了西藏各界的女同胞们，她留下来了。

因为爱，才真诚；因为爱，才执着；因为爱，才有激情；因为爱，才有动力。

这就是杨淑文对西藏的情感。

正是带着这份情感，她走进这片热土！

她将继续走下去，留下一行行深深的足迹……

翼动之声

——访西藏文联党组成员、副主席，西藏作协副主席吉米平阶

冰　融

收获是喜悦，收获是甜蜜，因为，这是耕耘和孕育的结晶；收获是福，收获是金，因为这是亲力亲为、殚精竭虑的见证。然而，有那么一种人在收获面前，不关注丰硕的成果和闪光的业绩，他们关注的仍是无尽的付出和执着的劳作。中国作协援藏干部，西藏文联党组成员、副主席，西藏作协副主席吉米平阶同志，就是这样的人。

2004年7月，吉米平阶同志积极响应党中央支援西藏的号召，毅然告别年迈的双亲，离别妻子和还不满十周岁的女儿，踏上了援藏之路。在藏工作的五年时间里，他视西藏为第二故乡，以“要苦干，不要苦熬”的援藏情操，积极践行“三个代表”重要思想，深入学习贯彻科学发展观，发扬特别能吃苦、特别能战斗、特别能忍耐、特别能团结、特别能奉献的“老西藏精神”，做到了缺氧不缺精神，艰苦不降标准，坚持克服困难、不辱使命、乐于奉献的事业观，同西藏文联党组、主席团和广大干部职工共同奋斗，以对西藏和西藏人民的深情挚爱谱写着民族团结的新篇章，用扎实的工作和突出的成绩为西藏文艺事业的大发展大繁荣做出了贡献。

一、准确把握文学创作的政治脉搏

虽然吉米平阶同志曾经在1986年参加中央讲师团赴藏在拉萨中学支教一年、对西藏有了一些初步认识，但当他这次以中国作协援藏干部的身份到西藏文联进行对口援藏时，还是感到了身上担子的沉重。此次到西藏文联进行对口援藏，不仅要对口支援西藏文联，而且要对口支援西藏作协；不仅要使

西藏作协的工作迈上新台阶，而且要使西藏文艺期刊走上新的发展道路。面对西藏文联经费匮乏、人员紧缺的现状，工作难度可想而知。

西藏平均海拔4000米以上，高寒缺氧，自然环境及气候条件比较恶劣，对援藏干部的身体、生活及工作都提出了严峻的挑战。西藏还是一个特殊的边疆民族地区，分裂与反分裂、渗透与反渗透、颠覆与反颠覆的斗争不仅会长期存在，而且会相当尖锐复杂。面对西藏工作的特殊性，他告诫自己要坚持“三强”：政治敏锐性要强，吃苦精神要强，开创精神要强。

他注重对分管部门的同志进行爱国主义、“三个离不开”和“团结稳定是福、分裂动乱是祸”思想教育，使大家充分认识西藏的安全关系祖国安全，西藏稳定关系全国稳定，激发干部职工保卫西藏、建设西藏的坚强斗志。在引导文学创作和刊物编辑方面，牢牢掌握宣传舆论阵地，保持正确的政治导向，强调突出主旋律，以刊物为载体，大力宣传西藏民主改革50年来社会、经济、文化等方面取得的辉煌成就，大力宣传改革开放以来新农村建设等强民惠民政策，大力培育以爱国主义为核心的民族精神和以改革创新为核心的时代精神，使西藏文联所属《西藏文学》《西藏文艺》等刊物成为维护稳定、反对分裂的坚强阵地。

二、真抓实干开拓作协工作新局面

援藏工作时间有限，时光宝贵，稍纵即逝，吉米平阶同志对此有独到的认识。在艰苦地区工作，更应该珍惜时光，做点实实在在的事情，用他自己的话说“要苦干，不要苦熬”，更不能有“做客”心理和“临时”观念，要多考虑长远，考虑大局，不要沉溺日常事务，要做更多留得下、可持续的工作。进藏以来，他始终保持良好的精神状态和真抓实干的工作作风。2004年前，西藏文联没有纳入受援单位，西藏作协由于编制、经费等因素，多年来工作一直不能很好开展。从2004年开始，他做了全面深入的调研，向中国作协党组报告了他的援藏工作思路，建立了作家协会和几家刊物的规章制度和业务流程，推进了较为完善的管理模式。

2005年7月，在中国作协的支持下，由他主持召开了“庆祝西藏——庆祝西藏自治区成立40周年全国作家笔会暨中国作协与团体会员支援西藏作协座谈会”，中国作协副主席陈建功和全国18个省市的作协领导和作家聚集在雪域高原，共商援藏大事，在资金支持、人才培养、图书出版、文学评奖、重点作品扶持、少数民族文学培养等方面，与中国作协和其他兄弟作协建立了合作机制，为西藏作协搭建了对外合作交流的平台。

2005年11月至2007年间，在吉米平阶同志组织下，在西藏第二大城市日喀则，藏文化发源地山南、林芝，举办了规模较大的文学笔会，区内外90名作者参加。这在西藏作协史上是空前的。并创立了“岗日西藏文化讲坛”，为西藏文学爱好者提供一个学习交流的平台；为期一周的“2005年西藏文学笔会和第四届西藏新世纪文学奖颁奖仪式”，全区30位作者参加，这是西藏作协自上次笔会11年之后的具有承前启后重大意义的活动。对于西藏文学界来说，非同寻常，起到了团结作家、鼓舞人心的作用。为了提高区内文艺工作者自身能力和素质，多次组织文学创作人员深入那曲、山南、日喀则农牧区采风采访，感受社会主义新农村建设的火热生活，感受西藏改革开放的巨大变化。

目前，西藏作协的工作有了明显改善，“联络、协调、服务”的职能进一步加强，在少数民族作者的扶持、创作人才的培养等方面，都有了切实的进展。在迄今评出的五届文学奖中，获奖的绝大多数作者已经成长为西藏文学队伍的中坚力量，西藏文学创作呈现出日益繁荣的景象。

西藏文联有四个省级文学期刊《西藏文学》《西藏文艺》（藏文）《西藏人文地理》《邦锦梅朵》（藏文）和一个内部刊物《西藏文联通讯》，吉米平阶除分管作协工作外，还负责分管编辑事务部及所属的五个文艺期刊。由于历史的原因和现实各方面因素的影响，从编辑、财务、人事、发行等方面都存在着许多困难，市场发行量低，严重阻碍了文学期刊的市场占有率和西藏民族文化对外影响力。

2004年到文联后，吉米平阶同志以中国作协、中国作家出版集团的新观念、新思想和改革开放的新经验影响和带动编辑事务部和各编辑部人员，解放思想、更新观念，锐意进取、开拓创新，树立社会主义市场经济条件下的办刊理念，在提高刊物质量和发行量上下功夫，在完善体制机制上寻求新突破。他亲自起草了《关于编辑部工作流程和岗位流程描述建议》，建立了日常工作机制和会员管理制度，推动了文艺期刊工作的全面进步。

《西藏文联通讯》前些年由于各种原因一直不能正常出刊，吉米平阶通过多方努力，现已基本步入正轨。2007年，为迎接西藏自治区文学艺术界第四次代表大会召开，在西藏文联第四次文代会前夕，吉米平阶组织四个文艺期刊的编辑们在会议之前出版了《雪山赞歌——西藏诗歌散文选》《时代明镜——西藏小说评论选》《心田甘露——西藏民间传说集锦》《夏日无痕——西藏小说选》《西藏吟行——西藏诗歌散文选》《镌刻在西部的忠诚——西藏报告文学评论选》《西藏文化建设与文艺管理文集》，西藏文学丛书为大会的召开增添了不少民族文化色彩。

经过几年的努力，目前西藏文联的文艺期刊有了长足的进步，在形式上，装帧高雅、用纸讲究、版式美观、印刷高质，体现出高雅格调；在内容上，则坚守思想性、可读性、艺术性的办刊方向，设立“新人新作”等特色栏目，体现了不俗的文学品位，成为展示西藏文学创作成果、发现和培育文学新人、培养西藏本土作家、积累西藏地方文化的重要阵地，成为西藏文学的大本营和传播载体。

繁荣基层文化和为基层文联解决实际问题是吉米平阶到西藏后一直努力的方向。2004年7月，吉米平阶积极参加日喀则地区抗英百年纪念活动，筹集资金向日喀则地区文联捐赠现金和电脑。吉米平阶还与中国文联援藏干部王守明同志一道，策划组织了中国文联、中国作协向西藏基层文化活动中心和日喀则地区捐赠70万元图书活动，受到了自治区领导的高度重视和群众的广泛欢迎，收到了良好的社会反响。

围绕中心，发挥编辑特长，为西藏大局服务是吉米平阶同志的奋斗目标。吉米平阶接受组织交给的西藏民间文学三套集成（藏文卷）的编辑出版工作。这项工作的开展，是对西藏民间文学精华的抢救和保护，是对达赖集团和西方敌对势力“西藏文化毁灭论”的有力驳斥，受到自治区党委和政府的高度重视。通过相关专家和吉米平阶的努力，目前这项工作进展顺利。

关注西藏文化阵地建设，是吉米平阶同志援藏工作的努力方向。由西藏文联主办的西藏网，由于资金、人力缺乏，一直不能正常运转，吉米平阶克服困难，广泛发动力量，多方协调，保证了西藏网的正常运转和内容安全。

繁荣文学创作，是援藏工作的重要组成部分。吉米平阶同志有着深厚的文学创作和评论功底，在援藏工作期间，他组织文学创作人员举办多次文学讲座、文学创作和文艺评论活动。2004年刚来拉萨，吉米平阶就接受自治区党委宣传部的任务，创作电视电影《西藏岁月》中的一部，以及反映20世纪60年代进藏气象人的思想和追求的故事《风雪擦亮的青春》；2005年创作了反映二十年内地西藏教育的电视专题片《鹰翔》，反映藏东内容的散文《康定三章》；在中国作协组织的未署名作品评奖中获优秀奖；2007年3月，有感于许多人对冬季西藏的误解，在《人民日报》和《新东方周刊》上分别发表散文《拉萨的冬季》和《冬天的西藏》，收到了很好的宣传效果。2008年，结合北京奥运会和四川汶川大地震等重大事件，发表散文《重建》，获得广泛好评；受西藏电教馆委托，撰写19集系列电视片《可爱的西藏》，深入雪灾和地震灾区采访，撰写散文集《西藏，心的故乡》等，负责创作由团中央、中宣部组织的"英雄中国"系列之日喀则卷的传记文学，向国庆60周年献礼。

三、做好表率，树立援藏干部良好形象

作为援藏干部，吉米平阶深知自己的言行不仅代表个人，而且代表着中国作协，代表着整个援藏干部队伍。他言行一致，表里如一，严于律己，率先垂范，以实际行动努力塑造援藏干部政治坚定、团结协作、勇于奉献、刻苦勤奋、求真务实、公道正派的良好形象。在平时的生活和工作中，吉米平阶同志始终按照"为民、务实、清廉"来严格要求自己，特别是八小时以外和节假日期间，他都积极争取与文学艺术家们一起下乡采风采访，吉米平阶同志把农牧区作为取之不尽、用之不竭的创作源泉。西藏当雄、山南发生地震、雪灾后，吉米平阶同志率领作家协会部分作家深入当雄地震灾区和山南雪灾地区采访调研并开展"送文艺、下基层、献爱心"活动，创作反映官兵抢险救灾、群众开展自救等抗震救灾、抗雪救灾中涌现出的英模事迹的报告文学。

激情是一种源于内心的强烈的政治责任感，是一种发于思想深处的精神力量。2007年7月中组部派出的第四批援藏干部援藏期满，吉米平阶同志本可以选择回北京工作，但在西藏文联党组、主席团和干部职工的挽留下，更源于他对西藏和西藏文联发自内心的热爱，他不计个人得失，毅然选择了留下，加入了第五批援藏干部行列。他把组织的信任，西藏文学界的期盼，中国作协领导的关爱铭记心上，以更加勤奋的工作和对自己更高的要求继续为雪域高原注入精神、融入情感、创造业绩。

每次下乡途中，他都与艺术家同吃同住，从不搞特殊化，得到了文学界和当地群众的一致赞扬。吉米平阶同志援藏五年来，以西藏的稳定和发展为己任，面对艰难困苦与清贫，无怨无悔，努力工作，这种精神就更为可贵。他大部分时间在西藏度过，和家人亲属聚少离多，家人来藏期间，他也因为工作繁忙，没能好好陪伴家人，援藏以来他做出了很大的牺牲，表现出援藏干部的崇高品质和优良作风。

吉米平阶同志为西藏的文学事业默默耕耘，兢兢业业，开拓进取和无私奉献，推动了西藏文艺事业的发展繁荣，影响、激励和带动着西藏文艺界干部职工的工作积极性，形成了全区文艺家为促进西藏文艺事业的大发展大繁荣而共同努力的合力。吉米平阶以自己的模范行动维护了党的形象和援藏干部的形象，增强了援藏工作的说服力和感染力。

巾帼不让须眉

——记西藏自治区畜牧兽医研究所副所长、研究员色珠

冰 融

色珠1958年9月出生在当雄县，大专文化，1980年7月参加工作，1979年入党，现任西藏自治区农牧科学院畜牧兽医研究所党委委员、副所长、研究员，第十一届全国人大代表。

多年来，色珠将组织的重托和研究所干部职工的厚望铭记在心，在所党委班子的领导下，在班子成员的帮助及全所干部职工的支持下，始终坚持以邓小平理论和“三个代表”重要思想为指导，坚持“围绕中心，服务三农”的工作目标，坚持“让党委放心，让群众满意”的工作宗旨，坚持“公道正派，严谨细致”的工作准则和“耐得住寂寞，守得住清贫，经得住艰苦”的工作格言，不计得失，辛苦工作，为西藏畜牧科研事业做出了突出贡献。

2006年色珠被推选为中国当代农业高级专家，2007年当选为全国“巾帼建功”标兵、享受国家特殊津贴专家，多次荣获国家、自治区和院、所两级优秀党员和先进工作者荣誉称号。

不断加强自身党性修养和党性锻炼

作为一位党培养多年的民族干部，色珠在工作中勤奋好学，不断提高自身的政治理论素养和业务知识，不断加强自身党性修养和党性锻炼。她热爱党，热爱祖国，热爱人民，热爱社会主义，拥护党的领导，拥护民族区域自治制度，拥护十一届三中全会以来党的各项路线、方针、政策，自觉以马列主义、毛泽东思想、邓小平理论和“三个代表”重要思想武装头脑，以实际行动努力践行“三个代表”重要思想。积极主动参加所里开展的“三讲”、

学习科学发展观等活动。通过政治理论学习，她增强了熟悉问题和解决问题的能力，增强了事业心和责任感，增强了对反分裂斗争严峻形势的认识，认识到反分裂斗争的长期性、复杂性、尖锐性，切实把思想统一到党中央关于反分裂斗争的一系列方针政策上，增强了政治意识、大局意识、责任意识，增强了政治敏锐性和政治鉴别力，使自己在大是大非面前认识不含混、态度不暧昧、行动不动摇，经受住了各种考验，坚定了马克思主义的祖国观、民族观和维护祖国统一、加强民族团结、始终坚持为共产主义奋斗终身的政治立场，树立了坚持共产主义远大理想和中国特色社会主义必胜的信念和勇气，确保了在政治上、思想上、行动上与党中央、区党委保持高度一致。

尽心竭力做好各项科研工作

色珠从来没有忘记自己是一名科技工作者，参加工作30多年如一日，在畜牧兽医科研、科技成果转化、人才培训、改善科研基础条件、科技管理等工作中始终保持旺盛的精力和严谨的态度，不怕辛苦，不怕疲劳，全身心地投入到各项科研工作中去。

多年来，色珠克服基层工作艰苦、条件差、气候恶劣、海拔高、自身身体素质较差等困难，坚决贯彻自治区党委、政府和有关部门的具体要求，结合西藏“三农”工作实际，积极组织申报项目，带领科技人员完成项目计划。她钻研业务知识，虚心向老师和同事们请教，常年下乡，蹲点在科研第一线，先后参与或主持完成了“山南地区马属动物喘气病因研究”“当雄县牦牛甲尔病的诊断与防治”等25项科研项目，成绩十分显著。“西藏幼畜氟中毒病防治技术成果”项目通过多年实施，有效控制了病区牛、羊氟中毒病，降低了死亡率，提高了繁殖成活率和出栏率，到目前为止，家畜防治头数已达216万头（只），防治率达100%，防治效果达95%以上，扣除饲料成本后，使项目区的农牧民群众获得直接经济效益达7000余万元，调动了项目区农牧民养殖专业户发展养牛业、养羊业的积极性和自信心，提高了养殖业技术水平和农牧民现金收入，取得了良好的经济效益、社会效益。

通过辛勤努力，色珠参与、主持的多项科研项目荣获国家、自治区有关奖项——“西藏重大黄牛改良技术推广”荣获国家星火计划优秀参展奖，“西藏四地（市）幼畜断牙病病因与防治研究”荣获自治区科技进步三等奖，“优质肉用绵羊引进杂交实验示范研究”荣获自治区科技进步三等奖，“西藏四地（市）幼畜氟中毒试验示范研究”荣获自治区科技进步二等奖，“西藏幼畜氟中毒病防治技术成果转化”荣获自治区科技进步二等奖，“藏西北绒山羊本品种选育和技术转化”荣获自治区科技进步一等奖，“提高西藏奶牛生产性能研究”荣获自治区科技进步三等奖。

色珠注重理论与实践的有机结合，注重工作经验的总结，将工作中的经验撰写成具有较高水平的研究报告和学术论著，在《中国星火计划20周年成果展项目汇编》、《西藏畜牧兽医杂志》、区科协《年会汇编》和全国科协《年会会刊》上发表学术论文及著作39篇，主要有《西藏拉萨地区禽流感普查监测报告》《虎骨代用品开发利用基础研究报告》等。参与编写了《畜牧业先进实用技术手册》《禽流感知识问答》等科普读物，合作撰写了《马属动物喘气病研究报告》《山羊皮肤癌病因研究报告》等研究报告。

色珠承担了农科院举办的农村教育综合改革试点县中学老师培训班教材的编写与讲课任务，完成了拉萨市、那曲县、比如县兽防员和农牧民科技明白人的巡回培训任务，在全区七地市开展科研、技术示范、人才培训8700余人（次）。

参政议政，无私奉献

按照所党委的分工，色珠主要负责畜牧、兽医室的工作。

她要求畜牧、兽医室的科技人员自觉地参加院、所两级党委组织的各项政治及集体活动，在政治思想和行动上保持一致，配合、协助所主要领导和班子成员的各项工作。她发扬“特别能吃苦，特别能战斗，特别能忍耐，特别能团结，特别能奉献”的“老西藏精神”，坚守工作岗位，脚踏实地地搞好本职工作。经常鼓励年轻科技工作者把工作岗位当成自己施展才华、创造事业、奉献社会的平台，把工作岗位当成锻炼党性、磨练意志、增强素质、提高本领的平台，开展每一项工作都要为人民负责，一步一个脚印，认认真真、扎扎实实，学一行、爱一行、干一行、精一行。

色珠被选为自治区第七届政协委员后，履行职责，提出诸多提案，如《关于培养高层次畜牧兽医人员》《强化畜禽疾病的预防控制是我区畜牧业发展的当务之急》《尽快修复拉萨北郊路段》等提案，得到有关部门的重视，并已落实。

2008年色珠被选为全国人大代表，她不辜负自治区党委、政府和全区人民的厚望，严格要求自己，积极参政议政。在参加全国人大会议期间，遵守会议纪律，严格执行大会议程，审议好大会安排的各类报告，认真履行代表的职责和权利，实事求是地反映民生民计，她所提出的议案《关于尊莫才村曲尼巴组亟待解决交通出行问题的建议》《关于贯彻落实中央有关加快西藏科技发展政策措施的建议》等得到了代表们的一致认可，基本得到落实。

色珠参加了首次督办十一届全国人大代表提出的“可再生能源”的重点建议和国家发展改革委员会办公厅召开的全国人大可再生能源重点建议督办工作座谈会，在会议上，她如实反映西藏太阳能开发利用的现状，提出当前西藏还有90万人口没有解决太阳能的问题。全国人大常委、国家发改委和能源研究所的领导、专家高度重视，在实地考察的基础上逐步解决了20亿元的经费。

在十一届全国人大组织的外事活动中，色珠积极向外国友人及华侨宣传中央第五次西藏工作座谈会精神，介绍西藏目前情况，揭露达赖集团的反动本质，得到了外国友人及华侨的称赞。

巾帼不让须眉。色珠将一如既往地做好自己的工作，以更大更好的成绩迎接建党90周年西藏和平解放60周年！

后 记（一）

手下的键盘敲出本书最后一个标点，我长长地舒了一口气，懒懒地靠在椅背上，闭目小憩。之后，我拿起桌上的手机，想给张春荣老先生打个电话，第一个告诉他这本书定稿了。我知道他一定在等着这个消息。

当我看到手机屏幕上的时间：凌晨02：25，我笑了。慢慢地放下手机。

一年前的某一天，“西藏岁月文学艺术工作者协会”编辑部约我帮忙整理协会计划出版的《西藏岁月系列丛书》的书稿，并把张春荣老先生的手稿送到我手上，我看着那柔软又有些皱褶的厚厚的稿纸本，首先令我感动的是老先生洒脱流畅的字，其次是每一页边边角角上修改或添加的那细细密密的内容，再有就是整本手稿所用的那久违的“海鹰”墨水。我可不可以这样说：它代表着一个时代，代表着一个时代所固有的个性与情怀，还有那永远卸不掉的责任。正是这些感动，让我迫不及待地打开手稿，细细地读来。

捧着那本手稿，看着那些微微颤抖的笔画如同曲曲折折的生命历程，在这漫长的历程中，老人家用心血勾勒出一幅幅神奇而隽永的画面。那些画面向我们呈现的是汹涌澎湃的黄河，是高原山顶终年不融的皑皑白雪，是矗立于群山之中的电站，是山坳中纵横有序的灌渠，是雪域深处源源流淌的山泉，是健壮身影后面一行行倔强的足迹……

也许，没有多少人知道他，没有多少人记得他，没有多少人提起他，更没有多少人牵挂他，然而，就是这样一位默默无闻的老人，却有着鲜为人知的“第一人”的美称：从杞县走出的“羌塘汉子”第一人；曲水县色麦乡“引水渡江”工程第一人；帕墨线公路踏勘第一人；拉萨城市1:1000大比例地形图绘制第一人！

捧着这本书稿，细心斟酌稍显不畅的句子，依然能读懂那个时期的历史，字里行间也能品味出老人沧桑岁月中的酸甜苦辣。

是的，如果没有《西藏岁月系列丛书》的邀约，老先生的故事依旧封存在记忆深处，老先生依旧是那普普通通的人，过着平平淡淡的日子，守着清清贫贫的晚年，享受着简简单单的快乐，如同老人所言：

“那只是我成长的记录，很平常，不值一提的。”

其实，我知道，他的品格，他的事迹，他的功德，他的业绩，是西藏建设史的标志，也是西藏发展史上最辉煌的一页！

采撷老先生零散的记忆，我努力地去寻找他曾经的苦，曾经的痛，曾经的悔，我没有找到。我好生疑惑，难道他没有过吗？他为什么不表达，不倾诉，不宣泄？最后我找到了答案：

“那时候的人都是这样，党叫干啥就干啥，干不好心里有愧呀！”

……

我关掉屋里的灯，电脑屏幕显得很亮，光标还在闪动着，我的心也有丝丝的酸楚。

我走到窗前,拉开窗子，一阵风带着雪片不容分说涌进屋子，散落在窗台上、电脑桌上和张老的那份手稿本上。我惬意地看着它们，任凭它们在我的身边肆虐。此刻，它们是我唯一的伙伴，也是这些文字的第一位读者，它们定能懂的。不然，我怎会在这样的时刻打开窗邀约它们呢？

我去过两次西藏，也曾经历过雪季，虽说比不得家乡的鹅毛大雪酣畅淋漓，但随云而行的那种洒脱也会让你从心底发出赞叹。

二十八年前，比这稍稍早一些的季节，我第一次去西藏，有幸跟随当时西藏文联的萧蒂岩老师组织的一支“野人考察队”外出考察，乘坐一辆白色丰田吉普车，从拉萨出发，途经达孜、墨竹工卡，翻过米拉山，由工布江达至八一镇，跨越尼洋河开进米林，落脚在神秘幽静的珞巴村。

在八一镇医院职工宿舍休息的那个中午，我独自一人在院子里徘徊。太阳烤得我头顶滚烫，我脱掉风衣，顶在头上遮阳，看着远处山上的积雪，山顶上的云，还有不同角度山的采光色差的对比，好美！

忽然，我看见远山那边飘下一大片乌云，顷刻间那一带阴暗了。云没了，山没了，太阳也没了，大雪随之而降。我被这奇怪的现象惊呆了，还没等缓过神来，只见那片铅灰色的云轻轻地西移且越来越淡，雪片也越来越小，慢慢地变成雨了，最后，它们消失了。不一会儿，太阳出来了。好神奇！

车开上八一大桥，我低头看着桥下的水，才真正理解清澈见底的意思，河里的鱼儿、河底的卵石、卵石中的水草都看得清清楚楚，偶尔有大群的鱼游过时，水面上就有一排排波纹泛起，此时，河底呈现出来的便是有阳光闪烁的波纹倒影，鱼群就穿梭在波光粼粼之中，好精致！

我曾在墨竹工卡县小住，县政府住宅区身后那个水渠，给我留下了太多太多美好的记忆。清清的水每天哗哗地流淌着，泛起的泡沫是淡淡的绿色，像玉。各种鱼悠闲往来，偶尔窜过来一条大得吓人的娃娃鱼，贴着渠底瞬间离去。那些自由生长的水草，都是依着水的流向倾斜着，露出水面那部分是深绿色，水底那部分是翠绿色，随着水的动荡摇曳，煞是好看。

那时，县里的人们经常去水渠挑水，用它做饭、洗衣，其乐融融。还有每到天黑时分停电后，家家户户窗子透出的荧荧烛光和烛光下那些不曾疲倦的身影，谁能说得清这一切到底是习惯还是情结呢？直到如今，我还在羡慕那种近于原生态的生活，每每想起，心底就会颤动。正是那些人们，让高原不曾寂寞。

跟着萧蒂岩老师走一圈之后我写了一首歌曲《拉萨河，我听你唱歌》，当歌曲出现在那年的《拉萨河》杂志上时，我感动了。我计划着，有机会再到西藏时，一定要再给拉萨留点什么。

2008年3月，我再次走进西藏，遗憾的是，没能实现我的愿望，因为，那是个特殊的时期。不过，意外的收获让我至今都难以平静。

偶然的机会，我见到了几位德高望重的“老西藏”们，他们的经历深深地震荡着我的心灵，让我沉静下来思考着一个问题：人生价值。那些“老西藏”们的人生价值，不在于他们自身所具有的正能量，而是他们留给后人、留给社会、留给时代的那种品格与精神。他们曾经有那么多的梦，他们以炽热的情感、丰富的智慧、执着的追求、永恒的毅力，圆了自己的梦也圆了西藏的梦。

与“老西藏”们告别时真真不舍，我对自己说，一定要为他们做点什么。没想到，今天，“西藏岁月文学艺术工作者协会”终于让我圆了这个梦……

“时来泉上濯尘土，冰雪满怀清性孤”。当年赵孟頫的《趵突泉》激荡了多少人的情怀，洗涤了多少人的心灵，又让多少人向往那超凡脱俗的境界，追求那旷达不羁的风范。不知不觉，我想到了这首诗，想到了趵突泉，想到了黄河、雅鲁藏布江、拉萨河、尼洋河、堆龙河……滋养着万物生灵，涤荡着世间尘埃。人们饮水思源，追根溯源，最终，都要把一份情思托付给源远流长的清泉。张老先生不正是这样吗？始而涓涓，继而滔滔，不休不息。于是，“源”字，便跃上心来，我把它记在老先生手稿本的顶端，作为本书书名。还不知老先生是否满意。

几十年前的往事，一如那些老旧手稿，拂去泛黄柔软的尘埃，墨水洇开一段段斑驳而清晰的故事，温柔尖锐的触感直击心灵深处尘封的情绪。细腻的笔墨，讲述了测量专家的故事，看似平淡安然，实则蕴藏着桀骜而澎湃的暗涌。于是，我沿着老先生的笔迹，从黄河源头向前追溯……

后 记（二）

近年来，以反映社会主义新西藏为主旋律的文学作品，一直深受海内外读者的青睐与关注。向世人宣传西藏，介绍西藏，正确定位西藏在中华民族大家庭中的成长历程，是我们每一个西藏人的责任。

《西藏岁月系列丛书》以“老西藏”们的亲身经历，真实地记录了西藏解放和建设进程中那些不寻常的峥嵘岁月。有进藏路上的艰苦卓绝，有解放西藏的悲惨壮烈，有建设西藏的忠诚无畏，有守卫西藏的执着奉献……那些真实的故事，虽已成为历史，但仍感人肺腑，耐人寻味。

这套丛书作为历史发展的载体，无处不体现着党中央和全国各族人民对西藏物质文明和精神文明建设的关怀与支持，无处不彰显着“一不怕苦，二不怕死”，“特别能吃苦，特别能战斗，特别能忍耐，特别能团结，特别能奉献”的“老西藏精神”。这些，雄鹰可以见证，雪山可以见证。

此套丛书组稿及筹备出版几经周折，历时三年，工作千头万绪。西藏岁月文学艺术工作者协会的策划与主创人员，用“老西藏精神”宣传“老西藏”，记录为西藏和平解放牺牲的英烈和健在的昔日英雄。他们用身体铺就了进军西藏的“天路”，把鲜血滴洒在建设西藏的白雪中，把生命镌刻在维护祖国统一和民族大团结的史册上。书中的每一段故事都在向我们昭示：他们与西藏人民手挽手、心连心，团结一致，努力奋斗、拼搏，以鲜血和正义铸就了整个人生轨迹！

为了那些逝去的英灵和活着的英雄，丛书编辑委员会困难再大也要坚持！在藏工作多年的洋滔、张彦丽、冰融、李敏、闫振中等同志，分别联系离退休老作家，十八军老干部、老战士，向他们征集进藏、建藏的回忆录，组织编写那段感人肺腑、催人奋进的历史篇章。

在拉萨、成都、北京三地组稿座谈会上，与会的116名离退休老干部，谈起当年的经历仍是热泪盈眶，激情满怀。他们对出版系列丛书的现实意义给予肯定，纷纷表示要积极参与，热情支持。老干部们的行动使大家倍受鼓舞，深感自己肩上的担子分量很重。

做书如做人。我们不知道其他编辑是怎么做到最好和完美的，但我们编辑的工作过程，却让人读懂了什么是最好和完美。

由于年代关系，一些书稿的原创人已是八九十岁高龄，提供的全部是手写稿。整理这部分书稿的难度，远远超出当初的想象。尤其是当年十八军分三路进藏，整个过程既有共性又有个性，待书稿集中后，内容冲突和史实矛盾等问题凸显出来。即便如此，这些都是老人们的亲身经历之作，弥足珍贵。工作人员视稿如金，没有一丝马虎和大意，生怕丢掉一字一页，对不住那些颤抖着的手写下的一笔一画。因为他们懂得，这些书稿对于高龄老人来说，其意义不是简单几句话就能说清楚的，这是他们一生中最珍贵的东西。

大量组稿，靠正常的工作时间是无法完成的，编辑们吃住在办公室，抢时间、赶任务；制订好的工作计划不得不打破，确定的工作方案随时要更改。为了确保史料翔实，协会同志除了对手中的初稿进行整理和比对外，还要随时处理意想不到的新问题。他们与原创作者不定时、不间断地联系与沟通，有的老人需要辗转几次才能找到，一些老人只言片语的表述需要几经询问，同志们都表现出极大的耐力和爱心。通过无数次的核对、甄别、印证，这些基础资料得到最后的确认。先遣连勇士和十八军将士绝境坚守、极地永生的气概，鼓舞着丛书编辑人员为这项有别于正常写作、具有特殊意义的工作竭尽全力。

现代都市生活浪漫而多彩。但《西藏岁月系列丛书》的编辑过程，让那些编辑远离了这个多彩而喧嚣的世界。三年的编辑工作，人脑变成了电脑，离开书稿后的大脑，几乎是一片空白，连正常生活也变得丢三落四。大家多是在夜以继日、废寝忘食中度过了三个春秋。特别是在最后统稿期间，春节、藏历年都是在电脑前度过的。什么“三十饺子初一面，初二出门去拜年”等风俗，全然忘记。直到一个清晨，清脆的爆竹声催醒一位编辑的记忆，猛然想起藏历年该到了，于是，临时决定放假一小时，给远在拉萨的朋友发短信拜年。没想到刚给两位朋友发完拜年的信息，回复的铃声便接连不断。她索性先暂停拜年，打开信息想一睹为快，没想到一看却把自己惊住了：

“你是喝醉了还是睡迷糊了？藏历年都过去一个月了，还拜年呀？”

“难道，你真的忘记哪天过年了？”

……

藏族朋友的反问，令我们的编辑从机械思维中清醒过来，跑去翻日历，2013年过去三个月了！这一天是二月初二，民俗中“龙抬头”的日子。她无奈地摇摇头，苦笑。

还有一种难耐，也是对我们编辑的考验。为了这套丛书，有的同志一年内要进出西藏两三次。严重的高山缺氧反应，试炼的不仅是身体，还有毅力。长期在藏的人，到了内地因醉氧而多眠，昏眊难耐，头晕腿软；常人日进三餐足矣，而他们则要饱受饥肠辘辘的折磨。返回高原的情景与内地醉氧相比，可谓有过之而无不及，头痛耳鸣，夜不能寐，腿脚发软，食欲全无。三周时间过去，人仍头如灌铅，四肢麻木，身体如腾云驾雾，提不起精神。尽管这样，他们仍坚持工作，无一退却，三年的付出可想而知。

确实，将一部自己没有亲身感受的、他人的作品做到最好，是一件难事。尤其是这套丛书，面对工作量大、组编困难、经费难筹等问题的困扰，编辑部人员曾产生过动摇。但“老西藏”们对丛书的渴望和期待之情，始终萦绕在他们心头，挥之不去：84岁高龄的十八军老前辈赵先前先生，骑着自行车到处寻找资料，不厌其烦地向自己的孙子学习电脑打字；党史专家焦东海先生患病期间也不忘电话询问丛书进展情况，帮忙联系在京的十八军前辈；著名诗人、作家杨从彪、闫振中两位老师的热忱可与重庆的高温相提并论，而且从来“报喜不报忧”；西藏第一位女作家、优秀的藏族领导干部、西藏自治区党委原常委、西藏自治区政协副主席，德高望重的德吉措姆女士，为了筹措出版经费煞费苦心，辗转奔波，多方求援，如一尊秉烛女神，让大家在黯淡中又见光明，她身上的正能量时刻感染着每一个人；还有因心脏病住院的“老西藏”刘源老师，在病榻上笔耕不辍……他们这种发自内心、视如生命般热爱西藏的情结令人惊叹，令读到与见到的每个人的心灵不止一次地受到震撼和洗礼！

雪莲花绽放的地方本没有路，英雄先遣连壮士用他们的生命，蹚出一条“天路”；十八军将士们踏着他们非凡的足迹，向着雪山顶上的五星红旗奔去……那些让人想起就肃然起敬、长期在藏工作的各民族干部、人民子弟兵，默默无闻、坚韧不拔的品格和意志，铸就了祖国西南边陲的钢铁长城，让民族大团结之花在雪域高原绽放，让富强民主的新西藏在珠穆朗玛崛起！

上世纪70年代那令人抹不去记忆的岁月，知识青年炽烈的激情燃烧在雅鲁藏布江畔，他们背负那个特殊年代民族的希望，辗转半个中国，聚集在世界最高点。如今，这些“老西藏精神”的继承人也已两鬓霜花，他们付出的是热血，收获的是意志；逝去的是青春，留住的是品格。还有一批批援藏干部，承受思乡之苦，忍耐高原之寒，以只争朝夕的干劲实践着“老西藏精神”，为民族富强搭建人才之梯。那些远去的和这些现在的他们，都以不同方式谱写着对西藏的热爱，对祖国的忠诚，对“老西藏精神”的崇尚。

面对莽莽高原，生命显得那般脆弱渺小，如一滴水、一粒沙。也正是这一水一沙，把青春、时光、血汗凝聚成“老西藏精神”，积淀成荡气回肠的西藏岁月，没有半点虚伪和空洞。

三年来，丛书编辑部的同志们，就是在这种精神的感召和激励下，一次次直面困难，一步步在艰难中前行……垫付的数万元编辑费，至今还不知由谁偿还，但从未有人提起。想想这些，算不算是做书和做人的一种境界呢？

在西藏生活和工作，是大自然与人格和意志的较量；为西藏做事，是战胜自我、提升境界、净化灵魂的历程。一代又一代“老西藏”和西藏各族人民，抱着这种理想信念和政治情感，以鲜血和生命及子孙后代的幸福为代价，在得与失、荣与辱、生与死、苦与乐的考验面前，不改初衷，默默奉献，在世界屋脊上构筑了一个英雄群体。应该说，“老西藏精神”同“井冈山精神”“长征精神”“延安精神”“西柏坡精神”一样，都是中国革命精神的重要组成部分，是中华民族精神的具体体现。

掩卷深思，作为一名读者、作者、编者，除了对“老西藏精神”的种种感慨，还有更多的感动无法忘怀。

《西藏岁月系列丛书》欣然面世，首先应感谢西藏自治区原党委书记阴法唐和夫人李国柱（首批进藏女兵之一）一直以来的关心，感谢在北京七月的酷暑下，老书记为丛书题写序言；感谢丛书编委会顾问、西藏自治区原党委常务副书记、自治区人大常委会主任、党组书记、第十一届全国人大常委会民族委员会副主任委员列确一直以来的关心；感谢西藏自治区党委常委、拉萨市委书记齐扎拉的支持；感谢1976年进藏大学生、时任西藏自治区人大常委会副主任张跃平给予我们的热情鼓励；感谢中国文联副主席丁荫楠、中国少数民族文物保护协会秘书长杨华山、中国音像出版社常务副社长丁涛等领导同志的大力支持与指导，他们同是这套丛书的奠基者，也是西藏人民的好朋友。

这套丛书的完成，离不开北京市对口支援和经济合作工作领导小组西藏拉萨指挥部领导在经费协调方面给予的大力帮助；离不开西藏自治区党委直属机关工委常务副书记林清海、原常务副书记高文庭、副书记彭宏（中央国家机关工委第五批援藏干部）等领导的厚爱和关怀；离不开时任工委宣传部部长唐荣科在方案策划、工作实施、人力安排等方面给予的全力支持与帮助。

中共大连市委组织部、宣传部的领导甘为西藏办好事，成为丛书编辑工作的精神后盾。第五批援藏干部、现大连市旅顺口区教育局副局长马殿文同志虔诚的西藏情愫令人感动，他为丛书后期制作排忧解难，为丛书出版起到了重要的助推作用。

还有丛书的合作伙伴——大连出版社的领导、同志们，表现出孜孜不倦、爱岗敬业的职业精神，是我们永远学习的榜样！

在此，丛书编辑部及丛书作者、广大读者对所有给予丛书以关注、支持、帮助的各位领导、各位同仁，表示衷心的感谢！

西藏，神圣的世界屋脊，离太阳最近的地方，我们的西藏岁月记载着沧桑，刻录着风华。西藏岁月，是无数西藏人环境与精神、磨砺与意志互相较量的历程。但西藏岁月的与众不同，不只是环境的恶劣、磨砺的艰难，更是一种人心向善的精神信仰。任云卷云舒，花开花落，"老西藏精神"同美丽的高原一样，将永远成为人们向往的香巴拉。

编　者

2013年5月